「強き雄よ、いらしてください……」

ヴィーネは俺に手を伸ばす。

その手を握りつつバスタブに入ると、
ヴィーネは目を瞑《つむ》りつつ唇を突き出す。

俺は強引にその唇をこじ開けてキスをした。

ヴィーネ
元戦闘奴隷だった
ダークエルフの美女。
魔法にも武芸にも
通じた優秀な戦士。
ヘルメ
シュウヤに付き従う水の精霊。
見た目は可憐な乙女だが、
性格はかなりユニーク。
シュウヤ
元ニートだったが、
最強種族に転生して
無双の槍使いに。
相棒の黒猫ロロと共に、
美女揃いのパーティー
「イノセントアームズ」
を率いる。

ビア
蛇人族《ラミア》の重戦士で、
独特の戦法を使う。
ママニ
元傭兵隊長。
種族は虎獣人《ラゼール》の女性。
サザー
小柄獣人《ノイルランナー》の女剣士で、
敏捷。
フー
訳ありの美人エルフ。
魔法の力に長ける。
新たに仲間に加わった
戦闘奴隷たち

「閣下の水として、熱い想いを――」

薄い唇が、微かに開いて、
その唇の端から涎が垂れていた。

と、上目遣いを寄越すヘルメ。

嬉しそうに微笑む。

槍使いと、黒猫。
STRANGER & BLACK CAT

11

author
健 康
illustration
市丸きすけ

口絵・本文イラスト　市丸きすけ

迷宮都市ペルネーテ

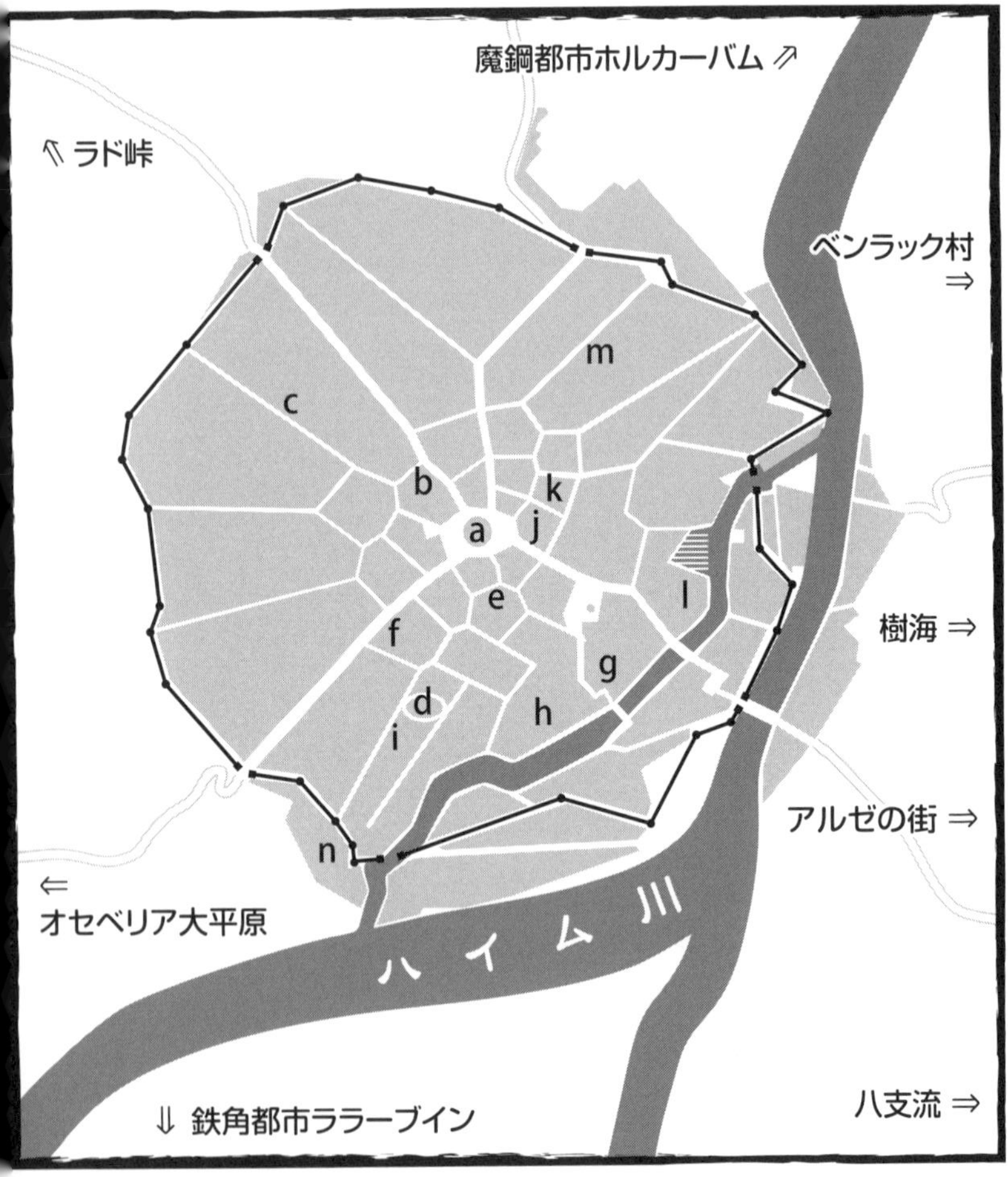

a：第一の円卓通りの迷宮出入口
b：迷宮の宿り月（宿屋）
c：魔法街
d：闘技場
e：宗教街
f：武術街
g：カザネの占い館
h：歓楽街
i：解放市場街
j：役所
k：白の九大騎士の詰め所
l：倉庫街
m：貴族街
n：墓地

第百二十九章「ルビアとヴィーネ」

「皆《みな》、いい奴《やつ》らだ。ドワーフの兄弟であるザガとボン。ハーフエルフのルビアと人族の名前を変えている女、合わせて四人だ」

指を四本立てながら、話す。

「ンン」

食事中の相棒も尻尾《しっぽ》を上げて、喉声《のどごえ》を発していた。

「四人も……どういった方々なのです？」

「ドワーフの兄弟は優秀《ゆうしゅう》な鍛冶屋《かじや》だ。俺《おれ》の装備を作ってくれた。ルビアは女冒険者《ぼうけんしゃ》。名前を変えたミアも冒険者になっているはず」

「ミア……女性ですね」

「そうだ。ドワーフの兄弟とルビアについてはある程度目処《めど》が立っているから、すぐ会えると思う……しかし、ミアには会えそうもない。向こうから俺を見つけると言っていたが……ま、ペルネーテは広いし仕方がない。違《ちが》う生活を始めているのかもしれない」

俺の言葉を聞いたヴィーネは浮《う》かぬ顔を見せる。そのまま静かに頭を下げて頷《うなず》いた。

少し間を置いて顔を上げる。その視線には、まだ不安の色が見え隠《かく》れする。

「……そうですか。ご主人様は前々から、その方々をお捜しに？」

「捜していたというより、この都市に来れば、いずれ会えると高を括《くく》っていたんだ」

「この都市は巨大《きょだい》です。わたしも来たばかりの頃《ころ》は、道を覚えるだけで精一杯《せいいっぱい》でした」

「だよなぁ、ほんと……」

ヘカトレイルよりも巨大で中身が詰《つ》まっているからなぁ。

市場だけでも、大小合わせて数十はあるし、舐《な》めていたよ。この都市は広いから、ミアも色々と経験するはず……負の螺旋《らせん》は忘れて、元気に過ごしてくれているなら嬉《うれ》しい。

視線を下げつつヴィーネを見る。

「初心者の酒場の場所は近い。第一の円卓《えんたく》通り。ギルドの近くだ。入ったことはあるかな」

「はい、キャネラスの指示を受けて、他の酒場にも通っていました」

「へぇ他の酒場か？」

「そうです。迷宮《めいきゅう》に向かう人材集めと、冒険者との交渉《こうしょう》を学ぶために。名は〝英雄《えいゆう》たちの酒場〟です」

英雄たちの酒場。有能な冒険者たちが集まるところか。

「そこで学ぶことはあった？」

「ありました。六大トップクランの人員の多くが、その酒場を利用していました。交渉だけでなく、迷宮内の貴重な情報を得られました。しかし、スカウト待ちの荒々《あらあら》しい冒険者も多く、煩《うるさ》かったですね」

優秀な人は一癖《ひとくせ》ありそうだ。

「そっか。いつか見てみるかもしれない」

「はい。場所は覚えています。言ってくだされば、ご案内致《いた》します」

「その時はよろしく頼《たの》むよ。で、今日の予定だが、初心者の酒場と他にも予定がある」

「何ですか？」

「地図、魔宝《またから》地図の解読ができる人物も酒場で探してみようかと。酒場にいなかった場合は【魔宝地図発掘《はっくつ》協会】の建物に向かおうと考えている……上手《うま》く地図を読める人材が見付かれば、地図のお宝を目指せるようになる」

ヴィーネは何回か相槌《あいづち》を打つ。

「承知しました……魔宝地図。この間、手に入れた地図ですね。解読スキル持ちの方が素《す》直《なお》に見付かればいいのですが……地図読みスキルの人材を探す場合、注意が必要です。解読詐欺《さぎ》には気を付けてください」

ん、なんだそれは。新手のオレオレ詐欺か？

「そんな詐欺があるのか」

「はい。商取引、特に冒険者同士のやり取りは入念に覚えさせられましたから」

なるほどねぇ。キャネラスも教育熱心だな。あれやこれやと詰め込み過ぎな気もするが、ダークエルフのヴィーネを高く売ろうと、真剣《しんけん》に情熱を注いでいたらしい。ヴィーネもヴィーネで、理由はどうあれ、それを巧《たく》みに利用しつつ自らの糧《かて》にして成長していったのだから凄《すご》い女性だよ。尊敬する。ヴィーネを買って大正解だ。

「……ご主人様？　わたしの顔に何かついていますか？」

「あぁ、そうじゃなく、ヴィーネは綺麗《きれい》で聡明《そうめい》だ。本当に買ってよかったと考えてたのさ」

「ありがとうございます。わ、わたしも優《やさ》しく強い雄《おす》であるご主人様に出会えて幸せです」

うぐ、ヴィーネが可愛《かわい》い。頬《ほお》が少し紅《あか》くなっていた。

冷徹《れいてつ》をイメージする銀仮面越《ご》しから変化する表情のギャップがいい。

「へへ。それじゃ外へ行くか」

「はいっ」

「にゃお～」

黒猫《ロロ》は触手《しょくしゅ》から出た骨剣《ほねけん》の先に、残していた肉の欠片《かけら》を刺《さ》して、ヴィーネに差し向けていた。顔色を判断していた？　子分と思っているのか分からないが、優しい。

「まぁ、ロロ様、この肉をわたしに？」

「にゃ」

「頂きます――」

と、ヴィーネはロロディーヌの差し出した肉を骨剣から抜《ぬ》き取ってサクッと食べていた。

「ンン――」

黒猫《ロロ》はヴィーネの食べっぷりに満足したような表情を見せてから、先を走って行った。

迷宮の宿り月を出て路地を歩く。すぐに相棒の後ろ姿を見つけた。が、黒豹《くろひょう》の姿に変身して、野良猫《のらねこ》たちを驚《おどろ》かせていた。そんな楽しそうに遊ぶ黒豹《ロロ》に向けて、

「ロロ、行くぞ」

「にゃお」

ヴィーネと相棒を連れて、冒険者ギルドのある第一の円卓通りに向かう。

黒豹《ロロ》はすぐに黒猫《くろねこ》に変身。

第一の円卓通りで、運搬《うんぱん》容器を胸に抱《かか》えた商人たちが売るお菓子《かし》とパンと魔道具の触媒《しょくばい》や秘薬のような商品を物色しながら……初心者の酒場に到着《とうちゃく》。

「ンン――」

酒場に入った直後、子猫状態の相棒は、肩《かた》に乗ってくる。

酒場は、酒場らしく、酒と煙草《たばこ》の香《かお》りが充満《じゅうまん》していた。

冒険者の団体客が多い。昼前だが、どんちゃん騒《さわ》ぎだ。まずは……。

ルビアを捜そうか――ん～いないか？　ざっと見て、四、五十人はいるからな。

手っ取り早く、カウンターに向かうか。ブロンコスのおっさんに聞こう。

中央のカウンター席に向かう。調理をしているブロンコスに、

「――よっ、ブロンコス」

「お、シュウヤじゃねぇか……綺麗な女を連れてるな」

ブロンコスは息を呑《の》むように、じっくりと青白い肌《はだ》を持つヴィーネの姿を凝視《ぎょうし》。

ヴィーネは美人のダークエルフだ。当然か。

「ブロンコス、彼女《かのじょ》の名はヴィーネ。俺の従者だ」

「ブロンコスさん。よろしくお願い致します」

ヴィーネは丁寧《ていねい》に頭を下げた。銀色の髪《かみ》が靡《なび》く。

ブロンコスは頭を下げたヴィーネを見て、ほうれい線をピクッと動かす。

嫌《いや》がるような照れているような表情を浮かべた。

「……よせやい。見た目通り、俺に〝さん〟付けは似合わない。気軽にブロンコスと呼ん

でくれ」

お堅《かた》いのは嫌《きら》いなようだ。ま、ここは酒場だ。

職業柄《しょくぎょうがら》、上下に関係なくフランクに活動したいんだろう。

「了解《りょうかい》した。ブロンコス、何か飲み物をご主人様に頼む」

ヴィーネは銀仮面越しに笑顔《えがお》を見せて、了承。

「おう、お前さんも席に座《すわ》れ。で、シュウヤさんよ、前と同じ物を用意しようか？　そこの黒猫のロロも何か食べるんだろ？」

前回、俺が頼んでいた物を覚えていたらしい。

「にゃ。ンッンンンン」

黒猫《ロロ》は興奮。ブロンコスの声にいつもとは違うニュアンスで返事をしていた。

猫マイスターで翻訳《ほんやく》すると『はげちゃん、〝当然だにゃ、美味《おい》しいの食べたいにゃ〟』的な鳴き声だろうか。相棒は、俺の肩から跳躍《ちょうやく》してカウンターの机に前足から着地した。

黒猫《ロロ》はブロンコスに肉球を見せる挨拶《あいさつ》。

そのままエジプト座りをする。

そして、むくっと上半身を起こす。後ろ足で器用に立った。クララが立った。違うか。

両前足を上げて下げての、上下に前足を動かしている……。

餌《えさ》のクレクレポーズだ。

ブロンコスに向けて、『おつまみをくれにゃ』と、可愛いアピールをしていた。

お前は朝飯を食っただろうに、だが、可愛い……。

「ぶっ、それはクレクレか！　ははは。お前は、可愛いなァ、よし。ちゃんと用意してやろう――それで、ヴィーの姉ちゃんはどうするんだ？」

テンションの高いブロンコスは〝ヴィー〟とヴィーネを略して、気軽に呼んでいた。

ヴィーネは渾名《あだな》を聞いて眉間《みけん》を震《ふる》わせる。

「……わたしもご主人様と同じ物をくれ」

眉《まゆ》を震わせながらも表情を整えつつ無難に応《こた》えたヴィーネさん。

美人のヴィーネの注文を聞いて見た、笑顔満面のブロンコスはカウンター越しに、

「おう！　分かった。今、用意するから待っとけ――」

気合いが入る。可愛いおっさんか！　背後の棚《たな》の奥《おく》へと移動。

分かるぜ、美人さんとの会話はテンション上がるよな。

棚からゴブレットを取り出して、酒を注いでいく仕草は、やはりさまになる。

ナッツ類のお摘《つ》まみもボウル状の入れ物に盛っていく。

「ほらよ！　ゆっくりしていきな」

ブロンコスは、カウンターの上に、酒とお摘まみを置いていく。

「ありがとう！　代金はここに」

二人と一匹《いっぴき》分の金をカウンターの上に置く。

「おう、まいど」

んじゃっと、一口、飲む。うむ。美味《うま》い！　ビールって訳ではないが、喉ごしはなかなかだ。ヴィーネもごくごくと飲んでいた。黒猫《ロロ》はボウル状の入れ物に、頭部を突っ込んでいる。ナッツをむしゃむしゃと食べていた。

飲み食いしていると、ブロンコスが、

「……それで、今日もクラン【蒼《あお》い風】の連中目当てか？」

と、聞いてきた。ブロンコスは夢中でナッツを食べる黒猫《ロロ》にラブの視線を送っていたが、指摘《してき》はしない。

「そうだ。そいつらは順調なのか？」

俺がそう聞くと、ブロンコスは黒猫《ロロ》から視線を俺に寄越《よこ》す。

「相変わらず【蒼い風】は調子がいいクランの一つだな。迷宮から帰る度《たび》に、質の高い装備に変わっている。この間は、鉄の宝箱が出現したようだ。クランの連中が喜んでいたのは覚えている」

へぇ、ブロンコスの親父《おやじ》は記憶力《きおくりょく》がいい。

「その連中は、今、ここにいる？」

「いや、まだだ。そろそろ迷宮から帰ってくる頃かもしれん」

「おぉ、なら、まったりと待たせてもらうよ」

「分かった。他に何か注文があったら言ってくれ」

「了解、黒猫《ロロ》ちゃんよ、小鼻が動いている」

そう相棒に語りかけるブロンコスは指を伸《の》ばした。

黒猫《ロロ》は、その浅黒い指先の匂《にお》いを、ふがふがと嗅《か》ぐ。

フレーメン反応はしなかった。ペロッと舐めていく。

「ははは、礼のつもりか？」

「ンン、にゃ」

そうらしい。が、すぐに猫パンチをその指に喰《く》らわせる天邪鬼《あまのじゃく》なロロディーヌさんだ。

「ははは、ふられたか」

と、ブロンコスは踵《きびす》を返すと材料の仕込みを開始していく。

俺は、相棒が自分の尻尾を追《お》い掛《か》けるように回り出したのを見て、微笑《ほほえ》みながら酒入りのゴブレットを片手に、酒場を見回した。

お、あそこでダーツをやってる。賭《か》け事《ごと》か。ダーツというより投げナイフの競技かな。

「ご主人様、ここで待つのですか?」

隣《となり》に座るヴィーネもゴブレットを手に持ちながら、そんなことを聞いてきた。

「そうだ。少し待ってから地図のことを聞く」

「分かりました」

ヴィーネは少し不満顔か? じっと、酒を飲んで待機は性《しょう》に合わないようだ。

すぐに来てくれると助かるんだがな。そんな期待を持ちながら、数分待つ。

……先に地図のことをブロンコスに聞いてみるか。

「ブロンコス。仕込み中に悪いが……」

ブロンコスは、玉葱《たまねぎ》のような野菜を切るのを止《や》めて、

「かまわねぇよ、んで、なんだ?」

「ここにいる冒険者で魔宝地図を解読できる奴はいるか?」

「……魔宝地図か。昔は数人いたんだが、今はいねぇな。それに、ここは迷宮の浅い階に向かうパーティやクランが常連だ。英雄たちの酒場、円卓の酒場辺りになら、多数いるはずだ。魔宝地図が目当てなら、冒険者ギルドの隣にある【魔宝地図発掘協会】に向かうことが、一番手っ取り早いだろう」

「そっか。ありがとう」

俺の礼を聞いたブロンコスは、ニヤッと、いやらしく笑いながら、

「しかし、シュウヤは魔宝地図持ちかよ。懐《ふところ》に気を付けろよ？」

と、俺にそう忠告すると、また野菜を切る仕事に集中。

ブロンコスがそう言った途端《とたん》、近くで話を聞いていた冒険者たちから視線が集まった。

方々で、あいつ魔宝地図持ちか。と、短く呟《つぶや》かれてしまった。

魔宝地図は狙《ねら》われやすいのか。移動する際は、スリに気を付けよう。

んだが、地図はアイテムボックスの中だ。大丈夫《だいじょうぶ》か。

と、一安心していると、ヴィーネの声が響《ひび》く。

「ご主人様どうしますか？　まだ待ちますか？」

ヴィーネは早口で語る。酒場で待つより、魔宝地図のほうを優先したいのかな？

だが、今は待つ。

「【魔宝地図発掘協会】にはまだ行かない。知り合いが来るのを待つ」

「……はぃ」

ヴィーネは俺の選択《せんたく》に、元気なく返事している。

つまみを食べては、ゴブレットに入った酒を豪快《ごうかい》に一飲みしていた。少し苛《いら》ついた？

そうして、入り口のほうを見ながら、少し待つ……と。

新しく入ってきた冒険者たちの中に見知った顔がいた。

ラッキー。来た来た。少し髪も伸びていて、二つの三つ編みが、背中に流れた髪型《かみがた》に変化しているルビアを発見。彼女は仲間たちと一緒《いっしょ》にテーブル席に座った。

「今の連中が【蒼い風】だぞ」

ブロンコスが背中越しに知らせてきた。

「分かっている。ヴィーネ、済まんが、地図読みスキル探しはあとだ。行くぞ」

「はい、ご主人様」

表情が厳しくなったヴィーネを伴《ともな》って、円テーブルに近付いていく。

クラン【蒼い風】の面々たち。男女比率は男のほうが若干《じゃっかん》、多いようだ。

彼《かれ》らはテーブルを囲んで談笑《だんしょう》している。右端《みぎはし》の席にルビアがいた。

金色の髪。横に長い耳。瞳《ひとみ》の色もルビアだ。

両肩《りょうかた》と胸元《むなもと》が少し露出《ろしゅつ》しているだけのネックウォーマー風の服を軽装鎧《よろい》の上に羽織っている。魔力《まりょく》を帯びたネックレスも装着していた。

まだ、俺の視線に気付いていない。クランの集まりの最中だが……。

そんな彼女の背中側へと回ってみた。ルビアの背中から腰元《こしもと》を見る。

腰《こし》を巻くベルトと鎖《くさり》で繋《つな》がる剣帯が、太股《ふともも》にぶら下がっていた。

ちゃんと使ってくれていた。魔竜王《まりゅうおう》バルドークの長剣《ちょうけん》。俺がプレゼントしてあげた物。

……嬉しい。背中を見せているルビアに、

「ルビア？」

と、話しかけた。ルビアは振《ふ》り向《む》く。

「はっ――はい？」

と、俺を見た途端、かーっと頬を赤く染めた。

「あっ――シュ、シュウヤさまぁぁぁぁっ！」

口も広げて抱《だ》きついてきた。うひょっと――柔《やわ》らかい体の感触《かんしょく》を……。

いい匂《にお》いも……クランの全員から注目を浴びてしまった。

小柄《こがら》なルビアの両肩を持ちルビアの体を離《はな》してから、

「――よっ、久しぶり。元気してた？」

「はっ、はいっ」

ルビアはまだ信じられない。という表情を浮かべている。

その代わり、テーブル席の談笑は完全にストップ。何だ、何だ？　というように【蒼い風】の冒険者たちの面々から、俺たちへ視線が集まる。

その視線を無視してルビアに話を続けた。

「……それはよかった。サガにボンは無事に店をやっているのかな？」

「ザガさんも、ボン君も元気です。シュウヤ様のことをいつも話しているんですよ」

ルビアは顔を赤くしたままドワーフ兄弟のことを話してくれた。

ザガとボンは元気か……そりゃよかった。

「ン、にゃ？　にゃ」

肩に居座《いすわ》っている黒猫《ロロ》も、ボンという言葉に反応。

小さい顔を俺とルビアへ向けていた。黒猫《ロロ》もボンに会いたいらしい。

「……その店の場所はどこなんだろ」

「はいっ、それで――」

ルビアは立ち上がろうとしたが、同じテーブルに座る男が突然《とつぜん》立ち上がり、

「――待てよ」

と、彼女の動きを止められてしまった。

「何ですか？」

俺はその男の冒険者を見ながら、普通《ふつう》に尋《たず》ねる。

「お前こそ、何なんだよ。いきなり現れたくせに馴《な》れ馴れしい奴だ……女を侍《はべ》らせている

くせに、うちの団員をナンパしてんじゃねぇぞ？」
いきなり、喧嘩腰《けんかごし》で凄まれてしまった。緑髪の碧眼《へきがん》を持つイケメン戦士君だ。
「――ご主人様？」
後ろにいたヴィーネが〝殺《や》りますか〟的に尋ねている。
目付きがヤバイ。緑色の髪の男を凍《こお》るような目付きで睨《にら》んでいる。
ヴィーネを見て、僅《わず》かに顔を横に振る。
『閣下、コイツを殺るなら、わたしを使ってください』
俺の左目に棲《す》む常闇《とこやみ》の水精霊《みずせいれい》ヘルメも怒《おこ》った形相で、視界に登場。
『大丈夫《だいじょうぶ》だから、見ておけ』
……まったく、ヴィーネとヘルメは、俺のことに関すると、沸点《ふってん》が低すぎるんだよ。
剣呑《けんのん》な雰囲気《ふんいき》を感じ取ったルビアが口を開く。
「……リャインさん、この人は――」
ルビアが仲を取りなそうとするが……。
「ルビアッ、こいつはお前の男なのか？」
名はリャインか。彼は俺とルビアの仲が気になるみたいだ。
酔《よ》っているのか、このイケメンのリャインはルビアのことが好きなのか。

「あ、い、いえ、そこまで……」

ルビアはチラッと俺を見て気不味《きまず》そうに目を逸《そ》らしては、ぼそぼそと小声で呟いていく。

面倒《めんどう》なことになりそうなので、笑顔を交えて説明しとくか。

「俺はルビアと知り合いなだけだよ。少し尋ねたいことがあっただけさ」

「――ウルセェ、お前には聞いてねぇんだよっ！　ヤッチマウゾ」

リャインは俺を睨む。彼はあくまでも、俺と絡《から》みたいようだ。

せっかく笑顔な紳士《しんし》キャラで通そうと思ったのに。

少し、声を大きくして言うか。

「……【蒼い風】とやらは、メンバーに話しかけるのにも〝お前〟の許可がいるのか？」

「――いや、そんなことはない。リャインが声を荒らげて済まなかった」

お？　そう謝《あやま》る猛々《たけだけ》しい渋《しぶ》ボイス。

テーブルに同席している別の男が立ち上がって、そう言ってきた。

「カシム団長っ」

「いいから、お前は黙《だま》れ。酒が入ってるからといって喧嘩沙汰《ざた》は起こすな」

団長の名はカシムか。声と同様に精悍《せいかん》な顔付き。顎髭《あごひげ》を生やしている。

「……チッ」

リャインは団長に叱《しか》られて、舌打ち。不満そうな表情を浮かべながら、どすんと席に座り、ふんぞり返る。テーブルのゴブレットを乱暴に掴《つか》むと、口に運ぶ。一気に、酒を飲み干していた。団長はそんなリャインの行動に溜《た》め息《いき》を吐《つ》きながら、

「……俺の名はカシム・ベイルローク。この【蒼い風】を率いている者だ。リャインが軽《けい》率《そつ》な態度を取って……申し訳ない」

団長はリーダーらしい態度で、もう一度、俺に対してちゃんと謝ってきた。

いやぁ、清々《すがすが》しい。リャインの人物像とは、百八十度違《ちが》うな。俺も謝っておこう。

「いえいえ。こちらこそ、突然クランの集《つど》いを邪魔《じゃま》してすみませんでした。ルビアと会いたかったものですから」

「はい。わたしも、わたしも凄く会いたかったです……」

ルビアが俺の言葉に重ねるように同意してくる。

すぐに周りのメンバーからぴゅーっと口笛が吹《ふ》かれた。

おぃおぃ、勘違《かんちが》いされちゃうだろうに。

すると、カシム団長が空気を読んだように喋《しゃべ》り出す。

「……そうでしたか。別に大丈夫ですよ。クランの集いというわけでもないですし、これは迷宮帰りの一杯《いっぱい》というやつですから。気にしないでください。ルビアも楽しんでこい。

ただ、いつもの集合時間には遅《おく》れるなよ？」

「は、はいっ」

ルビアは団長に元気よく返事をすると、俺の側《そば》に来た。

そして、反対側で見守るヴィーネが、ドンッと音が鳴るような速度で、俺を守るように立った。俺からはヴィーネの背中しか見えないが、迫力《はくりょく》があった。

「ヴィーネ。大丈夫だぞ」

「はい。でも立ち位置は重要です」

ヴィーネ？　立ち位置？　何か、冷然とした口調だったが、意味不明なことを。

「あ、あの、家に案内します」

そのやり取りを見ていたルビアが思案気に言ってくる。

「チッ」

ルビアの言葉を聞いていたテーブル席に座るリャインが、また舌打ちして、俺のことを睨んできた。彼との余計な軋轢《あつれき》は勘弁《かんべん》。早いとこ移動しよう。

「ルビア、案内頼む」

「はい。行きましょう。あ、団長さん、ありがとうございました。皆さんも、またです」

ぺこり、と頭を下げたルビアは酒場の出口に向かっていく。

「おう」

「じゃあねぇ」

「また回復を頼むぜ」

「彼氏《かれし》を取られるなよ～」

一人、変な冷やかしが交ざっているが、その場で頭を下げておいた。

俺とヴィーネは【蒼い風】のメンバーが集まるテーブル席から離れると、ルビアと共に酒場の外へ出る。

「少し、距離《きより》がありますが、こっちです。ついてきてください」

「分かった。よろしく」

ルビアと共に第一の円卓通りを南に進む。

その間も、ヴィーネが俺とルビアの間に入った。無理をして歩いていく。

「ンン」

そんなヴィーネの行動に、俺の肩にいる黒猫《ロロ》が反応。

ヴィーネに対して、どうしたニャ？　的に鳴くぐらい、おかしな行動だった。

嫉妬《しっと》か。俺の勘違いかなぁ。ヴィーネはルビアをライバル視するように冷たく見ている。

嫉妬なら可愛いところもあるが、ルビアは少し萎縮《いしゅく》してしまった。

エヴァとレベッカに対しては、こんなあからさまな行動はしなかったが……。

彼女たちとは迷宮で一緒に戦っているからか。

ま、当たり前か。迷宮という場所で、不自然な行動を取るわけがない。

ましてや、当時のヴィーネの立場は奴隷《どれい》だった。

単に、戦闘《せんとう》奴隷としてパーティの動きに忠実だったに過ぎないってのもあるかな。

俺に対しての気持ちも定まっていなかった可能性も大きいか。

つい先日、ヴィーネと話し合って復讐《ふくしゅう》劇を終わらせたばかりだからな……。

今は奴隷ではなく、従者のヴィーネだ。

そんな彼女に〈眷族《けんぞく》の宗主《そうしゅ》〉のことを話してみたいが……。

チラッと隣を歩くヴィーネを見たが、まだ気が立っているようだ。

ルビアのことを睨んでいた。

ルビアと余計な喧嘩が起きないように、互いの紹介《しょうかい》を兼《か》ねて少し話し合うか。

「ルビア、止まってくれ」

「はい」

少し先を歩くルビアを呼び止める。

「ルビア、まだちゃんと紹介してなかったので、紹介しとく。こっちのダークエルフは俺の従者で、名はヴィーネだ」

「はい。珍《めずら》しい種族のヴィーネさん。シュウヤ様の従者様なのですね。わたしの名はルビア。昔、シュウヤ様に助けて頂いた者です」

ルビアは、ぴょこっと小さい頭を下げて、ちゃんと挨拶していた。

「了解した。ご主人様が仰《おっしゃ》ったように、従者のヴィーネです。宜《よろ》しくお見知り置きを」

ヴィーネも素直に頭を下げるルビアに対して、警戒《けいかい》を解く。頭を下げて挨拶していた。

ルビアは嬉しそうに胸に両手を置きつつ、

「良かったぁ。わたしはハーフエルフ。嫌われちゃったのかと思いました」

と、おどけて話す。

「好《す》き嫌いは関係ない。種族で言ったら、わたしもダークエルフだ。さっきの態度で誤解を与《あた》えたのならば、謝る。だが、わたしは女として引くつもりはないぞ」

ヴィーネは毅然《きぜん》として語る。ルビアより背が高いので、何か説教しているようにも見えてきた。

「……女として？」

ルビアはきょとんとしてヴィーネを見る。

「そうだ。わたしは従者ではあるが、強き雄であるご主人をお慕《した》いしている女でもある」

どへ、いきなり告白ですかい？　二回ぐらい一緒に風呂《ふろ》に入っているが、あの時は何にも言わなかったぞ。すげぇ、気持ちは嬉しいが、ヴィーネも場所を考えようよ。ルビアは面食《く》らったように、驚いている。

「ご主人様と言うと……シュウヤ様をですか？」

「無論だ」

ルビアは俺をチラッと見て、目が合うと恥《は》ずかしそうに俯《うつむ》いてしまった。

そして、震えるような小さい声が聞こえてくる。

「……ずるいです。わたし、助けられた時から……ずっといつも、いつも想《おも》っていたんです――わたしだって、シュウヤ様の事をお慕いしていますっ」

ルビアから急に顔を上げて勢いつけての告白だった。ぽっと頬が赤く染まっていた。

蒼い双眸《そうぼう》は熱を帯びている。しかし、こりゃどういう日だ。告白デーか？

「やはりな……初めから警戒していたのだ。ご主人様を渡《わた》しはせぬぞ」

「たとえ従者様でもヴィーネさんには、この気持ちは負けません。せっかく、シュウヤ様とまた会えたのですから、もう、わたしは、シュウヤ様と離れ離れになりたくないっ！」

やべぇ、やべぇよ。喧嘩するなよって思いからの行動だったが、火に油を注いでしまったァァァ……こういう場合、どうしたらいいんだ。

俺の母神、水神アクレシス様。おせーて…………当たり前だが、何も返事はなし。

『閣下、生意気な女たちが争ってますね。ここは一度キツク尻《しり》教育を行いますか？』

代わりに常闇の水精霊ヘルメ様からの、天の声が響いた。

『……ヘルメ、尻教育は駄目《だめ》だ』

『そうですか……』

ヘルメは残念そうな声を出す。とりあえず、浮かれるのは止《よ》して。

少し怒ったように、低い、シリアスな口調を意識しようか……。

「……どちらも好いてくれるのは凄く嬉しい。いつか、二人ともにその気持ちには応えてやろうと思う。が、今は移動中だ。余計なことで〝煩《わずら》わせるな〟」

「はっ、はい」

「──はいっ」

二人とも俺の低音口調にびっくりしたようだ。キリッと音がするぐらいに背筋を伸ばして、怯《おび》えたように返事をしていた。

ようは喧嘩するんじゃねぇよ。と、言いたかったんだけど。

すぐに、ルビアとヴィーネは面と向かい合った状態で話し合うと、互《たが》いに深く頷いて、冷然とした表情だ。ルビアは小鼻をふくらます。ヴィーネは眉を曇《くも》らす。

犬猿《けんえん》の仲、といえる雰囲気だが、喧嘩はしていない。
一安心。すげぇ強引《ごういん》な手法だが、まぁいいだろ。とりあえずは修羅場《しゅらば》を往《い》なしたぞ。
『閣下、お見事な叱りです、痺《しび》れました』
『お、おう』
……そこからはぎこちない笑顔と無言が増えていた。
俺のせいでもあるが、俺が何も言わずとも、こうなっていた可能性はあるな。
あえて触《ふ》れずにルビアの案内通りに南へ進む。
幾《いく》つか細かい路地を通り、武術街近くを歩いたあと、
「彼処《あそこ》です――」
あれが、ルビアとドワーフ兄弟たちが住んでいる家か。
「へぇ……」
場所はペルネーテの南西、第二の円卓通り沿いだ。
解放市場とコロシアムの闘技場《とうぎじょう》が比《ひ》較的《かくてき》近く、武術街にも近い。
外観は二階建ての工房《こうぼう》が付いた立派な家だ。大通りに沿うように建てられてある。
他の通りに立ち並ぶ店より、同規模か、少し大きいぐらいだ。
ザガはいい物件を手に入れたなぁ。

「にゃ？　ンンン、にゃ――」

一気呵成《いっきかせい》の勢いで黒猫《ロロ》さんが先に駆《か》けた。尻尾《しっぽ》が反り返っているし、好奇心《こうきしん》モリモリ状態か。相棒は左手前の工房の中へと入る。

「――ロロちゃん。足が速い！　あ、ここがわたしたちが住んでいる家です。どうぞ、入ってください」

「分かった」

車が数台入りそうな巨大ガレージの工房だ。

早速《さっそく》、お邪魔した。鍛冶屋《かじや》と作業場が一体化した素晴《すば》らしい工房。

端《はし》に黒いセンスある棚が並ぶ。中央に大きな樫机《かしづくえ》。紙に鉛筆《えんぴつ》か竹筆のような物でデッサンしているザガ。ボンもいた！　黒猫《ロロ》と一緒だ。

いつものエンチャント喋りを繰《く》り返しながらの必死なダンス。

ボンと黒猫《ロロ》は遊んでいる。

ダンスの遊びと言っても、黒猫《ロロ》は、たんにジャンプを繰り返しているだけだが。カンフーキャット的なポーズが多いから面白《おもしろ》い。

あそこだけ真のメルヘンファンタジー世界だ……。

『ボンとロロディーヌの秘密の扉《とびら》』副題、知られざるボンの生《お》い立ち。

自らの過去を知ろうとするボンに迫《せま》る魔の手。

使い魔である黒猫ロロディーヌと共に立ち向かうのであった。

ふと、そんな物語のタイトルと、解説を想像してしまった。

笑いながら、ザガに挨拶しようと歩み寄る。その際、ヴィーネとルビアをチラッと見た。

彼女たちも黒猫《ロロ》の何とも言えない楽しげな踊《おど》り姿を見て微笑んでいた。

「よっ、ボンとザガッ」

ザガは俺《おれ》の声が聞こえると、仕事を止めて勢いよくこっちへ振り向く。

皺だらけの顔を綻《ほころ》ばせながら、

「お、おぉぉ、シュウヤじゃないか！」

短い足を一生懸命《いっしょうけんめい》に前後させながら、トコトコと走り寄ってくれた。

「エンチャ！」

ボンだ。黒猫《ロロ》とのデュエット踊りを止めると走り寄ってくる。

にこにこと、屈託《くったく》のない笑顔を見せつつ俺の目の前に来ると、俺に飛び付く勢いで、その場で跳躍を繰り返す。おかっぱの髪が、揺《ゆ》れに揺れて面白い。

第百三十章「懐かしい面々」

「エンチャ、エンチャ、エンチャントットッ」

エンチャと、喋る度《たび》に、跳躍して両手を交互《こうご》に上げるボン。可愛《かわい》げのある仕草だが、まん丸い瞳は真剣《しんけん》だった。独特の踊りを披露《ひろう》してくれる。

――ボンは変わらないなぁ。と、懐かしい家族との再会に俺も楽しく感じた。

すると、ザガが、

「シュウヤ、元気にしてたか？」

「エンチャントッ」

「おうよ。元気さ――この魔槍杖《まそうづえ》もな」

俺は笑《え》みを意識しつつ右手に魔槍杖バルドークを召喚《しょうかん》。ザガに見せた。

「おっ……どれどれ、軸《じく》もずれていないし、傷もなし。しかし、素晴らしい逸品《いっぴん》だな」

ザガは職業病なのか、魔槍杖をチェック。そして、冗談《じょうだん》のつもりなのか、自分の作品でもある魔槍杖バルドークのことを、自画自賛している。

そのザガとボンの兄弟の衣服は豪華《ごうか》になった。髪型と体形は昔と変わらない。

そんなザガを見ながら、

「……ザガの作品だろうに」

「分かっとる。少し冗談をだな……うむ」

ザガは真面目《まじめ》にツッコまれたことが小っ恥《こぱ》ずかしいのか、頬《ほお》を朱《しゅ》に染める。俺は、

「はは、ま、冗談ではなく、この魔槍杖は、最高の武器だ。そして、俺の主力武器――」

と、ザガを褒《ほ》めつつ、魔槍杖バルドークを握《にぎ》る手を強める。

「おうおう、嬉《うれ》しいなぁ！　職人冥利《みょうり》に尽《つ》きる言葉だ」

ザガは満面の笑みだ。俺も嬉しくなった。

「エンチャ！」

ボンも純粋《じゅんすい》な心が溢《あふ》れる笑顔を繰り出《だ》す。

「うむうむ。ボンも魔力を大量に消費して、魔槍杖作りをがんばっていたからな」

ザガが頷《うなず》きながら、ボンを褒める。すると、

「エンチャャッント！」

大声バージョンのエンチャント。ボンは腰に両手を当て、胸を張っている。

まさに『僕《ぼく》が作ったんだぞ』と言わんばかりの態度とドヤ顔だ。

直前に見せていた純粋な笑顔はどこにいった。

そんなボンの行動を少し可笑《おか》しく見ていると、ザガが俺の後ろに控《ひか》えていたヴィーネに視線を移しながら「ところで、そこのエルフの女は、もしや……」と指摘してくる。

ザガは、ヴィーネの顔色や皮膚《ひふ》の色が気になるようだ。

「彼女《かのじょ》の名はヴィーネ。見ての通りダークエルフ。俺の従者だ」

「はい。従者のヴィーネです。宜しくお願いします」

ヴィーネは丁寧に頭を下げている。綺麗《きれい》な銀髪《ぎんぱつ》が靡く。そのヴィーネを凝視《ぎょうし》したザガは興味が湧《わ》いたようだ。トコトコとヴィーネに近寄っていく。

「こちらこそ宜しく頼《たの》む。しかし……ダークエルフとは珍しい。地上ではソサリー種族よりも出会うことは稀《まれ》だと言われていたはずだ……」

ヴィーネは改めてドワーフのザガとボンを見てから、ルビアを見る。

その窺《うかが》うようなヴィーネの様子を見たザガは、

「と、すまんな。挨拶が遅れた、わしはザガだ。こいつは弟のボン。ルビアはわしたちの娘《むすめ》みたいなもんだ。見ての通り、一緒に鍛冶屋《かじや》を経営している。わしは鍛冶師であり商人の端くれだ。ボンはこの店専属の〈賢者技師《サージエンチャントクラフター》〉でもある。ルビアは冒険者《ぼうけんしゃ》だ。迷宮《めいきゅう》を含《ふく》めて周辺地域で採れる素材の仕入れ担当だな」

ヴィーネは細い眉をピクピクと動かした。目を見開く。

「付与魔法師《エンチャンター》の最高峰《さいこうほう》とは凄《すご》い！　ご主人様が扱《あつか》う魔槍杖を作れる理由ですね。ザガ様とボン様は素晴らしい鍛冶《かじ》技術を持つ偉大《いだい》な職人とお見受けしました。強く尊敬致《いた》します」

すっかり感心しきったヴィーネだ。

ドワーフたちに対して、姿勢を正し、丁寧《ていねい》に話していた。

その言葉に嘘《うそ》はない。態度には、尊敬の色がありありと見て取れた。

ルビアの時とは百八十度、態度が違《ちが》う。これにはルビアも頬を少し膨《ふく》らませて怒ったそぶりを見せる。直接的には文句を言えないようだ。ルビアの気持ちは分かるが、勘違いしないでほしいところだ。ヴィーネの場合……個が持つ才に対して率直《そっちょく》に評価をしているだけなんだよな。そこに、俺という判断基準が混ざるから、ルビアはヴィーネのことを勘違いしているようだ。

「エンチャッ、エンチャ、エンチャッント♪」

褒められたボンは独特の笑みを浮《う》かべると、何回もエンチャント語を連呼。

そのまま楽しそうに、ヴィーネに向かって――グーグーグー的に親指を突《つ》き立てながら近付いていく。あの親指を突き出す動きは前世で一時有名になった女芸人の動きに似ている。思わず、古すぎて苦笑いを浮かべた。

「……えっ、ご、ご主人様」

ヴィーネはいきなり奇怪《きかい》な行動を取るボンに、どう対応していいのか、解《わか》らないような困惑顔《こんわくがお》を作る。俺に助けを求めるような視線を送ってきた。ハハハッと笑いながら、

「ヴィーネ。笑顔《えがお》で頷いとけばいいいんだよ。ボンは美人に褒められて嬉しいのさ」

「は、はい、ハハ……」

表情を少し硬《かた》くしたまま笑うヴィーネ。

すると、隣でその様子をおもしろくなさそうに見ていたルビアの声が響く。

「ボン君も美人には弱いんですねっ」

ルビアの声は不満そうだ。

「エンチャ？　エンチャット！」

ボンはルビアに対して振り向くと、〝そんなことはないお〟的に踊りながらルビアの近くに寄っていく。

「あ、ボン君～？　誤魔化《ごまか》そうとしても、わたしには分かるんだからねっ、鼻の下が伸びてるしっ」

「エンチャッ？　エンチャンットット」

ボンはルビアを馬鹿《ばか》にするように、変な表情を浮かべると、ルビアから逃《に》げるように背

中を見せて走り出す。

「あっ、何その顔っ、ムカつくぅ！　まてぇ」

ルビアはボンを追い掛けて工房の外に走り出す。

「あはは、ルビアのあんな顔、初めて見た」

前は敬虔《けいけん》な少女というイメージだったが、これが本来の顔なのか。

ボンとは仲がいいらしい。ここでの生活にも馴染《なじ》んでいるんだな……さて、静かになったところで、ザガの工房でも見ていくか。この家のことを聞いていく。

「ここの店は大通りに面したいい場所だな」

ザガとボンにそう話《はな》し掛けながら、建物探訪をするおっさんにでもなったかのように──。

工房部屋の内装を見学していく。奥《おく》にはザガが普段《ふだん》使用しているだろう大きい炉《ろ》が複数あった。金床《かなとこ》が設置された近くには、鉄屑《てつくず》と凹《くぼ》んだ金槌《かなづち》が積み重なって置いてあった。

「……そうだろう。そこの炉の一つは、最新式の魔力複合炉だ。ま、その代わりにシュウヤとの仕事で儲《もう》けた金貨はすべて消えたがな？」

ザガはニカッと歯を剥《む》き出して笑う。

「すべて……」

そう呟きながら見学を続けた。

部屋の壁《かべ》には銃《じゅう》でも飾《かざ》るかのように魔力を伴った武具が少数だが置いてある。

何体か並ぶマネキンには質の良さそうなセット防具が飾られてあった。

ショールーム的な意味もあるんだろう。

魔力を伴っていない普通の武具を合わせれば、前の店より品物は増えている。

壁に面した床には、矢の束と道具箱が置いてある。その壁には、大きな棚《たな》。

棚の中に、銀色と金色のインゴットが大量に積み重なった状態で保存されていた……確かに、土地、家、鍛冶の道具、素材、内装、諸経費を含めると、金は一気に消えちゃうな。

「なるほどなぁ、仕事は順調？」

「まぁまぁだな。わしの知り合いのクランから少し武器の修理を頼まれたのと、ルビアの紹介で【蒼《あお》い風】クランのメンバーからの仕事が増えたぐらいか。個人の冒険者客もかなり増えてきた」

「そっか。その中にザガの目からして優秀《ゆうしゅう》そうな冒険者の客はいた？」

「何人かいる。シュウヤも知っている、子供の二人組とかな？」

「二人組？」

「そうだ。魔竜王《まりゅうおう》の蒼眼《あおめ》を欲《ほ》しがった、あの子供たちだ」

「あぁ、冒険者Sランク。クラン名は【蒼海《そうかい》の氷廟《ひょうびょう》】の不思議少年と少女のクランか。内実は子供の見た目で、子供ではないと思うが」

「姿を消す呪文《じゅもん》を唱えていた子供の二人組だからな。そのSランクの子供たちは、俺が引《ひ》っ越《こ》しした初日に、この店に来ていたぞ。その時は、たまげた。突然と現れたんだ」

不可視《インヴイジビリティ》の呪文をまた使って現れたのか。

「その二人は、ザガとボンに特別なアイテムの注文を？」

「いんや、わしがくり抜《ぬ》いてやった魔竜王の蒼眼を大切に使い……〝迷宮での冒険探索《ぼうけんたんさく》にすごく役に立っています〟と、〝古竜並みの素材を狩《か》ることができたら、また加工をお願いします〟と、丁寧に報告をしに来ただけだった。六階層や七階層の迷宮話をしていたから、相当な冒険者だと思われる。シュウヤの予想通り、見た目は子供だが、内実は違うのかもしれん」

あの不思議な少年少女、そんなところまで到達《とうたつ》しているのかよ。

「シュウヤたちもパーティかクランを組んでいるのだろう。迷宮はどこまで探索したんだ」

ザガは俺とヴィーネを見ながら、質問してきた。

「組んでいるよ。このヴィーネの他に二名。階層は三階層の一部を探索した。だから俺たちは新米さ。まだまだこれから、というところだよな？」

ヴィーネに話を振る。ヴィーネは冷然とした表情のまま、

「新米？　バルバロイの使者を倒《たお》したご主人様なら御一人《おひとり》でも迷宮の深部、或《ある》いは、前人未踏《みとう》の階層を踏破《とうは》するのも可能でありましょう。ましてや偉大なロロ様もいるのです。わたしは足手まといにならないように、雑用をお手伝いするだけです」

と、あっさりと俺の言葉を否定しつつ持ち上げてくれた。

「ほぅ、さすがは古竜を屠《ほふ》った冒険者が持つ従者だ。シュウヤの実力を知っているのだな」

ザガは自らの顎髭《あごひげ》を触《さわ》りながら、俺を褒めてくる。

「……ご主人様は古竜を屠った一人？」

ヴィーネが古竜の件に反応して呟《つぶや》く。銀色の虹彩《こうさい》は俺を真《ま》っ直《す》ぐ捉《とら》えていた。

俺に対して、慌《あわ》てるように片膝《かたひざ》をついて頭を下げてくる。

ヴィーネ……そんなに畏《かしこ》まることじゃないんだが。

「美人な従者は知らなかったのか。シュウヤが愛用する魔槍杖は、古代竜の魔竜王バルドークの素材から、わしたちが作った品だ。そして、シュウヤよ。侯爵《こうしやく》様から貰《もら》った指輪があるだろう？　仕舞《しま》っているなら美人な従者に見せてやれ」

ザガは首をくいっと上向きに動かして指示してきた。

そういえば、指輪はヴィーネに見せていなかった。

魔竜王の蒼眼と同じポケットの中に入れっぱなしだ。

ポケットから魔竜王の臍《へそ》から作られた指輪を彼女に見せて渡す。

ヴィーネは指輪を受け取って、凝視。

「……素晴らしい芸術品です。裏にも侯爵家の紋章《もんしょう》と竜の殺戮《さつりく》者たちへと字が彫《ほ》られてあります。さすがは我《わ》が主。偉大なご主人様、敬服します――」

ヴィーネは賞状を受け取るように頭を下げながら指輪を返してきた。

「――ただいまー。あっ、シュウヤ様、わたしもソレ、見たいです」

「エンチャッント」

ルビアとボンも帰ってきた。

「いいぞ。これだ」

指輪を印籠《いんろう》のように翳《かざ》してから、ルビアに渡した。

「これが、ザガさんが話していた指輪……カッコイイです。オセベリアの侯爵家に認められた、竜の殺戮者……シュウヤ様はやはり、偉大な冒険者様なのですね。わたしはそんな方に……」

ルビアは顔を赤くして語尾《ごび》は小さい声になっていた。

「エンチャ、エンチャント」

ボンもルビアの隣《となり》で指輪を見ると、真ん丸な目を輝《かがや》かせながら呟く。

「お返しいたします」

「おう」

指輪を受けとり、ポケットに入れておく。

「ザガさんから聞いていた以上の指輪でした」

「そっか、ザガがね？」

「はい。シュウヤが持っていた指輪は芸術品だったと、侯爵家が抱《かか》えている魔金細工師に会ってみたいとか言ってましたよ。ねー？」

ザガはルビアの話を聞くと、眉間《みけん》に皺《しわ》を寄せながら、

「ルビアッ、余計なことは言わんでいい。で、シュウヤよ。お前は大事な客である前に、友でもある。もし暇《ひま》なら、久々に会ったのだから新しい家の中に上がっていかないか？ゆっくりと寛《くつろ》ぎながら色々と話そうじゃないか」

「エンチャント！」

ボンも友と言ってくれているようだ。友か。嬉しいな。

……俺も初めて会った時から不思議な縁《えん》を感じていた。

ザガとボンのことは、友であり親戚《しんせき》、家族のような親しみを覚える存在。

だが、今は魔宝地図を読める人も探したい。

「……シュウヤ様、わたしからもお願いします。夕食作り、わたし、がんばりますからっ。それと、二階にはわたしの部屋もあるんですよ。良かったら見ていってほしいです」

ルビアも目を輝かせながら、そんなことを話してくる。まだ昼前だし、夕食も食べないが、少しだけ団欒《だんらん》をするかな。

「予定があるから夕食は遠慮《えんりょ》しとく。が、少しだけお邪魔するよ」

「おお、こいこい」

「やった、シュウヤ様こっちです」

「エンチャッエンチャッ」

「にゃっにゃにゃ～」

ボンが踊り出すと黒猫《ロロ》が興奮し始めた。

作業場から巨大《きょだい》な掘《ほ》りゴタツの中央に設置されたリビングに案内された。

なぜ巨大掘りゴタツがあるのかは、すぐには聞かなかった。

そのコタツテーブルには、ミカン、もといサイカが数個載《の》った皿がある。

こ、これはやばいな。これは確実に『冬はここから一歩も動きたくねぇー』とかになる場所だぞ。相棒は側《そば》にある座布団《ざぶとん》の匂《にお》いを嗅《か》いでいる。

「シュウヤ、茫然《ぼうぜん》としてどうした？　その机はタンダール式だぞ。群島国家の机を知らんのか？」

タンダールは師匠《ししょう》が暮らしていた都市。群島国家はやはりアジア風なのだろうか。

「……知らないです」

「ま、座《すわ》れ、そこの美人な従者ヴィーネもな」

「はい」

俺が座ると素早《すばや》く隣に座るヴィーネ。

ルビアが一瞬《いっしゅん》ビクッと体を反応させたが、視線の争いは起きず。

全員でコタツを囲むように座る。

——一家団欒。今までの出来事を話し合った。

それは、ザガ&ボンとルビアの旅。この都市に来る際に、ボンが釣《つ》りに熱中しすぎて、ハイム川に落ちそうになった時ルビアに助けられたこと、ザガが投げ斧《おの》でゴブリンを屠ったこと、ルビアとボンだけで馬型モンスターを追《お》い払《はら》ったこと……。

俺もホルカーバムであった事件と、黒猫《ロロ》との約束を成就《じょうじゅ》したこと、ペルネーテに来てからのことを報告しては話し合う。

すると、ヴィーネが自らの胸を俺の腕《うで》に当てつつ寄《よ》り添《そ》ってきた。

「ご主人様は凄《すご》い……」

俺の過去話を聞いてヴィーネは興奮したようだ。

鼻息も荒《あら》くしている。ザガも、

「……物凄い経験をしておったか」

物静かな口調で語ってくれた。照れる。

「あぁ、神様と会話だからな」

「……偉大なる冒険者様です」

「エンチャントッ」

「にゃおおん」

ボンは俺じゃなくコタツの上に乗った黒猫《ロロ》に話しかけていた。

そんな調子でサイカを食べ、お茶を飲んで一時を過ごしたあと、

「それじゃ、そろそろ出ようかな」

「魔宝地図の読める人材か」

「そうだ」

「……魔宝地図に挑《いど》むのですね、納得《なっとく》です。でも残念です……」

ルビアは優《やさ》しさを持って話をしてくれたが……眉《まゆ》に不自然な力が入った困り顔だ。

肩《かた》も落としつつ、唇《くちびる》を少し尖《とが》らせていた。そして、顔をやや前方に下げる。

しょぼーん顔を披露。

「がはは、ルビア、また今度と、シュウヤは話しているではないか。そんな顔はするもんでない。こうして会えただけでも嬉しいもんだ」

ザガがフォローしていた。優しい娘を見るような視線のザガだ。

ザガとルビアは種族は違うが本当の親子のように見えた。微笑《ほほえ》ましい。

「そうですよね」

と、ルビアは発言すると、俺とヴィーネを交互に見つめて溜《た》め息《いき》を吐《つ》く。

少し気まずい。ま、挨拶《あいさつ》も済んだことだし、ここらで退散だ。

「んじゃ」

と、名残惜《なごりお》しくコタツから出ると、

「おうよ、いい素材を手に入れたら、また持ってこいよ」

「エンチャッ！」

「にゃにゃ！」

「了解《りょうかい》、また気軽に来るよ」

と、言いながら『またな』と腕を上げた。

黒猫《ロロ》も肩に戻《もど》る。片足を上げていた。

肉球を見せる挨拶していた。たぶん、ボンに向けての挨拶かな。

ヴィーネを連れて作業場に戻る。ルビアも送りたいのか、ついてきた。

「シュウヤ様、また来て下さいね。普段はここの家か、闘技場の東にある宗教通りの一角にある神聖教会にいますのでっ」

教会か。光神ルロディスにお祈《いの》りを捧《ささ》げているんだな。偉《えら》い子だ。

「おう」

そう返事をすると、ルビアの気持ちが顔に出た。

……『行かないでほしい』といった感情かな？

その瞬間《しゅんかん》、ルビアの少女らしくない鋭《するど》い視線がヴィーネを捉えた。

脹《ふく》れ面《つら》とはいえないし、少し怖《こわ》い。

刹那《せつな》、ルビアの背中から……ゆらりと黒いオーラを纏《まと》った威厳《いげん》のある女性が出現。

額に第三の目を持つ女性の幻影《げんえい》だ……。

女性は魔界《まかい》の女神《めがみ》か？　充血《じゅうけつ》したような魔眼。

その女神は、ルビアを見て、満足そうに嗤《わら》うと消失。

ヴィーネは驚愕《きょうがく》。女神のような存在だということか。

そのヴィーネは、たじろぐように一歩、二歩と後退。

ルビアの背後から、俺たちを見送りに来たボンは、笑顔満面。

ボンはボンなりに、目に魔力を溜めている。が、ボンは、気にせず、にこにこ顔。

ボンは知っているようだな。ルビアの秘密を。

ヴィーネは睨《にら》むルビアに負けないように、冷然としつつ鋼《はがね》の刃《やいば》のような視線を返す。

『何という……一瞬ですが、強烈《きょうれつ》な魔の神気が出ていました！　神のような幻《まぼろし》を見せるとは……彼女はどれほどの存在なのでしょうか』

視界に現れた小型ヘルメは驚《おどろ》きつつルビアのことを語る。

『あぁ、確実に普通《ふつう》じゃない。魔界の女神のような存在と狭間《ヴェイル》を越えた因果の繫《つな》がりが個人的にあるってことだ。ルビアは極《きわ》めて稀な存在だろう。普通は魔道具、魔神具、などのアイテムを用いた儀式《ぎしき》で、無数の犠牲《ぎせい》を払って、やっと神の一部を召喚できるという話だからな』

すると、視界に浮かぶ小型ヘルメが、真剣な表情を浮かべつつ、

『はい、地下の出来事もそうでした。閣下と話していた魔毒の女神ミセアは、あれほどの犠牲を払って、やっと現れたのに対して、彼女は感情の高ぶりだけで、一瞬だけですが、女神らしき幻影を生み出したのですから』

と、思念を寄越《よこ》す。

『前にも、無詠唱の回復魔法《まほう》を使った時に見た。魔界セブドラの神絵巻にも載《の》っていた〝魔命を司《つかさど》るメリアディ〟だろう。ハーフエルフだと思っていたが、内実はメリアディに連なる血筋を引いた先祖返りの可能性もある。そして、その女神的な魔命を司るメリアディは彼女の負の感情を美味《おい》しく食べているんだろう……』

『素晴らしい。あれが魔界の女神メリアディ様ですか。では、ルビアはメリアディが産み落とした神子《みこ》と言えましょう』

……神の子。だが、ルビアは光神ルロディス様を信じている……皮肉すぎるだろう。いや、信仰《しんこう》が深いからこそ、心の葛藤《かっとう》が生み出す感情が、あの女神には旨《うま》いのかもしれないな……。

『とにかく、稀なことは確かです。閣下がルビアをお助けになった理由ですね。部下にするのですか？』

『助けたのは偶然《ぐうぜん》だ。しかし、ヘルメは気が早い。ルビアを部下というか、仲間にはできないだろ。違うグループに入っているんだし』

『そうですね。まぁ、魔界の神子ならば……勝手に強く成長を遂《と》げるでしょう。成長したところで、数年、数百年後に閣下の新しい下僕《げぼく》にすればよいのです』

『数百年後か。ただでさえ、この惑星《わくせい》は夜が長いのに気が遠くなりそう』

『わくせいの意味が分かりませんが、閣下の傍《そば》にはわたしがついていますっ』

『そうだな』

と、一瞬の間に、ヴィーネとルビアは、まだ目と顔で戦争をしていた。

彼女たちの深淵《しんえん》に触れられるほど、ガッツはない。パワフル魂も甲斐性《ない》。

怖いしな。敢《あ》えて触れずに外套《がいとう》をはためかせながら踵《きびす》を返して店の外へ出た。

ヴィーネも遅《おく》れてついてきた。一応、言っておくか。

「ヴィーネ、ルビアと喧嘩《けんか》をするなよ？」

「はい。煩わせるつもりはないです。しかし、驚きました。ルビアは特異な力を持つようですね。尊敬に値《あたい》する素晴らしい魔素を一瞬ですが感じました」

ヴィーネの語りようは真剣だ。

素直《すなお》にそのことをルビアに話せば、次会う時には彼女たちの喧嘩はなくなりそうだが。

「そうだな。が、睨み合《あ》うのはよくないな」

「ですが……ご主人様への想《おも》いは別なので」

銀仮面の穴から覗《のぞ》く銀色の虹彩は力強い。と同時に、熱というか、俺の全身を捕《と》らえる勢いだ。そのヴィーネの青白い皮膚の表面はうっすらと赤くなっている？

いや、ただ赤くなるだけでなく、女特有の妖艶《ようえん》なフェロモンを感じた。

その顔色を見た時、少し、ぶるっと武者震《むしゃぶる》いが起きたのは内緒《ないしょ》だ。

『閣下、彼女は中々の忠誠を示すようになってきましたね。素晴らしい』

『あぁ、中々というか突き抜けてきているような気がするが……』

左目に棲《す》むヘルメと念話を行ってからヴィーネに、

「……このままギルドで地図関係の依頼《いらい》を探すのも手だが、前から言っていた通り、直接【魔宝地図発掘《はっくつ》協会】とやらに向かう」

「はい」

「──ンン、にゃ」

そう話すと、黒猫《ロロ》が肩から跳躍《ちょうやく》し、地面に着地。

両前足と背筋を伸ばし、尻尾も伸びた。

いつものように姿をむくむくっと成長させる。

馬と獅子《しし》に近い姿に変身だ。その相棒は、首付近から出した触手《しょくしゅ》を俺とヴィーネに絡《から》ませると、優しく背中の上に運んで乗せてくれた。

「さんきゅ、ロロ」

細長い手綱《たづな》の触手は、いつものように俺の首に付く。その触手を掴《つか》んだ。

「ロロ様、ありがとうございます」

ヴィーネの言葉を聞くと、神獣《しんじゅう》ロロディーヌは四肢《しし》の重心を下げて、

「ン、にゃ?」

と、『準備はいいにゃ?』的に鳴く。すぐにヴィーネは俺の腰《こし》に手を回す。

背中を抱《だ》くように密着してきた。一応、彼女なりの爆速の対策なんだろう。

んだが、おっぱいの……言わずもがな、銀髪からヴィーネの魅力的《みりょくてき》な匂《にお》いがした。

「いいぞ、GO!」

にやりとしながら相棒に指示を出す。相棒は四肢に力を込めた。そして、ダンッ!と
鈍《にぶ》い音速の壁を突き破《やぶ》るような音を周囲に響《ひび》かせつつ地面を駆けた——。

「きゃっ——」

ヴィーネの声が響いたが神獣ロロディーヌは止まらない。

そう、有名なバイクのように、ロロディーヌは現在の位置を把握《はあく》しているらしく、スムーズに爆速移動。壁を飛《と》び越え、屋根を踏《ふ》み台《だい》にしては、空を飛ぶように跳躍。

建物群を一気に越えていく。あっという間に、第一の円卓《えんたく》通りに到着《とうちゃく》した。

「——速いな。ヴィーネ、起きているか?」

「……は、はぃ」

今回は耐《た》えたのか?と思ったが、黒猫《ロロ》から降りた時に、足を挫《くじ》いたように倒れかける

――そんなヴィーネを支えてあげた。

姿を小さくした黒猫《ロロ》はいつものように肩に来た。

小さい前足を胸元《むなもと》に納めるように休んで待機する。黒猫《ロロ》さんだ。

香箱座《こうばこずわ》りは可愛い。

黒猫《ロロ》は通りを行《い》き交《か》う人々に可愛い瞳《ひとみ》を向けていた。

俺とヴィーネは第一の円卓通りを歩いていく。

「ギルドの隣か、あそこだな」

「大きい建物です」

【魔宝地図発掘協会】の入り口を発見。

「入ろう」

「はい」

出っ張りのある屋根の下にある玄関口《げんかんぐち》を潜《くぐ》る。

扉の外枠《そとわく》は地図の凝《こ》ったマークの意匠《いしょう》があった。芸術品だった。

鑑定家《かんていか》気分で感心しながら……魔宝地図発掘協会の建物に入る。

中央の大きな空間に、待合用の長椅子《ながいす》が規則正しく並ぶ。

銀行とか役所にあるような長椅子だ。奥には窓口があった。

俺たちは右端《みぎはし》の壁沿いから、その窓口に向かう。

壁にはタペストリーの絵画と地図模様の旗が飾られてある。

――少し紙と油の匂いが漂《ただよ》った。活版印刷機械でもあるのだろうか。

この世界に流通している紙は意外に多い。ま、俺が知るのは都市ばかりだ。紙は高級品に入るのだろう。ヘカトレイルまでの道中の村と町は、ほとんどが竹とか木片《もくへん》だった。

奥には羊皮紙が積んであるようだ。それか、魔宝地図が大量にあるとか？

ま、紙の匂いは好きだ。このまま前へ行こう。

混雑していない。あっさりと窓口前の空きスペースに到着。

ギルドのような横長い窓口ではなく、小さい窓口が二つだけというシンプルな物。

窓口の向こう側に、図書館にあるような地図や本が収まった書類棚が並ぶ。

冒険者の数は少ない。魔宝地図を持つ者は少ないようだ。

……んだが、冒険者とは限らないのかな。商人は少なからず存在していた。

「――ふざけるな！　この地図は四レベルと話していたから買ったんだぞ！」

いきなりの怒声《どせい》。驚きながら、その人物を見た。怒《おこ》った人物は大柄《おおがら》。

肩にポールショルダー付きの鉄《てつ》の鎧《よろい》を着込む。モヒカンの髪形《かみがた》。彫りが深い厳《いか》つい顔。

その怒っているモヒカン男の横顔を凝視。頬と上半身にかけて刺青《いれずみ》があった。

どこからどう見ても……『北斗の拳《ほくとのけん》』『マッドマックス』『フォールアウト』のような偉大な作品に登場するヒャッハーな人物だ。

周りにいた商人たちは、このヤバそうな人物と関《かか》わりたくないのか……。

三猿主義《さんえんしゅぎ》でもあるような面《つら》で、そそくさと離《はな》れていた。

「そんなことは当方は知りません。これはレベル一の魔宝地図ですから、さっさと、お引き取りをお願いします」

人族の受付係は強気だ。世紀末のサイコ野郎《やろう》が叫《さけ》んでいても、態度を崩《くず》さない。

モヒカンの彼《かれ》には、バットに針金をくっつけた武器が似合う。

「何だとぉっ、俺《おれ》の鑑定《かんてい》料金を返せよ！　レベル四だから金を出したんだぞ！」

声が大きいし、煩《うるさ》いな。黒猫《ロロ》もビックリしている。

毛を逆立てて反応。だが、唸《うな》り声は上げなかった。

レア声の『にゃごぁ』か『ガルルゥ』を期待したが。

ヴィーネは平然と世紀末野郎を見ていたが、腰の剣《けん》の鞘《さや》に手を当てている。

指示してくだされば、いつでも一刀両断にできますよ。という感じだろうか。

「いえ、無理です。もう鑑定は済みましたし返金はできません。こちらも商売ですので、納得して頂くしかないですね。尚《なお》、これ以上、騒《さわ》ぎ立てると、他のお客様のご迷惑《めいわく》になりますので、用心棒がお相手になると思いますが……宜《よろ》しいですか？」

「チッ、うるせぇんだよっ！　用心棒がなんだってんだ。金を出せ――」

世紀末野郎は鉄パイプを振《ふ》り上《あ》げていたので、俺は咄嗟《とっさ》に反応した。

鉄パイプ、いい武器じゃないか！

だが、その野郎の腕を握り潰《つぶ》すように掴む！　足を引っ掛《か》けて転倒《てんとう》させた。

同時に鳩尾《みぞおち》へと――ダイビングエルボー、もとい、エルボースイシーダの流れで――肘《ひじ》鉄《てつ》落としを喰《く》らわせた。くの字に倒れたモヒカン。

鉄鎧の胴体《どうたい》部位が大きく凹む。肘《ひじ》の跡《あと》がくっきりと残り、陥没《かんぼつ》していた。

「グォ……」

くぐもった声を出す世紀末野郎は、白目を剥く。気を失った。

「「おぉぉ」」

周りから驚きの声が響く。緑のタイツが似合うレスラー気分となった。

そこに、歓声《かんせい》を消すように精悍《せいかん》な声が聞こえた。

「――良くやってくれたっ、倒れたこいつを外に放《ほう》り出しておけっ」

「はいっ」

指示を受けた冒険者風の男たちは床に気絶しているモヒカン男を外に運び出す。

「やるなぁ、アンタ」

「ん？」

そう話し掛けてきたのは冒険者風の獣人《じゅうじん》。今、指示を出していた獣人だ。

何処《どこ》かで見た覚えがある。

「俺はここの雇《やと》われ用心棒の代表者だ。俺たちが対処しようとしたら、あんたが素早く倒していたからな。ありがとう」

この猫《ねこ》獣人戦士の用心棒、やはり見たことがある。

額と両目の三つの目に、四つの腕。各腕に小さい円《えん》の形をした盾《たて》を装備。

モンスターの厚い革《かわ》で拵《こしら》えた高級鎧の腰には四つの長剣《ちょうけん》。

「……仕事を奪《うば》ってしまったようで、余計なことをしたかもです」

「そんなことないさ。受付のエイミィだって嬉《うれ》しがってるよ」

ふっくらした灰色の毛が包む獣顔《けものがお》の持ち主は、そう言って快活に笑う。

「その通りですよ。わたし、怪我《けが》をしてたかもしれません。名前は知りませんが、助けてくれてありがとう」

殴《なぐ》られそうになっていた受付の女性からも感謝の言葉をもらった。照れる。

「はい。上手《うま》く倒せて良かった」

無難に返答しておく。それより、この猫獣人のほうが気になった。ホルカーバムの闇《やみ》ギルド同士の争いで亡《な》くなった【ガイアの天秤《てんびん》】のデュマにそっくりだ。

「……貴方《あなた》は手練《てだれ》の冒険者とお見受けするが」

あ、あの獣人か！　話している口の動きで、思い出した。

俺がこの都市に来てすぐに、道を尋《たず》ねた猫獣人だ。

第一の円卓通りとか説明してくれたことを思い出した。

さすがに俺のことは忘れているかな。まずは聞かれたことに答えるか。

「……そうですね。槍《やり》に自信があります」

「あの動きで、槍使いか。なるほど……」

見定めるように三つの目が俺の顔に集中。

この際だ。覚えてるか聞いてみよう。

「少し、話が変わりますが、俺の顔に見覚えはありませんか？」

「うん？　俺を知っているのか？」

やっぱ、覚えてないか。

「ええ、まぁ……俺がこの都市に来た頃《ころ》、貴方に、道を尋ねていたんですよ。冒険者《ぼうけんしゃ》ギルドは何処か？　とね」

猫獣人は四本ある一つの腕を、頭の後ろに回して、後頭部を掻《か》く。

「あぁ……思い出した、あの時の同業者か。いやはや、偶然とは面白《おもしろ》いものだ」

と、発言しつつ笑った。

「ええ、まったく」

笑みを浮かべて答えていた。猫獣人は気を良くしたようだ。

「良かったら、名前を教えてくれないか？　俺の名はダフィ・モルドレン。冒険者Bランクだ。気軽にダフィと呼んでくれ」

ダフィか。俺も名乗っておこう。

「ダフィか、よろしく。俺はシュウヤ・カガリ。冒険者Cランクだ。シュウヤと呼んでくれ。隣にいるのが従者のヴィーネだ」

「……」

ヴィーネは何も言わず、頭を下げる。

「従者とは驚きだ。シュウヤは何処かの流派に所属する師範代《しはんだい》かお偉いさんか？」

「槍は偉大《いだい》な師匠から学んだが、師範代でも偉い人でもない」

その時、ヴィーネがまた俺の顔を見つめてくる。

彼女《かのじょ》にはアキレス師匠のことはまだ話していないからな。

というか、ヴィーネの生《お》い立ちは聞いたのに、俺は自分の過去話をちゃんと、彼女に話していなかった……今度話さないとなぁ。

……転生うんぬんは抜きにしても、槍を学んだことは話しておこうか。

ついでに〈眷属《けんぞく》の宗主《そうしゅ》〉で血を分けることも話してみるかな。すると、ダフィが聞いてきた。

「……ほぅ。なにやら事情がありそうな顔だな。まぁいい。ところで【魔宝地図発掘協会】に来たんだから、シュウヤも魔宝地図の解読が目当てなんだろう？」

「そうだ。窓口に来たところで、今の騒ぎが起こった」

「では、同業者の誼《よしみ》として協会に登録されている、最高の地図解読師の一人である人物を紹介《しょうかい》しよう。少し待っていてくれ」

ラッキー。しかも、最高の地図解読師かよ。

「おぉ、待ってるよ」

俺の声に、猫獣人のダフィは笑顔《えがお》を見せると、協会の窓口を越えて奥に消えていく。

捜してきてくれるらしい。

「ご主人様、良かったですね」

「あぁ、偶然だけどついている」

そうして、数分待った。

ダフィが連れてきたのは、三角帽子《ぼうし》をかぶった無精髭《ぶしようひげ》が目立つ中年男性。

黄土色のローブが似合う。その中年男性は、表情筋を伸縮《しんしゆく》させつつ背中を掻くと、めんどくさそうに、大欠伸《おおあくび》を繰《く》り返《かえ》しながらこちらに歩いてくる。

「こいつが【魔宝地図発掘協会】で五指に入る地図解読師、ハンニバル・ソルター。通称《つうしよう》、サボリのハンニバル。間抜《まぬ》けな面構《つらがま》えだが、俺の飲み友達でもあるし、信頼《しんらい》できる男だ」

えっと……その名前と面がまったく合ってない。

前世でハンニバルといえば、映画で有名なシリアルキラーのキャラクター。

いや、歴史上最高の戦術家と云《い》われていたハンニバル・バルカのほうが有名か。

カンナエの戦いでの包囲殲滅戦《せんめつせん》は凄《すご》すぎる。

「ハンニバルさん、よろしくお願いします。俺はシュウヤ。隣が俺の従者ヴィーネです」

「あいよ。敬語は必要ない。それと、そこの【剣猫《けんねこ》ダフィ】が余計なことを言っていたのは忘れてくれ」

ハンニバルは気軽に話す。語尾の終わりに、ダフィを指差して半笑いしていた。

俺は、このハンニバルに釣られて笑顔を意識しながら「はい」と答えていた。

「俺は用心棒としての仕事に戻る。ソルター、この間の賭《か》けの代金が〝まだ〟だからな。

忘れるなよー」

ダフィはハンニバルの言葉を小馬鹿《こばか》にしているのか、少し笑みを含《ふく》んだ表情を浮《う》かべながら話をして、離れていった。

「あぁ、分かったよ。……んで、シュウヤ、早速《さっそく》、仕事に取り掛かりたい。中に入ってこっちの椅子《いす》にでも座ってくれ」

「了解」

受付の中へと入り、椅子に座る。ハンニバルも机の対面にある空き椅子に座った。

「それで、肝心《かんじん》の魔宝地図はどこだ？」

ハンニバルは無精髭をぽりぽりと掻きながら、眼光を鋭くして話してくる。

これは彼なりの仕事モードかな。

「はい、少し待ってください」

アイテムボックスから魔宝地図を出して、机の上に置く。

「お、これか。それじゃ、あっ、いけねぇ。触る前に料金の確認《かくにん》をしないとな。鑑定は一律で銀貨五枚。前払《まえばら》いだ」

「五枚か、分かった」

アイテムボックスから銀貨を出して地図の隣に置いた。

「――確かに、契約完了《けいやくかんりょう》だ」

ハンニバルはローブを開くと、両手で銀貨を拾う。懐《ふところ》に銀貨を入れていた。

その両手には指貫《ゆびぬき》きグローブを装着している。

「では、鑑定を開始する」

ハンニバルは両腕《りょううで》の長袖《ながそで》を捲《まく》ってから、魔宝地図の真上に両手を翳す。

翳した瞬間――その手が光り出した。

独特の光が手から放出。その光は、羽根ペンのような物を模《かたど》った。

宙空に浮かぶ光の羽根ペンは、魔宝地図に触《ふ》れる。

――途端《とたん》、魔宝地図の中に線が描《えが》かれていく。光の羽根ペンは踊《おど》るように蠢《うごめ》いた。

その踊る機動で、幾筋《いくすじ》もの光の軌跡《きせき》を宙に作り出す。更《さら》に、その踊る光の羽根ペンが、魔宝地図に触れる度に、幾何学的《きかがくてき》模様が魔宝地図に現れては、詳細《しょうさい》な地図が魔宝地図の表面に描かれていった。不思議な光景だ。

やがて、光の羽根ペンが消えると、その光景が止まる。

魔宝地図には、びっしりと迷宮《めいきゅう》内部の構造と宝の位置が描かれてあった。

「できたぞ」

ハンニバルの額には汗《あせ》の雫《しずく》があった。何処《どこ》となく疲労《ひろう》感が漂う。

解読を行うと色々と消耗《しょうもう》するようだ。

「……解読は完了？」

「そうだ……これはレベル四の魔宝地図。場所も五階層の死霊塔《しりょうとう》がある墓場エリアのようだ。しかし、これほどの地図を……いったいどこの階層で手に入れたんだ？」

おぉ、レベル四。場所は五階層か。死霊塔がある墓場エリアは知らないが。

「三階層のレアモンスター部屋だよ。銀の宝箱から手に入れた地図だ」

「三階層というと、黒飴水蛇《シュガースネーク》を倒したのか。守護者級ではないが、それに次ぐ強さの巨大モンスターだ。やるねぇ。銀箱が出現するのも頷《うなず》ける……隣の従者も綺麗《きれい》なねーちゃんだし、いいな……」

ハンニバルは感心したように俺とヴィーネを見ていく。

最後にはヴィーネの全身を舐《な》めるようにエロいおっさんの目で眺《なが》めていた。

気持ちは物凄い分かる。だが、駄目《だめ》だ。

「――それでハンニバルッ」

わざと手を横に伸ばして、ハンニバルのヴィーネに向けるエロい視線を防ぐ。

「……この地図の使い方なのですが」

と、地図に指を向ける。

第百二十一章「魔宝地図」

「使い方だと？　そんなことも知らないのか」

ハンニバルは不機嫌《ふきげん》そうに話をする。

ヴィーネへの視線を俺が防いだことにイラッとしたようだ。

「そうだよ。俺は迷宮に潜った回数は少ないからな」

暗にヴィーネのほうが迷宮に精通していますよ。的に話す。

ハンニバルは眼輪筋に力を入れて俺を見た。

「ほう。地図に関しては完全な素人《しろうと》か。なら特別に俺が説明してやろう。解読された魔宝地図なら誰《だれ》でも使えるんだよ。触《さわ》ったら、その地図に記された宝箱の位置が分かるんだ」

へぇ、誰でも使用可能なのか、と。机の魔宝地図を触った刹那、墨汁《ぼくじゅう》色の筆で書いたような〝レベルⅣ〟と〝五階層〟の文字が魔宝地図の表面にⅣと五層の文字と重なって浮かぶ。そして、二つの塔《とう》と墓場の絵が強調的に浮き上がる。宝箱が埋《う》まった場所もＸ印で記されてあった。

「今はこれだけの情報だが、迷宮の五階層に入れば、自分の位置も地図に出現する。だから迷うことはない。宝印《X》がある場所に到着したら、足下《あしもと》に地図を置け、あとは自動的に宝箱が出現するはずだ。同時に多数のモンスターも出現するからな」

　実際に掘るのかと思ったが、違《ちが》うのか。

「なるほど」

「念のために、その鑑定した地図は仕舞《しま》ったほうがいいぞ。鑑定済みの地図があれば、誰にでも発掘は可能だからな。ま、レベル四だから、発掘した際に出現する守護者級のモンスターを倒《たお》さねばならないが」

　モンスターが出現するのは【スロザの古魔術屋《アンティーク》】の渋《しぶ》い店主から聞いていたから知っていたが、守護者級とは聞いていなかった。

　魔宝《またから》地図をアイテムボックスの中へ仕舞いながら、

「分かった。これは仕舞っとく。それで宝箱と共に出現するモンスターは、どのくらいの規模とか、モンスターの種類とか決まりはあるのかな？」

　ハンニバルは髭《ひげ》をぽりぽり掻くと、短く溜《た》め息を吐《つ》く。

「……規模か。出現するモンスターはレベルに見合った強さが出現するが、様々だ。ランダムだよ」

「ランダムね、もう少し地図関係のことを詳《くわ》しく」

俺の質問に、ハンニバルは再度溜め息を吐きながら、しょうがねぇなといった面を作る。

「……本当に今日は特別だぞ。俺が仕事以上のことをするのは稀《まれ》なんだからな？　まずはもう一度、基本からだ。レベル四以上の魔宝地図を迷宮で掘《ほ》り当《あ》てた瞬間、守護者級モンスターが湧《わ》き、雑魚《ざこ》も大量に湧く。ここまでは知っているな？」

なんか、中年の教師に直接指導を受けている気分だ。自然と敬語を意識。

「はい、知っています」

「だから高レベルの魔宝地図は宝を発掘する際に死人が出ることでも有名なんだよ」

「死人が……」

ハンニバルは頷くと、話を続ける。

「そうだ。今回、俺が解読した地図はレベル四と五階層の場所。だから、最低でも五匹《ごひき》以上の酸骨剣士《クラッシュソードマン》、骨術士《マジクボーン》、死霊騎士《デッドナイト》、死霊法師《デスレイ》、毒炎狼《グロウウオルフ》、高鬼《オーガ》、などの四階層から五階層以降に出現するモンスターが現れる。それらを率いて出現する守護者級は死皇帝《デスリッチ》、王鬼《キングオーガ》などだ。或《ある》いは、まったく違う異種の赤蛸闇手《ザ・シューク》という名の守護者級モンスターの可能性もある。だが、まぁ、何度も言うが、ランダムだ。今、説明したモンスターとは異なるモンスターが出現するかもしれない」

守護者級の死皇帝《デスリッチ》、王鬼《キングオーガ》、赤蛸闇手《ザ・シューク》が出現する可能性があると……。

ハンニバルはめんどくさそうにしながらも分かる範囲《はんい》で説明をしてくれた。

時折、エロい視線をヴィーネに向けているのは、少しムカつくが……。

ダフィが信頼できる男と語っていたように、仕事に関することは真面目《まじめ》か。

「そもそも魔宝地図は一階層から五十階層まで確認されている。ただし、十一階層が現在の最高到達《とうたつ》地点だ。十一階層以降の深層地図は死に地図となって値段はあまり高くない。しかし、十一階層に突入《とつにゅう》したクランが出現したことにより、地図の値段が上がった」

「聞いたことがあります。百年ぶりに十一階層に突入したクラン、青腕宝団《ブルーアームジュエルズ》ですね」

その名前を挙げるとハンニバルは不機嫌そうに顔を顰《しか》める。

「そうだ……」

と、短く言うと沈黙《ちんもく》してしまった。やべぇ、地雷《じらい》ワードだったか。切《き》り替《か》えて、聞こう。

「それじゃ、その十一階層の魔宝地図は値段が高くなっていたりするのですか？」

「……そうだ。八階層から深い階層は、迷宮自体の難易度が高い。地図があっても、宝箱が出現する場所に辿《たど》りつけるだろう実力を持つパーティを雇うことは困難だ。しかし、一山当てたい冒険者は多数いる」

「多数……」

「宝箱から出るアイテムは貴重な品だからな。魔冷蔵庫、魔通貝などは高値で取り引きされる。だから、八階層以降の地図に挑戦《ちょうせん》する冒険者はあとを絶たない状況《じょうきょう》だ」

「はい」

「しかし、挑戦は多いんだが……成功例は少ない。六大トップのクランだろうと、そう易々《やすやす》とこの依頼を受けないことでも有名だ。中には受けているクランもあるが……」

覚えておこう。

「だから、今、鑑定した魔宝地図の発掘に挑む場合は多人数パーティで望むのが一番だぞ」

ハンニバルは俺たちを心配してくれたのか、そう警告してくれた。

エロ紳士《しんし》さんか。俺も同じ一族。好感度が上がる。

「了解した。ハンニバル、鑑定と説明をありがとう。では」

「おう、またなぁ」

礼儀《れいぎ》正《ただ》しく頭を下げてから立ち上がった。ヴィーネを伴《ともな》って外へ向かう。その間、ハンニバルからの視線がヴィーネに集まる。その視線を塞《ふさ》ぐように手を動かした。ハンニバルから舌打ちが響くが、気にせず足早に【魔宝地図発掘協会】から退出した。

「地図も解読できたから冒険者ギルドに行こうか。レベッカとエヴァにも連絡《れんらく》しときたい」

「連絡板に書き込むのですね」

「そうだ」

ヴィーネを連れて、隣《となり》の冒険者ギルドに向かう。ギルドに入ると――。

毎度おなじみの光景が待っていた。依頼が貼《は》られたボードの前は、相変わらず冒険者たちで混《こ》んでいる。

〝この依頼がいい〟

〝いや、これだろう〟

と、パーティを組む冒険者たちが依頼を選ぶ声が聞こえてくる。

中には喧嘩をしている冒険者たちもいた。拳《こぶし》と拳を衝突《しょうとつ》させて互《たが》いに悲鳴を上げている。

女性冒険者たちは、化粧品《けしょうひん》やフレグランスの魔力効果など、女性らしい話題で盛り上がっている。この辺はいつも変わらない。

そんな喧騒《けんそう》の中、受付に足を向けた。受付の前には列がある。

列の最後尾《さいこうび》にはつかず、並ばない――右隅《みぎすみ》へと移動。喫茶《きっさ》的な場所だ。

ブックシェルフ的な奥行《おくゆ》きが短い机と背丈《せたけ》の高い椅子がある。

ここは珈琲《コーヒー》片手にパソコン作業とかが捗《はかど》りそうな場所だ。そして、簡易的にパーティメンバーが集まる場所でもある。今も他パーティまたは他クランのメンバーたちが、それぞれの目的にそったディスカッション中。

「ん？」

あっ、レベッカとエヴァじゃん。他の立ちテーブルの一つにレベッカとエヴァがいた。

二人は仲よさそうに談笑《だんしょう》。その二人に近付いていく。

「よっ、レベッカとエヴァ」

「あっ」

「シュウヤ！」

「二人ともギルドに来ていたとはな」

俺の言葉を聞いたレベッカとエヴァは互いに視線を通わせると、はにかむ。

「ん、そう。そのことで、今笑ってた」

「うん。わたしも連絡板に書こうか、と思ってここに来たら、エヴァも今来たみたいで、わたしと同じことを思っていたみたい」

さすがは仲間同士だ。意思が通じ合っている。

「俺たちもスムーズに事が運んだから皆《みな》に連絡を取ろうと、ここに来たところだよ。な？」

そう言って、ヴィーネに同意を求めた。

「はい」

ヴィーネは軽く頭を下げて、俺に返事をしている。

それを聞いたレベッカは、にこにこしながら、

「あっ、もしかして魔宝地図を解読してもらったとか？」

「勘《かん》が鋭《するど》いな。レベッカの言う通り、【魔宝地図発掘協会】に行ってきたんだ。そこで地図解読師のハンニバル・ソルターという人に、こないだの銀箱から手に入れた魔宝地図の解読をしてもらったのさ」

「おぉー」

レベッカは小さい手で拍手《はくしゅ》している。

「ん、シュウヤ、その人、聞いたことがある。サボリのハンニバルと、渾名《あだな》があったはず」

エヴァは聞いたことがあるらしい。

「やっぱそれなりに知られた人物なのか、掴み所《どころ》のない人物だったけど、地図解読はすんなりと終わっていた」

「ん、滅多《めった》に仕事をしないとか聞いた。でも、地図解読に関しては一流。レベル五を読める数少ない地図解読師」

ハンニバルはあまり表に出てこないのか。俺は運が良かったのかな。

「それでそれで、その魔宝地図に挑《いど》むんでしょ？　わたしはもう準備は出来ているわ！」

レベッカはもう既《すで》に、やる気十分のようだ。銀魔鋼の杖《つえ》を天に掲《かか》げて、宣言している。

生々しい腋《わき》がエロい。

そんな行動に、周りのパーティやクランの人たちから視線が集まってしまった。

「やる気は十分分かったからその杖を下げろ。周りから視線が集まってるぞ」

「あっ、ごめん」

レベッカは舌で上唇《うわくちびる》をなめるように動かす。可愛《かわい》い。

「ん、わたしもやる気ある」

エヴァはレベッカに対抗《たいこう》するように両腕を真上に上げた。

両の裾《すそ》から黒いトンファーを天に向けて突《つ》き出《だ》して、クロスさせた。

錬魔鋼と霊魔鉱《れいまこう》から作られた逸品《いっぴん》と、前に語っていた、オーダーメイドのトンファー。

金属の棒にも杖にも見える。と、その武器に感心しているところではない。

「エヴァもやる気は十分だな。だが、武器は仕舞おう」

「ん」

エヴァは頷くと魔導車椅子《まどうくるまいす》を動かした。トンファー武器を袖《そで》の中に縮小させる。

ヴィーネも何かやろうとしていたから、視線を向けて『やるな』とアイコンタクト。

首を左右に振る。

「ンン」

相棒だ。肩《かた》で休んでいた黒猫《ロロ》さん。

片足と触手を使って、リズムよく俺の肩を叩《たた》き出す。

「ンン、にゃ、にゃお」

お前もか。やる気を示したいんだろう。放っておく。

『閣下』

ヘルメもかい。常闇《とこやみ》の水精霊《せいれい》ヘルメは突然《とつぜん》視界に登場して、やる気を示すように小さい姿でファイティングポーズを取っている……。

『やる気十分だな』

『はいっ』

ヘルメは小さい姿の状態で俺に頭を下げていた。さて、皆に地図のことを説明する。

「皆がやる気に満ちているのは分かった。そして、魔宝地図に挑もうと思うが、その地図の鑑定結果がレベル四の魔宝地図なんだ。五階層に埋まっているらしい。だからこのまま挑むか、人数を集めるか考えたい」

「えっ」

「レベル四っ」

レベッカとエヴァは特徴《とくちょう》ある驚《おど》きの表情を浮かべてリアクションを取っていた。

「そんな驚くことか？」

「驚くわよ。高レベル地図なんて聞いたことがあるだけで、一度も挑戦したことがない」

「わたしも経験がない。五階層でレベル四の魔宝地図なら、発掘《はっくつ》した際に出現するモンスターも守護者級」

「うん。レベル四だからね。確実に守護者級。狩《か》って無事に帰還《きかん》したら一流の冒険者と云われている存在が相手」

レベッカもエヴァも経験なしか。

俺と黒猫《ロロ》。ヘルメとヴィーネ。闇の獄骨騎《ダークヘルボーンナイト》から召喚《しょうかん》する沸騎士《ふつきし》たちがいれば……どんな強敵だろうと殲滅《せんめつ》する自信はある。

が……さすがにパーティメンバーには経験者がほしい。

「……それじゃ、メンバーを集めたほうがいいかな？」

「シュウヤが規格外に強いから無理に集めなくても大丈夫《だいじょうぶ》だと思うけど、エヴァはどう思う？」

レベッカはエヴァに顔を向けている。

「ん、多いほうが安全。けど、宝の分配を入念に話さないといけない……それに、わたしに関する悪い噂《うわさ》が広まっている……冒険者たちは集まらないかもしれない」

エヴァは顔に翳《かげ》を落とす。段々と小声になっていた。

そんな噂なんて気にしない冒険者はいると思うけどな。

が、高レベル魔宝地図の経験者を呼べたとしても宝の分配を考えなきゃいけないか。

「あ、わたしも。ハーフエルフとして、悪い噂がエヴァと同じぐらい広がってるからなぁ。仲間は絶望的……。あと、お宝が減るのはいや」

悪い噂は置いておくとして、レベッカはお宝が大好きだからな。

「ヴィーネはどう思う？」

背後で控《ひか》えていたヴィーネに尋ねてみた。

「はい。ご主人様とロロ様がおられる限り、どんな障害もたやすく乗《の》り越《こ》えられるかと。しかし、サポートするわたしも四階層までしか経験しておりません。五階層と魔宝地図を経験している冒険者を今回限りの契約《けいやく》で集めるのも手かと思われます。もしくは単純ですが、高級戦闘奴隷《せんとうどれい》を買い人数を増やすか」

だよなぁ。

「わたしは戦闘奴隷を買えるほど、余裕《よゆう》はないわ。ましてや高級なんてね」

「ん、わたしも」

なんなら、高級戦闘奴隷を買うのもありか。

「俺《おれ》は余裕がある。買ってくるか」

「……また、露店《ろてん》で菓子《かし》を買うように……」

「ん、賛成。裏切らないのは重要」

レベッカは違う意味で不満顔だ。エヴァは天使的な微笑《びしょう》を浮かべてから、頷いてくれた。

いつ見ても、その紫《むらさき》の瞳《ひとみ》は綺麗だ。エヴァの笑顔を見ると心が癒《い》やされる。

『閣下、奴隷など不要です。わたしを使えば奴隷の何倍も働いてみせましょう』

左目に棲《す》む常闇の水精霊ヘルメちゃんだ。真剣《しんけん》な表情を浮かべている。

『ヘルメなら当然だ。が、迷宮を舐めたらいけない。確かに俺たちは強い。しかしだな。幸せと不幸は背中合わせと言うじゃないか。だから、念のために奴隷を買う。パーティの戦力を底上げするのは悪いことじゃない』

『閣下は軍勢を作りあげるつもりなのですね。素晴《すば》らしいです』

『軍勢か、少し違うが』

小さい姿のヘルメは頭を下げている。この俺だけの視界に見えるヘルメは女神《めがみ》が羽織っているような水の羽衣《はごろも》を着ているから、すこぶる可愛い。

『……わたしの考えが浅はかでした』

『構わんさ、視界から消えていいぞ』

『はっ』

ヘルメは視界から消える。その瞬間《しゅんかん》、

「……では、キャネラス邸《てい》に？」

ヴィーネがそう聞いてきた。

「そうだな」

ケラガン・キャネラス。彼はこの間、俺に『奴隷を用意しとく』と話をしていたからキャネラスの家に行ってみるのも手だ。

「キャネラス？」

「奴隷商人の家？」

レベッカとエヴァは【デュアルベル大商会】の幹部組織【一角《ユニコーン》の誓《ちか》い】のケラガン・キャネラスのことを知らない。ま、接点がなきゃ知らないよな。

「そうだよ。大商会の幹部」

「すごっ、そんな大物と知り合いなんだ……」

「んっ……」

レベッカとエヴァはまたしても驚いて溜《た》め息《いき》をついていた。

「ヴィーネを買った相手でもある。それとヴィーネはもう奴隷じゃなくて、俺の従者だから、そこんとこ宜しく」

「はい。ご主人様専属の従者です。改めて、宜しくお願いします」

ヴィーネは頭を下げて丁寧《ていねい》に挨拶《あいさつ》。

「え、ええ？」

「ゴフォッ、ゴホゴホ」

レベッカは鳩《はと》が豆鉄砲《まめでっぽう》顔を披露《ひろう》。エヴァは驚きのあまり喉《のど》を詰《つ》まらせていた。

「すまん、これが一番驚いているな……」

「当たり前でしょうが。奴隷を解放するって、ヴィーネさんには失礼だけど、大丈夫《だいじょうぶ》なの？」

「……ん、心配。少し触っていい？」

レベッカとエヴァは動揺《どうよう》したらしい。

エヴァはヴィーネに触って心の表層をチェックしようとしているし。

「大丈夫だ。心配ない。ヴィーネのことは信頼している」

「ご主人様……」

俺の言葉を聞いたヴィーネは感動したのか、銀色の虹彩《こうさい》に涙《なみだ》を溜めていた。瞳がうるうるとして可愛いぞ。少し間を空けて、顔を綻《ほころ》ばせると、その視線のまま皆を見つめて、

「レベッカ様とエヴァ様。わたしはご主人様をお慕《した》いしています。そして、どこまでも付いていくと〝心〟に決めたのです。もう奴隷ではありませんが、ご主人様と皆様《みなさま》と同じパーティメンバーとして、命をかける気持ちです。ダークエルフの端《はし》くれですが、宜《よろ》しくお願いします」

ヴィーネは力強い。自分の意思をハッキリと示す。そして、深々と頭を下げていた。

九十度の角度を持ったお辞儀《じぎ》だ。ルビアの時とは本当に雲泥《うんでい》の差。

やはり、一度同じパーティメンバーとして行動を共にしているし、彼女たちの実力や気心に触れていることが大きいのだろう。と、勝手に推測。

「……ん、お慕い……よろしく」

ヴィーネの文言にエヴァは紫の瞳を散大させて驚くと頷いてから了承《りょうしょう》していた。

「……う、うん。丁寧にありがとう。シュウヤが信頼しているなら大丈夫か。なら、大事な仲間ね。ヴィーネさん。一緒《いっしょ》に頑張《がんば》ろう」

レベッカは笑窪《えくぼ》を出して、にこやかに語っていた。仲間ができて嬉しそうだ。

「はいっ」

ヴィーネは二人から受け入れられたのが嬉しいのか、珍《めず》らしく声を高くしている。

「にゃ」

肩にいる黒猫《ロロ》も一鳴きしていた。

「よかったよかった。ということで、このメンバーが【イノセントアームズ】の創立メンバーであり、コアメンバー。略してコアメンだ」

「コアメン……」

専用のバッジを作ったほうがいいか？　と笑いながら思考するが、皆は気付かない。

「上手く纏《まと》めようとしている努力は買うわ」

エヴァとレベッカは微妙《びみょう》そうな顔をしている。

「ンン――にゃ――にゃおん」

黒猫《ロロ》は変な鳴き声を出しながら、尻尾《しっぽ》で俺の頬《ほお》を叩くと、触手《しょくしゅ》で反対の頬も殴《なぐ》ってきた。

黒猫《ロロ》さん気付いたか！　いや……。

「「……」」

黒猫《ロロ》さんからのツッコミだ。痛みはないが、その可愛いツッコミに驚くよ。

付き合い長いが初めてじゃないか。皆も驚いているし……。

左の頬を差し出し、右の頬も差し出す。的な、赦《ゆる》しの教えを説く救世主ではないし。

親父《おやじ》にも殴られたことないのにー、と、やりたい気分だが自制した。

「……こあめんデスネ」

ヴィーネも黒猫《ロロ》の行動に驚いたが、遠慮《えんりょ》がちに喋《しゃべ》っている。変な口調だし。

微妙な空気になったので……話を切り替えよう。

「……それで、さっきの話の続きだけど、キャネラス邸に向かうとして、レベッカとエヴァも一緒に来るか？」

「――行きたい行きたい。貴族街でしょ？　いつも敷地外《しきちがい》から芝生《しばふ》の庭を見てるだけだったのよねぇ……楽しみ」

レベッカは背丈ぎりぎりの机に手を乗せて、身を乗り出すように片手をあげアピール。

「わたしも当然、行く。品定めを手伝う」

あ、そういうことか。エヴァは心の表層が読めるスキルがある。

だから奴隷選びには好都合。

レベッカの楽しみ……か。ま、どんなことが楽しみかは、ある程度想像がつく。

「奴隷を買ったらすぐに迷宮に向かうって、訳には行かないと思うが、そこんとこ大丈夫？」

「うん、迷宮に向かうのは明日《あした》でいいわ」

「ん、明日。選ぶのだけついていく」

「了解《りょうかい》、んじゃ行こう」

「にゃお」

大人しくしていた黒猫《ロロ》が鳴く。俺の肩を前足でぽぽんぽんと叩いて『外に行くにゃ』と促《うなが》している。尻尾でも、俺の首を叩く悪戯《いたずら》もしてきた。くすぐったい。すると、エヴァは俺の肩を前足で叩く黒猫《ロロ》の動きを見て「ん――」と近寄る。いい匂《にお》いが漂《ただよ》った。そのエヴァは微笑《ほほえ》みながら黒猫《ロロ》の鼻先にチュッとキス。

「ん、ロロちゃん! 可愛い――」

と、キスをしてから離《はな》れて魔導車椅子《くるまいす》を反転――ボードが並ぶギルドの中央部へと進み出す。黒髪《くろかみ》を揺《ゆ》らして魔導車椅子の車輪を操作するエヴァは素敵《すてき》な女性だ。

「わたしたちも行こう」

「おう」

「はい」

俺たちも立ちテーブルから離れた。ギルド内部を歩いて出入り口に向かう。

「混んでるねぇー、ロロちゃんっ」

レベッカだ。黒猫《ロロ》に語りかけながら、その相棒の鼻に向けて小さい指を伸《の》ばした。そのまま細い指先で黒猫《ロロ》の小鼻をツンツンと優《やさ》しく突いて遊ぶ。

黒猫《ロロ》はそのレベッカの指をぺろぺろ舐めつつ、なんとも言えない優しそうな表情を浮かべながら、そのレベッカの指に向けて頭部を前後に動かす――ピンピンに伸びた上唇毛《じょうしんもう》を擦《こす》り出していた。

指に匂いを擦りつけたいのか？　甘《あま》えたいのか？　レベッカの指は『わたしのにゃ』と言いたいのか、分からないが可愛い。そんな調子でギルドの外に出た俺たちは第一の円卓《えんたく》通りの北を目指す。貴族街はペルネーテの北だ――。

「ンン、にゃ」

歩いていると、頭をレベッカに撫《な》でられていた黒猫《ロロ》が地面に着地。

その場で、姿を大きくさせる。いつもより少し大きい馬の形に近いロロディーヌ。

胸元《むなもと》は若干《じゃっかん》、獅子《しし》っぽさが入っている。そんな凛々《りり》しい相棒は早速――俺たちに向けて触手を伸ばした。いつものように触手で俺たちの体を掴《つか》むと、背中に乗せてくれた。最後に車椅子に乗るエヴァだけ取り残される。

「さすがにあの車椅子ごとは無理？」

そう言った瞬間――神獣《しんじゅう》ロロディーヌは、数本の触手でエヴァが乗る魔導車椅子を掴んで軽々と持ち上げた。急に持ち上げられたエヴァは「きゃっ」と魔導車椅子の車輪を両手で押《お》さえつつ少し可愛い悲鳴を出している。

エヴァが乗った魔導車椅子は神獣《ロロ》の後頭部に移動。

俺たちの座《すわ》っている前だ。そして、神獣《ロロ》の馬のような鬣《たてがみ》と、その触手の一部がエヴァの魔導車椅子を固定しつつエヴァの乗る魔道車椅子を神輿《みこし》に見立てたように担《かつ》ぎ上《あ》げた。

「ンン、にゃおおお」

と、『エヴァ祭りにゃ〜ワッショイにゃ〜』的に鳴く、興奮した神獣《ロロ》さん。

「――ロロちゃん、凄《すご》い、凄い。力持ち、視線も高い」

エヴァは見晴らしのいい特別席のような場所を得たから素直《すなお》に感動してテンションアップ。例えるならば、インド象の上に王族用の椅子《いす》が用意された感じか。いや、大きさ的に、自転車の子供専用の椅子と言ったほうが正しいか。

「あはは、ロロちゃん、凄いー」

後ろに座るレベッカも体を斜《なな》めにしながら、前方の様子を見て喜んでいる。片手で相棒の黒毛を軽く撫でて叩いていた。

「あの毛といい、触手は万能《ばんのう》ですね」

前に座るヴィーネもそんなことを呟《つぶや》きながら、俺と向かい合わせになるように体勢を変えると、身を寄せてくる。ヴィーネの胸の感触《かんしょく》がいい――。

「……だなぁ、あと一人か二人は乗せられそうだ」

「にゃ、にゃ、にゃ〜」

神獣ロロディーヌは少し高い鳴き声を発すると、進み出した。

速度は爆速ではないが馬より速い――通りを駆《か》けていく。

だが、人数が多いからか、さすがに高軌道《こうきどう》の動作は無理らしい。家々を越えるような動きは一切《いっさい》なかった。ゆっくりとした速度に変化した。浅草《あさくさ》を行《い》き交《か》う人力車に乗って通りの観光を楽しむように進んでいく。

「ちょっと、ヴィーネさん。さっきからシュウヤにくっ付き過ぎじゃない？」

後ろに座るレベッカがいきなりそんなことを言ってきた。嫉妬《しっと》女王さんのレベッカだ。

「おかしいですか？」

「おかしいというか、くっ付き過ぎな気が……」

ヴィーネとレベッカが俺を前後に挟《はさ》んで会話をしている。

「これはいつものことです。今のロロ様は速度を出していませんが、普段《ふだん》は、爆発的《ばくはってき》な速度で駆けて移動するので」

「そ、そうなのね……シュウヤ、わたしも手を回していい？」

レベッカは額を俺の背中に押し当てながら伏《ふ》せつつ聞いてきた。珍しい。振《ふ》り返《かえ》りながら、「――いいよ」

と、軽く言うと、レベッカは顔を少し伏せたまま、頬を赤くしていた。

そんなレベッカの顔をジロジロと見ていると、

「もうっ、こっちへ向かないでよ――」

レベッカは恥《は》ずかしそうに話しながらも、小さい腕《うで》を腰《こし》に回して顔を寄せてくる。

これがハーレム七神器の一つと言われている、おっぱいサンドイッチか。

レベッカの胸は洗濯板《せんたくいた》なので、感触はないが。

「……はいよ」

エロい顔を表に出さないようにして、ヴィーネのほうに顔を戻《もど》した。

ヴィーネと視線が合うと、彼女《かのじょ》は、にっこりと微笑む。

銀色のフェイスガード越《ご》しの視線。最近は表情が柔《やわ》らかくなった。

優しい雰囲気《ふんいき》を感じさせる。そんなヴィーネの唇が、自然に近付いた。

「ご主人様……」

と期待するように、熱い吐息《といき》を寄越《よこ》す。その少し開いた唇をさり気なく奪《うば》った――。

が、すぐに背後のレベッカにバレて、その背後にいるレベッカが、

「こっちに向きなさい――」と頭部を押さえてきた。反り身となった俺は、そのまま強引《ごういん》に唇を奪われる。必死なレベッカちゃんだ。が、そのキス顔は切ない顔付きでもある。

無理してがんばったようだ。俺は笑《え》みを意識しながら、お返しに――。

レベッカの脇腹《わきばら》をくすぐる――。

「きゃぁ」

と、可愛い悲鳴をあげるレベッカさん。その際に、おでこにキスしてあげたら、レベッカは顔が真っ赤に染まって……沈黙する。よーし、嫉妬女王に打ち勝った！

と、そうこうしているうちに、キャネラス邸が見えてきた。

馬と獅子と黒豹《くろひょう》が合体したような姿のロロディーヌは動きを止める。

「ンン」と喉声を出しながら触手を使う。エヴァが座る魔導車椅子を丁寧に降ろした。

俺たちも続けて降りた。全員、神獣ロロディーヌから降りた直後――。

相棒は、犬が水を弾《はじ》くように全身の黒毛を震《ふる》わせつつ、小さくなった。

黒色の獅子か馬のような姿から、黒豹っぽくなって、黒猫《くろねこ》化。

いつもの可愛い黒猫《ロロ》さんだ。その相棒は、俺に顔を向け、

「ンンン、にゃ」

と鳴く。それは『仕事終えた、にゃ』的なニュアンスだ。相棒は俺の肩の上へ跳躍《ちょうやく》。

ごろごろと喉を鳴らしながら落ち着いていた。

この喉音を聞くと、とても心が癒やされるんだよなぁ。猫は天然のセラピストだ。

「ロロちゃん、頑張った」

エヴァはそう言いながら車椅子を動かして、肩で休む黒猫《ロロ》に近寄ってくる。

黒猫《ロロ》は尻尾だけ動かしていた。

「尻尾だけかい」

「ふふ、今も尻尾で言葉に反応してる」

また、黒猫《ロロ》は尻尾を動かす。

エヴァはそんな黒猫《ロロ》から視線を外して、キャネラス邸を見上げて、

「ここが奴隷商人——大商人が住む土地」

「敷地《しきち》が広そうね。あの開いた門の向こうにユニコーンの像もある」

レベッカがそう指摘《してき》する。

「その門から中へ進むぞ」

「ん」「うん」「はい」

開かれた門を進んで石道を歩く。前回は掃除《そうじ》していた使用人がいたが、いなかった。

オープンガーデン的な情趣《じょうしゅ》に富んだ庭だ。綺麗《きれい》な庭を見たエヴァとレベッカは口々に感《かん》嘆《たん》の言葉を述べていた。庭の見学は早々に切り上げて、屋敷《やしき》の前へと進んでいく。

広い庭を歩き続けて、屋敷が見えてきた。

「あれが大商人が住む屋敷なんだ。シンプルね」

「ん、意外に小さい」

レベッカとエヴァは屋敷の感想を素直に語る。

「玄関《げんかん》に向かうか」

俺たちが屋敷前に来ると、使用人が近寄ってきた。この間と同じ初老の男性だ。

また、あの布印を見せたほうがいいのかな。

「これはこれは、シュウヤ様、ようこそおいで下さいました。旦那様《だんなさま》から予《あらかじ》め、お知らせを受けております、今日も中に入られますか？」

お、顔パスだ。布印はもう見せないでいいのか。

キャネラスは俺の名前を知らせていたらしい。

「ええ、キャネラスさんは中にいらっしゃいますか？」

「はい。今は丁度、帰られた直後かと思われます」

「良かった。あ、俺のパーティメンバーも一緒ですけど大丈夫ですか？」

「はい。当然でございます。どうぞこちらに」

初老の使用人にそう促されて、大理石の玄関を通り屋敷の中へと進んでいく。

また、豪華《ごうか》な客室に案内された。

「こちらで御休《おやす》み下さい。今、軽いお食事をご用意させますので、少々お待ちを」

「はい。すみません」

俺たちは革張《かわば》りのソファーに座り少し待つ。背の低い机には、またまた紅茶セット、底の深い銀ボウルの皿に入ったフルーツの盛り合わせと、沢山《たくさん》の菓子《かし》が並べられていった。

レベッカはフルーツと菓子類に目を奪われながら、

「ねね……これ、食べていいんだよね？」

と、発言。肩にいた黒猫《ロロ》が、

「にゃお」

と、鳴く。レベッカの呟きに反応した？　いや、肩から机に降りた。

フルーツが盛られた銀ボウルの皿へと顔を突っ込む。勝手に食い始めてしまう。

「わたしも食べよっと」「ん」「では……」

レベッカ、エヴァ、ヴィーネも続けて食べていく。しょうがねぇなぁ……と思いながらも、この間とは違《ちが》うフルーツの盛り合わせに視線を集中。どんな味だろ……。

そんなことを考えていると、自然と手が動いていた。

赤いフルーツの一切れを口に運ぶ。果実に含《ふく》まれた汁《しる》がじゅあっと出た。

甘くて美味《おい》しい。苺味《いちごあじ》だ。一切れほどの大きさだが……。

豊富に水分を含んでいた。うまうまで、うまうまだ。

一切れでこの大きさだと、大本はトマトほどの大きさなのかな。

「美味しい。イチゴーン……。高級フルーツの一つ」

「この赤いの、イチゴーンが名前なのか」

「ん、わたしがお世話になっている店では仕入れられないぐらい貴重なフルーツ」

エヴァはイチゴーンがお気に入りのようだ。小さい口の周りに赤い汁がついている。

「へぇ」

「紅茶も美味しい。ダージリンのセカンドフラッシュ、どこ産かは分からないけど、短い期間でしか採れない高級茶よ。器《うつわ》も凄く綺麗だし……」

レベッカは茶葉名を告げながら紅茶を啜《すす》る。確か、夏場前の僅《わず》かな間に採れる茶葉だったはず。貴重茶葉。前世と同じ茶葉だったらの話だが。レベッカは凄い。俺には、ただの美味しいお茶としか判断できないや。

パッとそんな名前が出てくるということは、相当な舌と鼻だ。

レベッカは紅茶の店で働いているだけはある。お茶類に相当な蘊蓄《うんちく》を持つ。

皆、そんな調子で夢中になって紅茶を飲みフルーツを食べていた。

銀ボウルに入っていたフルーツ類はあっという間になくなった。

ビスケットの菓子類だけ残る。試《ため》しに一個食べてみるか——ビスケットを掴む。

この間とは、形が違うビスケット。まぁものは試しだ——と齧《かじ》ってみた。

もぐもぐと……薄味《うすあじ》で、パサパサしている。そんな感想を抱《いだ》いていると、部屋の左にある扉《とびら》が開く。ケラガン・キャネラスの登場だ。複数の使用人を連れている。

キャネラスは歩きながら秘書らしき人物が持つクリップボード的に挟まる羊皮紙にサインをしていた。サインを終えると、クリップボードを持ちながら、俺たちが座るところに近付いてくる。その姿は、忙《いそが》しい社長の姿に見える。服装もこの間の鮫革服《さめがわ》とは違う。少しフォーマルでシンプルな仕事服。胸毛《むなげ》も金ネックレスも見せてはいない。

そんなキャネラスは、連れの新しいメンバーを深海のような深青色の瞳で見つめてくる。

少し逡巡《しゅんじゅん》するように確認《かくにん》するキャネラス。物を言うような仕草から……。

頷《うなず》くと……手に持っていた木製のクリップボードを使用人に手渡《てわた》す。そして、

「シュウヤさん、お待たせしました。本日は高級戦闘奴隷ですかな？」

「はい。お願いできますか？」

商人らしい笑顔《えがお》だ。

「勿論《もちろん》。早速《さっそく》、奴隷商館にご案内します——おい、用意はできてるな？」

キャネラスは使用人たちに向けて、手を叩くと、厳しい声で命令を下す。

「——はっ」

傍《そば》で控えていた使用人たちだ。頭を下げての返事。

皆、礼儀《れいぎ》正《ただ》しい所作を見せてから、そそくさと部屋から退出していった。

「では、表玄関《おもてげんかん》へ向かいましょう。馬車は用意してあります」

「はい」

綺麗な庭の説明をキャネラスから受けつつ門まで進む。

すると、門の前に長方形の特殊《とくしゅ》馬車が停《と》まっていた。あの大型の馬車は見たことがある。

キャネラスはその馬車に近付きつつ片手を上げると、馬車の後方の扉が上向いて開く。

洒落《しゃれ》た扉だ。馬車の下部から木製タラップが地面に伸びた。

キャネラスは深みのある独特の笑みを見せてから、

「この馬車で進みたいと思います。皆様、足下《あしもと》に注意して乗ってください」

そう発言すると、タラップを歩いて馬車の中に入った。

「大きい馬車ね」

「俺たちも乗り込むぞ」

「ん」

「はい」

俺たちも馬車に入った。ソファーの椅子が横に並ぶ。

第百三十二章「高級戦闘奴隷」

馬車の中に、小さい机と箪笥《たんす》も真ん中にある。天井《てんじょう》には水晶《すいしょう》の光源がある。

前方には四角い木枠《きわく》の窓があった。その窓から手綱《たづな》を持つ御者《ぎょしゃ》の背中が覗《のぞ》く。

しかし、豪華な馬車だ。ＶＩＰが乗る専用のロールスロイスという感じか。

「ささ、皆《みな》さん座ってください。奴隷商館まで出発しますよ」

「あ、あぁ」

きょろきょろしながら、赤茶色の革張りソファーに座る。エヴァは魔導車椅子だ。

入った位置で待機。視線が合うとエヴァは頷いてくれた。

何か緊張《きんちょう》する。キャネラスは馬車の仕切られた前部を叩く。

その瞬間、馬車は走り出した。通りは舗装《ほそう》した街道《かいどう》だからかもしれないが、思ったほど
馬車は揺れない。この辺からしても高級馬車なのかもな。

そんな馬車について感想を持っていると、キャネラスが話しかけてきた。

「シュウヤさん。奴隷はどんなのをお求めで？」

どんな奴隷か。まぁ、希望だけ言うか。

「迷宮《めいきゅう》の深部を経験している……できれば〝強くて綺麗〟な奴隷がいいです」

と、望みを言った。対面のキャネラスは片方の金色の眉《まゆ》をピクリと動かして、

「深部といいますと、現時点で最深部であると言われている十一階層ですか？」

と、聞き返してきた。十一階層はさすがに無理があると思うが。

一応、聞くだけ聞くけどさ。

「……そのような深部に挑戦《ちょうせん》できる凄腕《すごうで》の奴隷がいるのでしたら嬉《うれ》しいですが」

「深層に潜《もぐ》るだけの荷運び人としての役割でしたら、普通《ふつう》の奴隷で豊富にいますよ」

あっさりと肯定《こうてい》。荷物持ちだけとはいえ、いるのかよ。

転移場所である水晶体《すいしょうたい》の場所が安全なら大丈夫か。

キャネラスは俺の反応を楽しむかのように話を続けた。

「……しかし、十一階層に出現するモンスターと戦える戦闘奴隷となると、さすがにいませんね。十一階層で戦える戦闘奴隷は六大トップクランでも欲《ほ》しがる人材ですから」

「そりゃそうですよね」

「はい。ですが、わたしが持っている高級戦闘奴隷の中に、八階層までを経験しているベテラン冒険者《ぼうけんしゃ》並みの戦闘奴隷が数人……それと、迷宮の経験は浅いですが〝強い〟と思え

る奴隷はそれなりに揃《そろ》えています」

八階層までの経験を持った戦闘奴隷か。

それは理想的だ。経験は浅いが強そうな戦闘奴隷も気になる。

「少し楽しみになってきました」

「それは僥倖《ぎょうこう》。実は先日、シュウヤさんとお別れした直後のお話なのですが、わたしは色々と伝《つて》を頼《たよ》って、使える戦闘奴隷を買いあさりましたからね、地下オークション級の者も用意できましたよ」

まじか、あんさんやるねぇ。さすが、胸毛が濃いだけはある。今は見せてないが。

「……そこまでですか、期待しますよ」

称賛《しょうさん》する気持ちでキャネラスを見ながら語る。

「ええ」

キャネラスは奴隷商人の意地なのか、自信満々の笑顔だ。商人とお得意さんの、会話を続けながら一時間ぐらい時が経《た》つと、走っていた馬車がストップした。馬車の後部が持ち上がり扉が開く。タラップが地面に降りる。時間的に昼下がりかな。場所は大通りのようだ。馬車の中からでも、多数の人々が行き交っているのが見えた。

「ここです。降りましょう」

「はい」

皆、タラップから降りた。降りたメンバーを確認したキャネラスは、腕をさっと伸ばし、

「目の前の赤煉瓦《あかれんが》の建物が、我《わ》が商館、【ユニコーン奴隷商館】ですよ」

と、発言。その商館は煉瓦仕立ての横に広い一階建ての造り。

左右対称《たいしょう》のアールデコ風。玄関口《げんかんぐち》も瀟洒《しょうしゃ》な細工がなされた彫像《ちょうぞう》が多数並ぶ。どこぞの高級貴族が住む洋館という感じだ。

「では、先導しますね」

キャネラスは、俺たちの表情から満足感を得たのか、独特の笑顔を繰《く》り出《だ》す。そして、俺たちに一礼すると商館に向けて歩いていった。俺たちも続く。

「ん、床《ゆか》が地続きで入りやすい」

地べたを車椅子で進むエヴァが玄関口を通りながら話す。

確かに、床がコンクリートのような石道だ。

なだらかに続く坂。バリアフリー。

たまたま、バリアフリーな造りになっているだけかと思うが素晴らしい。

エヴァはスムーズに車輪を動かしていた。

「他と少し違うな、坂になってる」

「ん」

エヴァも頷く。

やはりこんな玄関口は他には無い造りなのだろう。

そのなだらかな石坂を上がると、大きな玄関扉《とびら》があった。

その大扉は左右に開かれている。

キャネラスがその玄関扉に近付くと、中から使用人たちがぞろぞろと現れてキャネラスを出迎《でむか》えてきた。

「旦那様、お帰りなさいませ」

「「お帰りなさいませ」」

「おう。前に一度話していた重要なお客様たちだ。失礼のないようにな。奴隷たちが待機しているホールに行くぞっ」

「――ははっ」

キャネラスは胸を張るように奴隷商人らしい振る舞《ま》いを見せて、使用人たちを伴《ともな》いながら煉瓦建築の中に入っていく。

奥《おく》に消えたキャネラスの代わりに俺たちの前に立ったのが使用人の代表格と見られる人物だった。銀髪《ぎんぱつ》オールバックの髪型《かみがた》を華麗《かれい》に決め、顎髭《あごひげ》以外は綺麗に剃《そ》り落《お》としてある渋《しぶ》顔《がお》の中年男性。

「では、皆様、こちらへどうぞ」

風格ある使用人は俺たちへ丁寧に挨拶を行い、くるりと踵《きびす》を返して廊下《ろうか》を進んでいく。その所作はザ・執事《しつじ》たる完璧《かんぺき》な動き。俺たちが案内された場所はありがちな客間ではなく大きなホールだった。

ホールを改築した造り。そこには奴隷《どれい》たちがいた。ここに住んでいるようだ。見たところ……種族は様々。ホール内には檻《おり》のような鉄棒で区分けされた大きな部屋が各所に存在している。

区分けされた部屋の中にはあらゆるものが用意されていた。

鉄檻なので、外から生活の様子が丸分かりだ。衣食住は完璧らしい。

外で物乞《ものご》いのように生活している貧しい人たちに比べたら、断然にこちらの奴隷たちのほうが良い暮らしをしていると思える暮らしぶり……彼《かれ》ら戦闘《せんとう》奴隷は鉄檻の空間に閉じ込められているだけで、何不自由無く暮らしているようには見えた。

俺たちがそんな奴隷たちの暮らすホール内に入ると、そこで暮らしていた奴隷たちから、一斉《いっせい》に視線が集まってくる。

「ここの個室を与《あた》えられているのが高級奴隷たちです」

銀髪の渋顔の使用人が説明してくれた。

個室ね。檻の中だが、確かに生活用品は豪華だ。

「モロス。もういい、下がれ」

キャネラスが俺たちに説明してくれていた渋顔使用人へ指示を出しながら、近寄ってきた。「はっ――」あの使用人はモロスさんか。そのモロスさんは素早《すばや》い所作でキャネラスの背後へと回り、他の使用人たちの列に加わる。

「では、全員を一箇所《いっかしょ》に集めますので、少々お待ちを――お前たちっ」

「はい」

キャネラスは俺たちに向けて、一度頭を下げると、すぐに頭を上げてから背後に控《ひか》えていたモロスさんを含めた使用人たちへ、パンパンッと手を叩《たた》いて指示を出していた。

指示を受けた使用人たちはホール内にある各部屋に散った。

奴隷たちに命令を下す怒声《どせい》があちこちから響《ひび》いてきた。

そして、一箇所、俺たちがいる場所に高級奴隷たちが集められていく。

……これが高級奴隷たちか。最初に注目したのは人族と蛇《へび》が合体したような種族。

下半身は完全に横太い大蛇《だいじゃ》。蛇の鱗《うろこ》が綺麗だ。上半身は比較的《ひかくてき》、女の人族に近い作りだ。

下半身から続いている鱗皮膚《ひふ》の模様が上半身のあちこちに延びている。その鱗の造形と色合いのバランスが良くて少しカッコイイ。胸には特徴的《とくちょうてき》なおっぱいが三つも付いているから、思わず視線が釘付《くぎづ》けに。

特殊なブラジャービキニが、三つのおっぱいを支えている。

……やはり、おっぱいロマン派協会会長として……。

知られざるおっぱいには、注目せざるをえない。

そういや、前に一度だけ、奴隷市場で同じような種族を見かけた。

こっちのほうは、色合いと鱗の形も違うが。

次は……あの大柄獣人《おおがらじゅうじん》。

服がアジア系の民族衣装風でふっくらとした印象。

中身があまり判別できないが、足先や腕先から僅かに体が覗く。

獣人としての体毛で筋肉とかの把握《はあく》はできないが、細マッチョな虎《とら》獣人さんだ。

女性と分かる虎の顔には、独特の迫力《はくりょく》もある。表情からして戦士だろう。

「この戦闘奴隷たちです。どうぞ、品定めを」

キャネラスは自信満々に腕を伸ばして語っていた。

一応、お触《さわ》りは大丈夫《だいじょうぶ》なのか聞いてみる。

「触って大丈夫ですか？」

「はい。傷つけない範囲《はんい》でお願いします」

お触り大丈夫か。さて……どう選ぶか。

こういう時、転生者でもある占い師《うらなし》のカザネが持っていた鑑定《かんてい》スキルがあれば便利なんだがなぁ。ま、俺《おれ》だってカレウドスコープという、簡易分析的《ぶんせきてき》な眼《め》を持っているし。魔察《まさつ》眼《がん》もある。

『閣下』

突然《とつぜん》、くるくる回りながらヘルメが視界に現れる。

『何だ？』

『買うのはあの奴隷たちですか』

小さい姿の精霊《せいれい》ヘルメは羽付きの妖精《ようせい》のようにふわふわと宙を飛び、くるっと回って奴隷たちを見ている。

実際に移動している訳じゃないんだが、視界の中ではそんな動きだから面白《おもしろ》い。

『……そうだ。買うつもり』

『はい。魔素が高いのが数人いるようですね』

ヘルメは指を差す。魔察眼で確認。確かに、濃密《のうみつ》な魔素を体内で操作している奴隷がいるな。あれはエルフか？

『あの金髪《きんぱつ》エルフか』

『はい』

『後で、話を聞いてみる。ヘルメは視界から消えていいぞ』

『はっ』

ぱっと精霊ヘルメは視界から消えた。

――よし、魔察眼を使いながら、右目のカレウドスコープを起動しよう。それからエヴァに目当ての奴隷に触ってもらって、相手の心情を探《さぐ》りながら調べていくか。

「……」

「……シュウヤ、調べないの？」

レベッカが聞いてくる。見ているだけで、沈黙《ちんもく》していたことが気になったらしい。

「あぁ、調べるさ、少し考えてた」

「そう。わたしもパーティメンバーだし、一応、意見は言うわよ」

レベッカは偉《えら》そうに両手を胸の前で組むと、そんなことを言ってきた。

「了解、レベッカ様の神通力に期待している」

「ぷっ、何よそれ」

レベッカは笑っていたが、俺は真剣《しんけん》な目で、奴隷たちに向き合う。

右目の横を指でタッチ。カレウドスコープを起動した。

右の視界が色彩《しきさい》が鮮《あざ》やかなブルーに変化。

あちらこちらにフレーム表示が追加される。

大小様々、玉石混淆《ぎょくせきこんこう》と思われる奴隷たちを見ていく。

視界に移る全《すべ》ての生命体は線で縁取《ふちど》られて、▽カーソルが出現していた。

カーソルに意識を集中する前に、少し情報を聞いておこう。

「この方の種族は何ですか？」

俺は指を差して聞く。

「種族は蛇人族《ラミア》。南マハハイム地方では数が少ないですが、遠い東、レリックを越《こ》えたフジク連邦《れんぽう》の、更《さら》に北東にある地域で数多くの同胞《どうほう》が暮らしていたそうです。しかし、グルドン戦役《せんえき》に続いて、リザードマンとの長きに渡《わた》る戦乱により故郷がなくなり、奴隷商人に捕《つか》まり売られて、戦闘奴隷として経験を積みペルネーテに来ることになったとか、因《ちな》みに元B級冒険者であり、迷宮八階層までを経験しています」

キャネラスが種族の説明と近況《きんきょう》の情報を言ってくれた。

「へぇ」

種族はラミア、冒険者B級で迷宮八階層を経験か。依頼《いらい》はそこそこなしている訳だな。

「ラミアね、奴隷市場で何度か見かけたことはあるわ」

レベッカはそんなどうでもいい情報を喋《しゃべ》っている。

「ん、基本は前衛クラスが多いと聞いたこともある」

エヴァはちゃんとした情報をくれた。

「なるほど」

情報を得ながら、俺は蛇人族《ラミア》の▽カーソルに意識を向ける。

ＣＴスキャンを行うように足元から中身をスキャンしていく。下半身は筋肉の塊《かたまり》のような感じだ。骨の構造がよく分からない。

上半身は見た目どおりの内臓だ。人間のようだ。

首輪の下もちゃんと透《す》き通《とお》り、頭を透過《とうか》していくスキャンが終わると、

炭素系ナパーム生命体ｚｃｈ##７４４３
脳波：安定
身体：正常
性別：女

総筋力値：66
エレニウム総合値：118
武器：なし

こんな表示が出た。筋力が高い。

だが、今まで人族とダークエルフしか調べたことがないから、何とも言えない。

ラミア種族としては標準なのかも知れないし。種族は人やダークエルフと違うが、炭素系ナパーム生命体なのは変わらないんだな。番号は完全に意味不明だが。エレニウム＝魔力《まりょく》だと思うから、魔法は期待できそうにないか。こんな程度の情報では見た目を多少補完するだけで、あんまり意味がないかもなぁ。

「エヴァ、どう？」

「ん、質問いい？」

俺は触ってみるか？　とエヴァに視線を向ける。

「――キャネラスさん、この奴隷《どれい》と話していい？」

「構わないですよ。彼らは高級戦闘奴隷。共通語は全員がマスターしています。じゃんじゃんと、聞いてやってください」

凄腕《すごうで》奴隷商人らしい口ぶりで、笑顔のキャネラスだ。

「だ、そうだ」

「ん、それじゃ――」

エヴァは俺の言葉に頷くと、魔導車椅子《まどうくるまいす》を前進させた。

蛇人族《ラミア》の下に近寄っていく。蛇人族《ラミア》は全体的に太い。

特に蛇の鱗が目立つ下半身は太鼓《たいこ》のようだ。その下半身にエヴァは、手を当て、指で鱗を撫《な》でる。と、口を開いた。

「あなたは戦士？」

「少し、違う。騎士《きし》だ」

「ん、そう。どうして奴隷に？」

そのエヴァの問いに、蛇人族《ラミア》種族の女は、少し間を空ける。

口から、蛇のような長い舌を伸《の》ばして、早口で語る。

「……我々が戦争に敗れたからだ」

「……そう。あなたを、後ろにいる背が高い黒髪《くろかみ》の冒険者が買ったら、ちゃんと尽《つ》くす？」

「無論だ」

エヴァは間を空けてから、小さく頷いて、

「……分かった」

と、呟《つぶや》く。蛇人族《ラミア》に触《ふ》れていた手を引っ込めて聞き取り調査を終えていた。

魔導車椅子を反転させて俺の側《そば》に戻ってくる。

俺は背を屈《かが》めてエヴァの言うことに耳を傾《かたむ》けた。エヴァが小声で話してくる。

「……彼女の言葉に嘘《うそ》はない……戦争で家族を殺された恨《うら》みを人族と蜥蜴人《リザードマン》に向けている
けど、基本は無害……命令すれば忠実に動けるはず」

エヴァの心を読む《サトリ》は、すげぇな。

「分かった。なら買っても大丈夫そうだ」

「ん」

エヴァが天使の微笑《ほほえ》みをもたらすと、

「ちょっと、何よ～。何で二人だけで相談しているの？」

「そうです。ご主人様、わたしには聞いてくださらないのですか？」

ハブられていたレベッカとヴィーネがそれぞれに不満そうな表情で、俺に迫《せま》ってくる。

レベッカはともかくとして、ヴィーネが珍《めずら》しく動揺《どうよう》した顔を見せていた。

いつも、ヴィーネの言葉を第一にしていたからか？

エヴァのスキルのことは話すことはできないので、適当にはぐらかすか。

「……いやいや、そうじゃなくてだな。エヴァの冷静な言葉を聞きたくてね。たまたま重要視したんだよ」

「……そうですか」

「ふーん」

レベッカとヴィーネはいじけてしまった。

「ん、なら、レベッカとヴィーネ、何か意見を言ったら？」

エヴァは車椅子《くるまいす》をくるりと反転させてから、目を細めて、レベッカとヴィーネに反論するように言う。

「そ、そうねぇ。得意武器とか、スキルは何を持つとか、魔法属性は何が使えるとか、色々あるじゃない？」

「確かに、それはまだ聞いてなかった。ヴィーネは何かあるか？」

「はい。蛇人族《ラミア》の種族にはその瞳《ひとみ》に魔眼《まがん》を持つ者も存在すると聞いたことがあります」

へぇ、魔眼か。

「それは興味深い。ありがとな。早速、俺が聞いてみるよ」

「はいっ」

ヴィーネは俺が褒《ほ》めると、素直《すなお》に喜んでいた。もう不機嫌《ふきげん》さは顔色から消えている。

そんなヴィーネから視線を外し、今のやり取りを聞いていたであろう蛇人族《ラミア》の下に移動。

「……俺たちの会話を聞いていたな？　お前の得意武器、魔眼とやらを含めてスキルの有《う》無《む》、魔法属性を全て答えてもらおう」

「了解《りようかい》した。得意武器は剣《けん》、盾《たて》、槍《やり》。スキルは〈咆哮《ほうこう》〉、〈盾崩《たてくず》し〉、〈二連斬剣《ざんけん》〉、〈三連盾崩し〉、〈返し突《づ》き〉、〈盾突き〉、〈仁王《におう》立ち〉、〈刺突《しとつ》〉、〈投擲《とうてき》〉、魔眼である〈麻痺《まひ》蛇眼《じやがん》〉。属性は風、魔法は使えない」

紫色《むらさきいろ》の蛇のような舌をしゅるるるっと唇《くちびる》の中から出しながら、すらすらと早口で語る。

「ヒュゥ――やるじゃん」

思わず口笛で反応していた。スキルが豊富。完全に前衛向きな種族だな。

すると蛇人族《ラミア》の女は人族に似た双眸《そうぼう》をぎょろりと動かして、縦に割れた両生類の瞳へと変化させた。そして、細い唇を動かす。

「……我は蛇人《ラミア》エボビア区出身。戦闘《せんとう》職は武装騎士長である。当然だ」

俺が褒めたので気を良くしたのか蛇人族《ラミア》は自らの出身と戦闘職業を名乗ってきた。

武装騎士長、蛇人族の騎士か。こいつは買うとして、キープ。

「そうか。とりあえず、次を見る」

隣《となり》の奴隷も見ていく。
今度は小柄《こがら》で全身がもこもこの毛に覆《おお》われた種族。
頭には可愛《かわい》いらしい犬耳を持っていた。ダックスフントの犬耳のようだ。
やべぇ、俺は猫《ねこ》派だが、可愛いぞ。小柄用の奴隷首輪も可愛らしく見える。
そんなもこもこ種族を縁取っている▽カーソルをチェック。
スキャンは瞬間的《しゅんかんてき》に終わる。体が小さいからな。

炭素系ナパーム生命体Ｕｋｓ＃８３＃
脳波：安定
身体：正常
性別：女
総筋力値：9
エレニウム総合値：249
武器：なし

筋力が低く、魔力が少し高いか。その背が小さい、もこもこ種族の目の前に移動。

「……っ」

俺が近寄ると、犬耳を凹《くぼ》ませて怯《おび》えた表情を浮かべていた。

こんな臆病《おくびょう》そうで、小柄な種族が戦闘奴隷なのか？

「この種族は？」

疑問形でキャネラスに問う。

「犬獣人族系のノイルランナーです。ノームやドワーフの親類とも云《い》われていますね。因みにその奴隷も元冒険者。八階層を経験しています」

へぇ、マジで？

俺はじっと、小柄獣人《ノイルランナー》を見ていく。

「君は何が得意なんだ？」

「……ボクは足の速さを生かした剣術《けんじゅつ》が得意。飛剣流を学んでいた。訓練の野試合で烈級の手練《てだれ》を倒《たお》したこともある。迷宮では高鬼《こうき》オーガを一人で倒した」

確か……剣術や槍術《そうじゅつ》とは、初級、中級、上級、免許皆伝《めんきょかいでん》、烈級、王級、神級、といった強さの位があるんだよな。魔法には皇級があるんだっけ。ということは、見た目に反してかなりの剣術の腕前《うでまえ》を持つんだ。

速度を生かした前衛か。とりあえずキープだな。

このちっこいのを見てると、迷宮で出会ったペンギン剣士を思い出すなぁ……あのペンギン剣士の冒険者はモガ族とか言ってたっけ。このノイルランナーは見た目通りの種族だし、皆に相談する必要もないか。次の奴隷を見ていく。

「なるほど。んじゃ次を見る」

次は大柄《おおがら》の人族……見た目は、完全にプロレスラーだな。

短い髪《かみ》に、ロシア系の傷だらけの顔。太い黒色の首輪と分厚い鎖骨《さこつ》に、隆起《りゅうき》する胸板《むないた》のこれまた分厚い筋肉の上半身が目立つ。おっぱいは殆《ほとん》どない。

上半身はビキニと似た麻布《あさぬの》のブラジャーを着けていた。

「チェンジ、で」

思わず、俺は即断《そくだん》。隣の奴隷たちを見ていく。

「……シュウヤ？」

後ろで見ていたレベッカが、冷淡《れいたん》な声をあげる。

「ん？」

振《ふ》り向《む》くと、レベッカが氷点下の風を纏《まと》ったような……、冷然とした表情を浮かべて、俺をジッと見ていた。

「……こっちに来なさい」

ここは場の空気を読んで行動するか。「はい」と、俺は然《さ》り気《げ》なく、右目の横をタッチして普通の視界に戻《もど》してから、反省した犬のようにレベッカに近寄った。

「あのね？　戦闘奴隷なのよ？　見た目だけで判断しちゃだめなんだからね？」

と、先生のような感じで言ってくる。まぁ、彼女《かのじょ》の意見は当然だな。

今、俺がチェンジと言った言葉を聞いて、強そうな奴隷を買わずに、綺麗《きれい》な女奴隷を選ぶと考えているんだろう。俺のスケベ心で、判断が曇《くも》ると思っているのかな？

ま、正解だが、正解ではない。確かに綺麗な女は大好きだ。

んだが、ちゃんと強そうなのを選ぶ。そう、強くて、できるだけ綺麗な……奴隷をな。

「……分かっているさ。パーティのために強い奴《やつ》を選ぶ。んだが、まだ何人かいるし、選考中だから。まずは、俺が選んだ奴隷を見てから文句を言ってくれ」

「……それもそうね。ごめん。つい口走って……」

レベッカは気まずそうに俯《うつむ》いた。が、少なからず的を射た意見だ。

「はは、別にいいさ、レベッカらしく、可愛く突っ込んでくれ」

と、笑いながら発言。強そうなプロレスラー、選ばなかったからな。

「もうっ何が可愛くよっ」

「んじゃ奴隷を見てくる」

「うん、ちゃんと選んでね」

レベッカは少し笑いながら頷《うなず》く。俺は奴隷たちのもとに移動して、選考を再開。

次、見ていないのは……虎顔《とらがお》の大柄獣人。両手を組んでいて、良い面構《つらがま》えだ。

気になった奴だな。着ている服はアジア系で民族衣装風。

その虎獣人に近付いていく。

「君の出身とアピールできる物は何だ？」

「……わたしはフジク連邦ラーマニ部族出身の虎獣人《ラゼール》であり、特異体。フジクで虎拳流《こけんりゆう》と絶剣流を学び、弓もある程度使え、狩斥候《かりせっこう》、罠《わな》探知、罠解除も得意。それに〈嗅覚列《きゆうかくれつ》〉という虎獣人《ラゼール》が持つ特殊スキルがあるので匂《にお》いによる探索《たんさく》も可能です。フジクでは冒険者クラン、傭兵《ようへい》たちを率いて侵略王六腕《しんりやくおうろくわん》のカイが率いるグルドン帝国《ていこく》との戦争に従事していた経験があります」

先ほどもグルドン戦役とか言っていた。侵略王六腕のカイが率いる国と戦争か。彼女はそれなりの人数を率いていたなら指揮能力はありそう。

「了解。考えとく」

右へと歩いて、次の奴隷をチェック。

次は最初にヘルメが指摘《してき》していた金髪エルフだった。

黄金色《こがねいろ》の髪に美しい顔を持つ、瞳はエメラルドグリーン。着ているのは麻《あさ》のワンピース。スタイルがいい。双丘《そうきゅう》もふっくらと盛り上がっているし、目の保養に完璧だ。

「……ゴッホン」

俺の後ろから、わざとらしい咳《せき》の音が聞こえた。更に、沢山《たくさん》の視線が背中に集まっている気がするが、無視。一応キャネラスに聞いておくか。

「この綺麗な奴隷は？」

「はい、種族は見ての通り、エルフ。耳が長いので、古代から耳長族とも呼ばれています。大概《たいがい》はエルフと呼びますね。そして、迷宮八階層を経験している元A級冒険者です。実力は確かですよ」

おっ、元A級ときたか。「実力」という部分の発音を少し変えたキャネラスさんだが、何かあるのか？

そして、エルフを耳長族と呼ぶことは時々あったから知っている。スルーしていたが、ま、俺の〈翻訳即是《ほんやくそくぜ》〉は「エルフ」と翻訳する時が多いし、一々《いちいち》気にしない。

俺は、そのエルフに近寄った。髪の毛は綺麗だ。金色、山吹色の金髪さん。

頬《ほお》から細い顎のラインにかけてある、エルフ特有の刺青《いれずみ》マークを確認《かくにん》。

虎のようなマークが施《ほどこ》されてある。首輪も普通の大きさ。

その美人エルフの女は、瞬《まばた》きしながら俺を注視している。

「君は何ができる?」

「わたしは魔法が得意。属性は土と水、特に土が専門。下位から上位魔法はある程度使えます。不得意ですが、水も軽いキュア系を使用できます」

属性の数が少ないが一点集中型と思えばいいのかな。ヒーラーもできるとなると結構使えるのかも。そこで右目の横を触り、カレウドスコープを起動させた。

また、半分の視界の色彩が鮮やかなブルーに変化。

フレーム線が世界を埋《う》めるように表示、金髪エルフも線で縁取られていく。

金髪エルフは突然に、俺の右目が変化したことに驚《おどろ》く。

目が見開き、口を開いて唖然《あぜん》とした。

緑の瞳が散大収縮。顔は引きつっていた。

この目の変化を間近で見たらそんな反応を起こすのは分かる。

——気にせず、金髪エルフを縁取る線の上にある▽カーソルに意識を集中。

足からスキャンする。俺の視線は、少しエロい視線になっていることだろう。

——んお？　何だあれ……胴体《どうたい》は別に異常がなかったが……。

首輪の下、首から脳にかけて変なモノが映っている。

げぇ、蟲《むし》かよ。頸《くび》から上にくっ付いているようだ。

しかも、脳を侵食《しんしょく》するかのように蟲の口と推測できる箇所から細かな無数の触手《しょくしゅ》たちが脳内へ放出していた。表は綺麗なエルフだけに、その異様さが際立《きわだ》っている。

炭素系ナパーム生命体ｎｇ＃ｅｓｇ８８＃
脳波：異常　寄生蟲《きせいちゅう》による干渉下《かんしょうか》
身体：異常　寄生蟲による干渉下
性別：女
総筋力値：11
エレニウム総合値：565
武器：あり

第百三十三章「寄生蟲」

ステータスはこんなのが表示されていた。彼女はいったいどうなってんだ？

このエルフ女、蟲に寄生されているのか？

もう一度、スキャンして確認してみよう。彼女を縁取る線の上にある▽のカーソルを意識。再度、足からスキャン…………やっぱりいる。

蟲の本体は首の真後ろ辺りか。首の正面には従属の首輪が装着されている。

蟲は皮膚《ひふ》の中だから外からじゃ分かりにくいだろう。

脳は無傷のようだが……脳まで伸びた触手が気持ち悪い……。

炭素系ナパーム生命体ｎｇ＃ｅｓｇ８８＃
脳波：異常　寄生蟲による干渉下
身体：異常　寄生蟲による干渉下

性別：女
総筋力値：11
エレニウム総合値：565
武器：あり

ステータスも同じだ。

「……あの、何かありますか？」

エルフ女は俺が凄《すご》い形相で見つめ続けてくることに、耐《た》えられなかったようだ。

そんな質問をしてくる。どうやら話すことは普通《ふつう》にできるようだ……。

「……いや、何でもない、ちょっと考えることがある」

「はい」

顔に出ていると思うが、額に指を置く。

まるで、どこかの刑事《けいじ》が推理しているかのようなポーズだと思う。

『閣下、彼女は魔力が高く優秀《ゆうしゅう》そうに見えますが、どうかされましたか？』

そのタイミングで、ヘルメが視界に現れた。

『お前でも、分からないのか。この奴隷は脳、首の後ろの内部から頭にかけて蟲のようなモノに寄生されている。彼女の魔力が高いのもそういう理由からかもしれない』

小型ヘルメは驚き、新ポーズなのか、ぶりっ子ポーズを作る。

『なんとっ、得体の知れないモノを……でも、どうしてお分かりになったのですか？』

『この間、新しく右目に装着した魔道具だよ』

『右のおめめですね。凄いですっ。わたしの探知や精霊の目では、彼女に巣食う蟲の存在には気付かなかったでしょう』

『右目を改造した感じだが、カレウドスコープを装着できて良かったよ。これからは使う回数を少しずつ増やしていくか。もしかしたら、あんな蟲に寄生された人たちが他にもいたりするかもしれない』

知らぬ間に、人類が蟲型宇宙人によって、裏から侵略を受けていたとか……隣人《りんじん》の中身が人間の皮を被《かぶ》った宇宙人の可能性がある訳だ。

実は蜥蜴とかな。俺の知る地球でも、どこかの王族の裏は……。

そんな都市伝説があった。

『はい。そう考えると、この場にいる全員を確認したほうがいいかと……』

ヘルメは小さい姿ながら、顔色を悪くさせながら進言してきた。

『そうだな……』

その場で、辺りを見回す。

フレームの視界に映る、全員をスキャンしていった。

ステータスも確認……よかった。誰《だれ》も蟲には取り付かれていない。

『仲間を含《ふく》めて、残りの奴隷も彼女以外、全員、無事だ』

『……よかったです』

『あぁ……正直、レベッカとエヴァを確認した時はドキドキした』

『閣下の大切なお仲間ですからね』

『そうだ。……んじゃ、視界から消えていいぞ』

『はい』

ヘルメは安心したような表情を見せてから、くるりと舞《ま》うように回転しつつ消えていく。

改めて寄生されたエルフ女を凝視《ぎょうし》。綺麗で美しい女性。

んだが、もう、エロい視線では見られない……。

彼女は本当に正気なのか？　それを含めて様子を探るか。同情しながら、

「……元冒険者《ぼうけんしゃ》のようだが、どうして奴隷に？」

「迷宮《めいきゅう》の深部にて、わたしが所属していたクラン【紅蜂《くれないばち》】と、敵クラン【銀真珠《ぎんしんじゅ》】との争いに巻き込まれたことから始まります……」

「詳《くわ》しく頼《たの》む」

「はい、迷宮内で、いきなり【銀真珠】から攻撃《こうげき》を受けたのですが、そこから夢中で応戦している間にわたしは仲間と逸《はぐ》れてしまい、迷宮で迷子に……そして、気付いたら全身血《ち》塗《まみ》れの状態で地上へ戻っていたんです」

……気付いたらだと？　怪《あや》しすぎるだろ。気持ちが少し顔に出てしまう。

彼女はそんな俺の表情を見ていたのか、残念そうに視線を逸《そ》らしながら話していく。

「怪しいですよね。わたしもそう思います……でも、本当に記《き》憶《おく》がないんです」

「深部でのクラン同士の争いはどうなったんだ？」

と、話の続きを促《うなが》す。

「敵も含めて誰も戻ってきませんでした。そこに、迷宮へ潜《もぐ》らず地上に残っていたクラン【銀真珠】のメンバーたちによって、生き残ったわたしが〝争いの原因〟だと迷宮管理局に訴《うった》えたのです。彼《かれ》らは迷宮にいなかったのに〝わたしが争いの原因を作り、クラン同士の戦争へと導いた〟と言い張りました。そして、【銀真珠】の主張が認められて、わたしは問答無用で衛兵に捕まってしまったのです。【銀真珠】のメンバーには貴族と繋《つな》がりが深いメンバーもいたようですね……あっさりと判決は下りました。王国裁判では権力のコネが最も有利に働きますから……正義、善とかいった言葉は単なる飾《かざ》り言葉なだけで、利欲という残忍《ざんにん》な権力には、絶対に勝てないんです……」

彼女の言い分だと嵌《は》められたようにも聞こえるが……。

迷宮内部にて記憶をなくした件が気になる。

……脳に蟲が取り付いたせいとか、ありそう。

「……それで奴隷《どれい》化か」

「はい。王国裁判では一度処刑《しょけい》と決まったのですが、キャネラス様が国と交渉《こうしょう》して下さり、わたしは殺されずに済みました。奴隷には落ちましたが、命を救って頂いたキャネラス様には感謝しているんです」

キャネラスが助けた形か。まぁ、A級の冒険者だからな。

美人だし、高く売れると思ったのだろう。

「そっか、買うかどうかを少し考えさせてくれ」

「はい」

背後には振り向かずに一人で考えていく。それで、こいつを買うかどうかだが……。

放っておくのもなぁ。仲間がいるから感染《かんせん》とかあったらいやだが……。

周りには感染していない。蟲がついているのは彼女だけだ。

感染を促す類《たぐ》いの蟲ではないと仮定はできる。

成長したら可能になるのかもしれないが。それに、脳に寄生を受けた状態で、感情や言語中枢《ちゅうすう》がおかしくなっていない。

寄生している蟲は、彼女の脳を通して地上を観察しているだけ？

それとも何かのキーワードで反応して一気に凶暴化《きょうぼうか》するとか？

誰かを襲《おそ》ったり蟲を増殖《ぞうしょく》させるつもりだったり？

最初の直感通り、迷宮の事件は彼女の脳が侵《おか》されたことが原因かもしれない。

記憶をなくした彼女は、蟲に操作されて凶暴化？

仲間や敵など見境なく殺戮《さつりく》を行ったとか？

もう一つの可能性は、彼女が寄生される前、蟲のモンスターによって、その場にいた全員が殺された可能性もある。彼女が殺されずに寄生されたのは、何か蟲に理由があるのかもしれない。そして、迷宮に深く潜る前に、この情報を事前に知れたのはよかった。

迷宮には守護者級、新種、亜種《あしゅ》、未知のモンスターは多種多様にいる。

こんな搦《から》め手《て》を使うモンスターも存在するのを知ったことは大きい。

やはり彼女を買うか。寄生している蟲の対処うんぬんは、俺にできるか分からないが、手元に置いて観察はしてみたい。

「……キャネラスさん、この奴隷は幾《いく》らになりますか」

熟考の姿勢を崩《くず》しキャネラスのほうへと顔を向けながら話す。

「装備品はありませんので、白金貨二十枚です」

「ダークエルフのヴィーネとは、えらく違《ちが》いますね」

「はは、それはそうですよ。似たような肌《はだ》を持つ人族もいますが、耳が長く青白い肌に銀《ぎん》髪《ぱつ》の絶世の美女たるダークエルフ、珍しい種族ですからね。更には、エクストラスキル、いったいどこで学んだのか分からない各種豊富なスキル、そして、何より、その頭の良さ、彼女のような存在はレアですからね」

なるほど。ヴィーネを見ると、少し頬を紅《あか》く染め、お辞儀《じぎ》をしてくる。

「……分かりました。買います。あと、蛇人族《ラミア》、小柄獣人《ノイルランナー》、虎獣人《ラゼール》、この奴隷たちも買います。全部で合計四人」

奴隷たちを順繰《じゅんぐ》りに指で差していく。最後に四本の指を使いジェスチャーした。

「おぉ、纏めてお求めとは、ありがとうございます。でしたら、値下げしましょう。少々お待ちを」

キャネラスは嬉《うれ》しそうに笑《え》みを浮かべる。安くしてくれるようだ。

「――今、指名を受けた奴隷たちは、買われるご主人様の声を聞いたな？　準備を整えておけ。それと、モロスッ」

キャネラスは奴隷たちに指示を出すと、使用人のモロスも呼ぶ。

「はっ」

モロスは素早《すばや》い所作で木製のクリップボードを用意。ボードをキャネラスに渡す。

そのクリップボードの上には羊皮紙の書類がセットされている。

続いて、小さい机や椅子《いす》を持った別の使用人たちが次々と現れた。

目の前に机と椅子がセッティング。インクと羽根ペンがセットになった小物アイテムが載《の》った台を掲《かか》げるように持った別の使用人も来た。キャネラスは、その使用人が持つ羽根ペン入れから華麗《かれい》に羽根ペンを取る。

腕を滑《なめ》らかに動かして、ペンを優雅《ゆうが》に使う。

キャネラスは羊皮紙へサインを実行。

キャネラスは気持ち悪いほどの笑顔を作りつつ書いていく。

書き終えると、契約書《けいやくしょ》の他に、回復薬ポーションとナイフも置かれた。

手際《てぎわ》の良い使用人たち。

ヴィーネを買った時も、こんな風に回復薬ポーションとナイフが置かれていたっけか。

「……では、のちほど、この書類にサインをお願いします。値段は全員分で白金貨九十九枚となりますがよろしいですか？」

キャネラスは四人全員分の値段を提示。買う予定の奴隷《どれい》たちが近寄ってくる。

彼らは両膝《りょうひざ》を床《ゆか》につけてしゃがむと、胸を突《つ》き出《だ》す体勢になっていた。

黒い首輪を、俺《おれ》に対してよく見せる体勢だ。この四人の合計が白金貨九十九枚か。

結構な大金。彼らの装備類もあとで買い揃《そろ》える予定だ。

結構なお金が掛《か》かる。後ろで、その値段を聞いていたレベッカがまた何か小言を言っていた。エヴァはそんなレベッカに向けて、当然、と短く呟いている声も聞こえてくる。

そんな背後から聞こえる声は無視。

笑顔を意識してからキャネラスに話しかけた。

「——買います。代金はここに置きますね」

アイテムボックスを素早く操作。

エリボルから奪《うば》った大量の白金貨を取り出して、机の上にどっさりと置く。

「はい。では、奴隷の首輪に血を垂らしてください」

ヴィーネの時と同じくキャネラスに指示を受けた。

黙《だま》って頷いた俺は——ナイフは使わずに自らの親指を歯で噛《か》み出血させる。

本当は血の操作で出血が可能だが、多少なりとも、演出をさせてもらった。

傷つけた指を伸ばして、次々に胸を突き出している四人の首輪へ血を垂らしていく。

指には回復薬ポーションを掛けておいた。血を垂らした首輪は反応。黒曜石から平べったい薄《うす》い魔《ま》法陣《ほうじん》が浮《う》かぶ。三重に展開した。その途端《とたん》、浮いた魔法陣が首輪の黒曜石のような魔宝石に沈《しず》み込む。

魔法陣を吸い込んだ四人全員の首輪が割れた。

割れたところから黒色と濃緑色《のうりょくしょく》の小さい蛇のようなモノが奴隷たちの皮膚の中へと染み込むように浸透《しんとう》していく。ヴィーネの時と同じだ。奴隷たちは苦しそうに咳《せ》き込む。

首の後ろから脳にかけてを蟲に寄生されているエルフの女も同様だった。

寄生された状態でも、ちゃんと奴隷の首輪の効力は発揮されるようだ。

あの寄生蟲はいったい、なんなんだろうか。

そんな思考をよそに全員の胸の上、首下の辺りに奴隷の首環《くびわ》が出現。

「あとは、この書類にサインをするだけです。因《ちな》みに、この書類には奴隷たちのサインがもう書き込まれた状態ですので」

「分かりました」

売る準備はもうされている訳か。羽根ペンを使い――書類にサイン。

「お買い上げありがとうございます。本日から、その者たちはシュウヤさんの奴隷です」

これで、四人の高級戦闘《せんとう》奴隷が俺の奴隷になった。買った奴隷たちは俺に頭を下げると、

「「ご主人様、今後とも宜《よろ》しくお願いします」」

「主、宜しくお願いする」

揃って挨拶《あいさつ》してきた。

蛇人族《ラミア》だけ、少し言い方が違うが、細かく指摘はしなかった。

「おう、期待してる。俺の名前はシュウヤ・カガリだ。肩《かた》にいる黒猫《くろねこ》が、俺の相棒であり使い魔のロロディーヌ。愛称《あいしょう》はロロだ。宜しくな。とりあえず、後ろにいる仲間にも挨拶してこい」

「「ははっ」」

奴隷たちは後ろで見ていたレベッカ、エヴァ、ヴィーネの下に移動していく。

「にゃお」

肩にいた黒猫《ロロ》も尻尾《しっぽ》を上下に振りながら『行ってこい』的に鳴いている。

そんな黒猫《ロロ》の双眸は小柄獣人《ノイルランナー》へと向けられていた。

あの獣人《じゅうじん》が気になるのかな。

楽しそうな遊び道具《餌》が入ってきたとか、考えてたりして。

「ロロ、いたずらは駄目《だめ》だぞ」

「にゃ？」

黒猫《ロロ》はつぶらな瞳を俺に向ける。

首を傾《かし》げつつ「ンンン」と喉《のど》を微《かす》かに鳴らす。

それは『なんですかにゃ？』的な感じだ。

くっ、可愛い。俺は、自然と黒猫《ロロ》の小さい頭を撫《な》でていた。

愛くるしい黒猫《ロロ》とイチャイチャしていると、

「シュウヤさん、その黒猫は随分《ずいぶん》と頭が良さそうですね」

キャネラスがそう言ってきた。

「ええ、自慢《じまん》じゃないですが、普通の猫じゃありませんから」

「それはそれは……」

深海のような深青色の双眸が黒猫《ロロ》を見つめている。

「羨《うらや》ましいですな……」

小さい声でそんなことを言っていた。

「にゃお」

黒猫《ロロ》はキャネラスの言葉に反応して鳴くと、俺の背中にある頭巾《ずきん》の中へ潜ってしまう。

黒猫《ロロ》は結構好《す》き嫌《きら》いがはっきりしている。嫌いだと相手にしないし。

「はは、これは手厳しい。わたしは奴隷商人ですが、商売柄《しょうばいがら》、従魔士になろうと一時勉強していた期間がありましてね。しかし、スキルは身に付けられませんでした。ですので、シュウヤさんと仲が良い使い魔を見ていると、素直に羨ましいと思えるんです」

素直か。確かに黒猫《ロロ》には振られていたが、キャネラスの視線には卑《いや》しいものは感じなかった。

「そうだったんですか」

「ええ、変な意味で取らないでくださいね。わたしの所属する【一角の誓い《ユニコーン》】には、その名前通りモンスターをテイムできる奴隷商人仲間もいるんです。その仲間と会う度《たび》に毎回、嫌味《いやみ》たっぷりに何かを捕《つか》まえては売った。とか、なんとか『のんお』とか。自慢を浴びせられていまして……すみません」

キャネラスの所属する大商会の幹部会。そこにはモンスターをテイムする『のんお』が口癖っぽい商人もいるのか。

「性格が悪そうな人ですね」

「はは、見た目は可愛らしいんですがね。そして、今日もこの後に会合がありまして、その仲間たちが集合する屋敷《やしき》に向かわなきゃなりません」

大商会に所属する商人たちが集まるのだからその屋敷は相当に大きいんだろうな。

屋敷といえば奴隷も買ったし、そろそろ俺も欲《ほ》しい。ついでだ、少し聞いてみるか。

「……少し話を変えますが、土地、空き家、等の不動産関係の商売はしていますか？」

「いえ、まったく、系統が違います。ですが、紹介《しょうかい》ならできますよ」

ラッキー、紹介してもらうか。

「お願いできますか？」

「はい、喜んで。わたしと同じデュアルベル大商会に所属するメルソン商会をご紹介しましょう。メルソン商会は多数の物件を受け持っていますので、必ず、良い物件が見つかると思いますよ」

多数の物件か、なら大丈夫《だいじょうぶ》そうだ。訳アリ、心霊《しんれい》現象付きの家とかは、いやだが。

襖《ふすま》を開けたら真っ白い姿の少年が……ひぃあぁっ。

という展開はいやだ。『シックス・センス』と『呪怨《じゅおん》』は怖《こわ》かった……。

「……良かった。宜しく」

「分かりました。紹介状を持ってこさせますね、少々お待ちを、モロス――」

「はっ」

キャネラスに指示を受けた使用人モロスはその場から走って部屋から退出。

暫《しば》くしてから封筒《ふうとう》らしき物を片手に持って戻ってきた。

モロスは封筒をキャネラスに渡《わた》している。

「――この封筒をメルソン商会の会長キャロル・メルソンに渡せば、わたしからの紹介だとすぐに分かると思います。わたしは会合に出席予定なのでご一緒《いっしょ》できませんが、このモロスに店まで案内をさせるのでご了承《りょうしょう》ください」

頭を下げるキャネラス。

「分かりました」

封筒を渡してもらう。蝋《ろう》でユニコーン印の封がしてある。これが紹介状か。モロスさんは頭を下げてくる。渋《しぶ》い顔のモロスさんに挨拶しよう。

「モロスさん宜しく」

「はっ、お任せを。メルソン商会まで、ご案内いたします」

「では、モロスに任せて、わたしはお先に失礼しますよ。シュウヤさん、またの機会に」

笑顔のキャネラスは踵《きびす》を返してホールから退出していった。その商人らしい所作から、何かを感じ取るが、今の俺には分からない。

「シュウヤ様、先に馬車を複数用意しておきます。玄関口《げんかんぐち》にて待機していますので」

「分かった」

そう語るモロスさんもホールから出た。さて、皆《みな》のところに戻ろうか。

振り向くと、仲間と四人の奴隷たちが談笑《だんしょう》している。

「――その様子だと、自己紹介は終えたところかな？」

「おかえり、うん。わたしたちの名前や戦闘《せんとう》職業とパーティの役割を伝えたの。でも、そんなことよりも、シュウヤよ！　金持ちなんだから！」

「レベッカ、シュウヤは隠《かく》れお金持ち？」

エヴァがレベッカにそんなことを質問していた。

「そうよ。この間なんてね、大白金貨をぽーんっと、一枚出して魔《ま》法書《ほうしょ》を纏め買《が》いしていたんだから」

そんな会話を聞いた奴隷たちは、驚いたのか、おぉっと歓声《かんせい》を発していた。

レベッカ、そんなこと気軽に言うなよなぁ。

「凄い――知らなかった」

エヴァは魔導車椅子《くるまいす》を反転。俺の顔を見上げている。

紫色《むらさきいろ》の綺麗な瞳《ひとみ》には、俺の姿が映っていた。そりゃ、エヴァが知るわけない。

仙人《せんにん》のような店主から魔法書を買ったのはエヴァに出会う前だからな。

「冒険者だからな。ある程度は持っているさ。それより不動産物件を取り扱《あつか》う商会に行くことになったが、エヴァとレベッカはついてくるか？」

「ん、いいの？」

エヴァは、にこっと微笑《ほほえ》みながら聞いてきた。

「いいよ。俺が住む場所が決まれば、ついでに案内できる。決まらなかったら来るだけ時間の無駄《むだ》になるが」

と、考えているが、物件の値段がどれくらいなのか、分からないんだよな。

「家を買うの、ね……」

レベッカは呆然《ぼうぜん》としながら呟《つぶや》くと、自らの唾《つば》を飲み込んでいる。

「どうした？　目をぱちくりさせて」

「……あ、うん……わたしも家を持ってるけど、結構……貧乏《びんぼう》なの……正直、羨ましい。でもさ、前にも聞いたけど、本当に、シュウヤは貴族の出ではないの？」

レベッカの蒼《あお》い瞳が俺の顔を見つめてくる。

まぁ、前にも一度散財していたし、今回もだからな。

近くで見てれば、尚更《なおさら》、疑問に思うだろう。少し説明をするか。

「……実はだな」

シーンとした静寂《せいじゃく》が訪《おとず》れた。レベッカだけでなく、エヴァもヴィーネも奴隷たちも、俺の言葉を待つように視線が集まる。嘘《うそ》をついてボケてみようかと思ったが……。

自制しておこう——懐《ふところ》の胸ベルトから冒険者カードを取り出した。

そして、ポケットから、魔竜王《まりゆうおう》の指輪も——。

「まずは、このカードの称号《しょうごう》をよく見てくれ」

そう言って仲間たちへカードを見せていく。

「あっ」

「竜の殺戮者たち《ドラゴンスローターズ》」

エヴァが俺の冒険者カードに記載《きさい》された称号名を口に出す。

と、また、おぉぉーと歓声が響《ひび》く。

「その通り。これもある。魔竜王の臍《へそ》から作られた指輪」

またまた、奴隷たちが騒《さわ》ぐ。

「これで納得《なっとく》がいったかな？　金を持つ理由は、これが大半だ」

実は闇《やみ》ギルドの【梟の牙《ふくろうきば》】の会長宅《エリボル邸》から盗《ぬす》んだ大金もあるが……。

ここでは言わなかった。すると、レベッカは頬を朱《しゅ》に染めながら、「はぁ……」と、溜《た》め息《いき》を吐《つ》く。そして、俺を熱い眼差《まなざ》しで見つめながら、

「……シュウヤの凄さに納得した。精霊《せいれい》様といい、ミラさんとリュクスさんを助けた時の英雄的《えいゆうてき》な行動といい……わたしも助けるし、ほんと、かっこいいのよ、馬鹿《ばか》……」

と、語尾《ごび》のタイミングで視線を逸らしてから、すぐにまた視線を寄越《よこ》す。

そんなレベッカは凄く可愛《かわい》い。

「ん、シュウヤ……やっぱり凄い冒険者だった」

エヴァは深く一回首を縦に振《ふ》ってから、俺を褒《ほ》めてくれた。

「……」

ヴィーネはもう知っているから黙って見ている。どこか誇《ほこ》らし気《げ》な顔になっていた。

奴隷たちからも「凄い、凄い、凄い」から「英雄《えいゆう》の冒険者」と「竜を屠《ほふ》りしご主人様」に「ロロ様」と、持ち上げの連呼を始めていた。なんかこそばゆい。

変顔を作りつつボケながら誤魔化《ごまか》すか。

「いやぁ照れる。お前たち、褒め殺《ごろ》しはイカンぞぉ」

人差し指で、ひょっとこ顔を作っては、鬼瓦《おにがわら》を意識して豚鼻《ぶたばな》を作った。

「ぷぷっ、あははは」

「ふふ、シュウヤ。面白《おもしろ》い顔」

「……ふ、ぷっ、ぷぁー」

ヴィーネは笑わないように我慢《がまん》していたが、我慢できずに噴《ふ》き出していた。

「あはは、ヴィーネのその顔、初めて見た」

その滅多《めった》に見せない光景に思わず、俺も大笑いで反応。

「……ご主人様。突然《とつぜん》の不意打ちは卑怯《ひきょう》ですよ」

「済まん済まん。つい、やってしまった」

「面白いっ、けど、わたしだって！」

レベッカは俺の間抜《まぬ》けな顔に刺激《しげき》を受けたようだ。

白魚のような細い手で、綺麗《きれい》な顔を崩すように変顔を作り俺の真似《まね》をしてきた。

「ぷぷ」

「ふふっ、レベッカ、カワイイ、小さい鼻毛が見えてる」

「えっ、嘘っ」

「あはは、負けたよ、レベッカさん、鼻毛を見せてくれてありがとうっ」

「もう、何よっ――恥《は》ずかしいじゃない！」

と、アホなやり取りをしていると、小柄獣人《ノイルランナー》を含めて奴隷たちは笑わずに、顔がひきつっていた。まだ彼らは緊張《きんちょう》している？

それか、俺とレベッカの変顔を見て完全にひいたか。

〝大丈夫なのか？　このご主人様とパーティは〟とか思っていそう。

蛇人族《ラミア》の奴隷も笑っていない。頬をピクッと動かしつつ長い蛇舌を口から出しているだけだった。気を取り直して、姿勢を正すことを意識してから、

「それじゃ、エヴァとレベッカはついてくるんだな？」

「勿論《もちろん》」

「行くわよっ」

二人は元気よく声を出していた。

「了解した。玄関《げんかん》にモロスを待たせている。皆、行くぞ」

メルソン商会への紹介状である封筒を手に持った状態で、歩き出す。

「――はっ」

奴隷を引き連れて奴隷商館の玄関口から滑らかな坂を下りて通りに出る。

そこにはモロスが用意した馬車が停車していた。

「こちらへお乗りください」

馬車の手前にいたモロスが誘導《ゆうどう》してくる。

キャネラスが乗っていた長方形の特殊《とくしゅ》馬車ではない。普通の馬車だ。

「奴隷たちも、この馬車に乗ってくれ」

「――はいっ」

奴隷たちは先頭の馬車に乗り込んだ。蛇人族《ラミア》の移動の仕方が少し面白い。

くねくねと蛇の胴体が動いてスムーズに前進している。

「……俺たちは後ろの馬車に乗るか」

エヴァ、レベッカ、ヴィーネと一緒に乗っていく。

黒猫《ロロ》は頭巾の中で寝《ね》ているのか、何にも反応はなし。

俺たちが馬車に乗ったことを確認《かくにん》したモロスは、

「では、進みます――リック、サース、進んでくださいっ」

と、大声で御者《ぎょしゃ》に知らせていた。その声を聞いた御者は馬車を進行させた。

大通りを進むこと数十分――会話は仲間たちだけ。モロスは黙っていた。馬車が止まる。

「着いたようです」

「結構早いね」

「はい、先に降りますね」

モロスは頭を下げて馬車を降りた。俺たちも続く。先頭の馬車に乗っていた奴隷たちも降りてから駆《か》け寄《よ》ってくる。俺の傍《そば》で姿勢を正して待機した。

全員が馬車から降りたのを確認したモロスは店のほうに腕《うで》を伸《の》ばし、

「ここがメルソン商会です」

と、店を紹介していた。店は大通りに面している。さっきの煉瓦《れんが》の商館と変わらない。

一階建てのゼメリング様式風な木造の建物だ。

店の壁《かべ》には物件の様子を伝える羊皮紙の貼《は》り紙《がみ》が丁寧《ていねい》に貼られてあった。

ここの店が物件を取り扱っているのが分かる。

〝この物件見本羊皮紙に傷をつけたら、弁償《べんしょう》してもらいます〟

とか、書かれてあった。内容は違うが、物件情報が記されてあるのは、前世の不動産と似たような感じだ。店の外観をチェックしていると、

「シュウヤ様、それではわたしは帰ります」

モロスが丁寧な態度のまま、小声で話しかけてきた。

「分かった。ありがと」

「いえいえ、旦那様《だんなさま》のご命令ですから。では、失礼します」

渋い顔のモロスの瞑《つぶ》ったような細目は変わらない。

頭を下げてから馬車に乗って引き返した。

「それじゃ、この店の中へ入るか」

店に入ろうと、一歩、足を出したところで、奴隷の一人が声を出す。

「――ご主人様、わたしたちはここで待機でしょうか」

蟲が寄生している金髪《きんぱつ》エルフがそんなことを言ってきた。

確かに、奴隷たちを引き連れて入る場所でもないか。

「そうだな。ここで君らは待機だ」

「はい」

「はっ」

「んじゃ、後で」

奴隷たちを入り口に残す。

茶色の家マークが彫《ほ》られたレリーフが飾る木製の扉《とびら》を押《お》して中に入った。

カランカランとドアベルの音が響く。

扉の内側のブラケットには真鍮製《しんちゅうせい》の鈴《すず》が付いていた。あの製品、前にも見たことがある。

店内は広くない。小さい携帯《けいたい》ショップって印象だ。

「いらっしゃいませ、メルソン商会本店にようこそ」

と、先にある受付越《ご》しから話しかけられた。

その人物は黒髪《くろかみ》の初老男性。着ている服は黒い布チュニック。

第百三十四章「大屋敷を買う」

「この封筒を預かっている者です。家を買いたいんですが」

キャネラスの紹介状を黒髪の店員に手渡《てわた》す。すると、初老の店員さんは焦《あせ》ったような表情を浮かべていた。

「——こ、これは、失礼ですが、少々お待ちを」

店員さんはそう畏《かしこ》まってから紹介状を持って店の奥《おく》へと走っていく。

レベッカが慌《あわ》てて消えた店員を見て、

「……さすがに、大商会幹部からの紹介状ともなると、効果覿面《こうかてきめん》みたいね」

「可哀相《かわいそう》なことをしちゃったかな」

「ん、気にしない。シュウヤ、上客」

隣《となり》にいるエヴァは真顔だ。

「そうですよ。アポ無しですが、大物件を買おうとしている大事な顧客《こきやく》なのですから」

ヴィーネがエヴァの意見に同意するように語る。俺は、ヴィーネとエヴァの顔を見ながら頷《うなず》く。そこに、店の奥から太ましい女性が、のしのしと現れた——ぬお……びびった。

迫力《はくりょく》がある。『ジャバ・ザ・ハット』のような大御所《おおごしょ》的《てき》なデラックスさんだ。

と、実際に口には出さないが、そんな印象を受ける。

——鼻梁《びりょう》が骨ばって頬《ほお》が膨《ふく》らんでいる。豪華《ごうか》な絹の服からしても、一発でお偉《えら》いさんと分かった。あの女性がメルソン商会の会長さんかな。

会長さんらしき女性は足早に近寄ってくる。

「——紹介状をお持ちのお客様！　大変お待たせしました。わたしの名は、キャロル・メルソン。メルソン商会の会長をしております」

「はい。俺はシュウヤ・カガリ。物件を探しに来ました」

キャロルさんは俺の名前を聞くと微笑む。ふくよかで包容力のある温かい笑顔だ。

不思議と気分がよくなる笑顔だ。

「ありがとうございます。では奥の間《ま》にいらしてくださいな」

キャロルさんは机の端《はし》を上げる。奥の部屋に案内してくれた。

廊下《ろうか》を通り、奥にあった客間に通された。

客間は狭《せま》くもなく広くもない。手前に革張《かわば》りソファーがある。

背の低い机とソファーが並ぶ。壁には高価そうな絵画が並んで、天井《てんじょう》には明るい光を発しているクリスタル光源が設置されていた。

「どうぞ、お座《すわ》りになってください」

キャロルさんに笑顔で促されたのでソファーに座る。

俺たちが座ると対面のソファーに座るキャロルさん。

そのまま女商人らしく、大根足を悩《なや》ましく組む。凝視はしなかった。

「それではご商談を始めさせてもらいます。シュウヤ様はどのような物件がお望みなのでしょうか」

どんな、か。便利で大きい家ぐらいだなぁの面持《おもも》ちで、

「迷宮《めいきゅう》に比《ひ》較的《かくてき》近い物件。買い物にも便利で、敷地《しきち》の広い、大きな屋敷が希望です」

俺の希望を聞いたキャロルさんは首を傾《かたむ》ける。二重顎《にじゅうあご》のたるみを見せながら逡巡《しゅんじゅん》。

「……そうですか。では資料がこれです。数軒《すうけん》あります。一軒目は、貴族街の西にある魔法街近くの物件。二軒目が、同じく貴族街の東、王族が住まう近くの物件。三軒目も同じく貴族街南、第二円卓《えんたく》通りに近い物件。四軒目は、南の武術街とヴァイス大闘技場《とうぎじょう》近くの物件。五軒目がハイム川に近い倉庫街東の物件。六軒目が南、第三の円卓通り沿いの物件」

キャロルさんは机に置いた羊皮紙の資料を見ていない。

物件情報をスラスラと述べていた。物件の情報がすべて、頭に入っているらしい。

さすがは大商会の商人さんだ。さて、選ぶとして……。

今、話をしてくれた物件から選ぶとして、どれにしよう。

羊皮紙の資料には、絵があった。貴族街の建物は豪奢《ごうしゃ》だ。

資料の中にあった四軒目の武術街とヴァイス大闘技場近くの物件ってのが気になるな。

聞いてみよう。

「……四軒目の物件について、詳しくお願いします」

「昔は豪槍流《ごうそうりゅう》の道場でした。しかし、建物の主が、闘技大会の戦いでお亡《な》くなりに。身寄りもいなかったようで、競売に出されたところをメルソン商会《うち》が競《せ》り落《お》として買い付けたのです」

へぇ、元道場なら広そうだ。その物件を見てみようか。

「その物件の値段はいかほどですか？」

「武術街で治安も良く土地も広い。迷宮にもすぐに向かうことができる恵《めぐ》まれた土地ですので、白金貨六百枚となります。因みに、この値段は紹介ですから五十枚引いた特別な値段ですよ」

引いたとしても高い。しかし、エリボルの資産を使えば買える。大白金貨もある。

「他の物件の値段はどの程度でしょう」

「貴族街はもっと、お高いです」

「それじゃ、その武術街の物件を見たいのですが、今、大丈夫ですか?」

「はい。構いません。馬車を呼びつけますので、少々お待ちを」

「分かりました」

キャロルさんはソファーからぬっとした勢いで立ち上がると、客間から出ていった。

「交渉せずに、早く決めちゃったみたいだけど、いいの?」

レベッカは疑問に思ったのか、頭を傾けながら聞いてくる。

「値段はあれで構わない。が、まだ正式には決めてない。見て気に入ったら他の物件を見ないで決めちゃおうと思う」

「……ふーん」

「なんだよ。俺が決めるんだから、いいだろう」

「そうだけど……」

「ん、レベッカ、悔《くや》しい顔色」

「ええっ、ちょっとエヴァ! わたしは悔しくなんか、うぅ、実は悔しさもある……」

レベッカは気恥《きは》ずかしいのか、頬を真っ赤に染めながら素直《すなお》に認めていた。

そのままソファーの上で体育座り。両膝の間に顔を埋《うず》めてしまう。

その際、赤色布のスカートがひらりと動いて、スリットの下に穿《は》いたグロースの下着がもろに見えてしまった。格好は少し可愛い。

「はは」

と、声を出して笑っていると、客間にキャロルさんが顔を見せた。

「お客様用の馬車を二台用意しました。外で待機している奴隷《どれい》たちはシュウヤ様の者たちですか？」

「そうです」

「なるほど、では、馬車で物件の場所までご案内しますので、外へ行きましょう」

「了解。レベッカ、イジケてないで行くぞ」

「うん、分かってるわよ」

俺たちはメルソン商会の建物から外に出た。外では三台の馬車が待機。

モロスが乗った馬車と同じ大きさだ。

「この馬車です。どうぞ皆さん乗ってください」

馬車へと誘導してくれるキャロルさんの傍には彼女《かのじょ》の部下であるメルソン商会の人たちも控《ひか》えていた。彼《かれ》らも一緒に行くらしい。奴隷に俺と仲間たちとキャロルさんたちと分かれて馬車に乗り込む。

キャロルさんの馬車が先に進んで、少し遅《おく》れてから俺たちの乗る馬車も出発した。

一時間ぐらい掛けて目的の物件場所に到着《とうちゃく》。馬車の窓から外を確認——。

停《と》まった場所は大通りではない。路地に面したところだ。皆、馬車から降りた。

正面の建物が目的の物件かな。

壁に囲まれた建物で、正面に大きな扉。大きな門かな。

大きい門からして、歴史を感じさせる。

向かい側の建物には【トマス絶剣流《ぜつけんりゅう》道場】と彫られた木製看板を掲げた道場があった。

ご近所さんの道場。武術街の一角か。通りを行《い》き交《か》う人々も、何処《どこ》となく、強そうな人ばかりだ。そこに、キャロルさんが部下の男を引き連れながら、

「ここが目的の建物ですわ。今、鍵《かぎ》を開けますので」

と、石と木材でできた黒色の大きな門の鍵を開けた。

閉まっていた大きな門を一人で開けようと、両手をその門に当てて踏《ふ》ん張《ば》った。

「——会長、わたしたちも」

「ふんっ、大丈夫《だいじょうぶ》よっ」

と、部下の協力を拒《こば》むキャロルさん。

相撲取《すもうと》りの張り出しをするように、大きな門を押し開けてから……。

敷地の中に入った。しかし、正面の門は重そうだが……キャロルさんは力持ちだな。

俺たちも門を潜《くぐ》って進む。広い中庭が出迎《でむか》えた。

ここが元道場か。中庭の中央は、円と十字の模様を作るように色分けされた状態で石畳《いしだたみ》が敷《し》き詰《つ》められてあった。表面には傷がある。僅《わず》かに窪《くぼ》んでいる箇所《かしょ》もあった。

きっと、激しい万日の稽古《けいこ》……または、試合が行われていたんだろう。

血が石畳に染《し》みたような跡もあった。歴史古き激闘《げきとう》の傷痕《きずあと》に思いを馳《は》せながら……中庭の真ん中を歩く。石畳の大きな円の外側には、芝生《しばふ》があった。

そんな中庭の奥には……大きい豪奢な洋風建物が待つ。三階建てぐらいはあるだろうか。

白色の柱と檜系《ひのきけい》の高級と分かる素材が使われてあった。

一階から二階にかけて、十字形の窓枠《まどわく》が規則正しく並ぶ。あの辺は要塞《ようさい》っぽい。

二階か三階の左には、アシンメトリーの小さい塔《とう》もある。塔の横にはバルコニーもあるようだ。ベランダのような場所も中庭から確認できた。

屋根は大小様々で、三角屋根も多い。大きい煙突《えんとつ》も一つ見える。

全体的にロマネスク風デザインで渋い。

これが母屋《おもや》と呼ぶべき屋敷だろう。

手前の芝生には、大きな樹木が二つ育っていた。いいアクセントだ。

中庭の右に厩舎《きゅうしゃ》がある。右下には大きい東屋《あずまや》。その東屋には、鍛冶《かじ》の作業場と鍛冶道具が置かれてあった。

「……へぇ、広いわね」

「ん、広い」

レベッカとエヴァが石畳の中庭を歩きながら感想を述べていた。

「……ご主人様、ここに住まわれるのですか?」

ヴィーネも俺に質問してきた。

「中庭は気に入った。建物の中を確認したい。ま、それからだな」

「はい」

彼女は頭を下げている。他の奴隷たちも頭を下げていた。

「では、中央の奥にある本館に行きましょう」

キャロルさんは奥の洋風の屋敷に視線を向けている。確かに本館だ。一番大きい建物。

「了解」

太ましいキャロルさんを先頭に、皆で石畳を歩く。

本館の家の入り口にある小さい階段は一段高い。階段の上にはアーチがあった。小さい階段を上がると、奥に玄関の扉が覗《のぞ》く。左右には張り出た柵《さく》付きのテラス通路もある。洒《しゃ》落《れ》ている。このテラスでハンモックとか利用しながら……紅茶を飲むとか。良さそうだ。

「今、鍵を開けますね」

「はい」

キャロルさんが鍵を開けた。

「どうぞ、中へ」

キャロルさんは扉を開けると、太ましい右手で開いた扉を支える。更《さら》にドスンッと音を立てるように扉の横へと体を押し付け、扉が自動的に閉まらないようにしてくれた。

「——会長、わたしたちで押さえてますから」

会長自ら仕事を率先《そっせん》している様子を見て、部下たちが心配しているようだ。

「大丈夫。久しぶりにいい運動になるわ。それより、あなたたちは契約《けいやく》書類のチェックをしときなさい」

キャロルさんはそんな部下の意見に耳を貸す気はないらしい。

「は、はい」

部下たちは、渋々《しぶしぶ》受け入れた様子。きっと彼女は、俺《おれ》に物件を売ろうと必死なんだろう。

さて、家の様子を見ますかな。

「それじゃ、お先に……」

俺は最初に本館の中に入った。中は広いリビングルーム。

中央に無垢《むく》の長机がある。椅子《いす》も並ぶ。

部屋の右には、フルーツ類が盛られた皿が載《の》った棚《たな》付きのカウンターがある。

カウンターの奥には、食器の棚と食材の棚に水瓶《みずがめ》も置いてあった。

あそこがキッチンか。キッチンの真逆の左には、小さい本棚や書架台《しょかだい》と小さい花瓶《かびん》と紅茶セットの一式が置かれた小さいテーブルもある。

そんなリビングに、十字形の窓枠から夕暮れの光が差し込んだ。

オレンジ色の埃《ほこり》の帯が部屋を暖めるように、等間隔《とうかんかく》にすじをつける。

絵画のモデルになりそうなリビングルームだな。いいねぇ……。

皆は、唖然《あぜん》としながらも、周囲を見回している。

緊張している素振《そぶ》りを見せるエヴァ。そんな家の入り口で待機していた皆に、

「ささ、皆さんもどうぞ中へ」

と、キャロルさんが呼びかけていた。

「ん」

「それじゃ、失礼しまーす」

「では」

「はっ」

奴隷を含《ふく》めて全員が家に入る。遅れて、キャロルさんが部下を引き連れて入ってきた。

リビングの大きさは二十五畳《じょう》は超《こ》えるぐらいに広い。大人数が入っても、空きスペースがいたるところにある。ここで過ごすのも悪くないなぁと考え始めていると、キャロルさんが、額に汗《あせ》を掻《か》きながら近寄ってきた。

「どうですか、シュウヤ様」

素直に気に入ったから本音を言っとこう。

「はい、気に入りました」

「ふふっ、そうですか、補足しておきます。一階右手のキッチンには水瓶、水が流せる洗面台、色々な調理道具、調理食材、塩も一袋《ひとふくろ》用意させてあります。キッチンメイドを雇《やと》えばすぐにでも料理ができるでしょう。一階の通路の先に寝室《しんしつ》と客間を含めた大部屋が十部屋以上あります。その一階の奥には、水が流せる洗面所と厠《かわや》へと向かう通路もあります。通路の手前に二階に上がる階段があって、二階には、十個の部屋があります。暖炉《だんろ》もありますので、冬も暖かいです」

キャロルさんは嬉《うれ》しそうに笑《え》みを浮《う》かべながら情報を補足してくれた。

視線と両手を使い二階の良さをアピールしている。

「あの煙突か。それはあとで確認します。それじゃ、ここに決めようと思うのですが」

「こちらとしては嬉しいですが、母屋だけの確認でよろしいのですか？」

だいたいは想像がつくが、聞くだけ聞くか。

「それじゃ、説明のみで」

キャロルさんは俺の即答《そくとう》した言葉に、少し思案気な表情を浮かべると……。

部下に視線で合図しながら、

「……そうですか。中庭の左右には、かつての門弟《もんてい》たちが利用していた寄宿用の離《はな》れがあります。中庭の右下には鍛冶部屋もあります。要約しますと、上が母屋、中央が中庭、右上が厩舎、左が寄宿舎、右下が鍛冶部屋、下が大門、という敷地ですね」

この物件の全体像は四角形の敷地か。

そして、鍛冶といっても誰《だれ》もそんなスキルは持ってない。暫くは放置かな。

「分かりました」

「では、代金と引《ひ》き換《か》えに――」

キャロルさんは部下に目配せする。無垢の長机に、書類とインク&羽根ペンが置かれた。

書類は二重に重なった契約《けいやく》の羊皮紙。一応、魔《ま》察眼《さつがん》でチェック。何にもおかしなところはなし。書類にはキャロルさんの名前が署名されてある。そのキャロルさんは書類を指し、

「サインをここにお願いします」

よし、サインしようかと思ったところで――。

『閣下、ここに住まわれるのですね』

常闇《とこやみ》の水精霊ヘルメが視界に現れる。

『そうだよ。あとで、この家を調べるか？』

『はい』

『分かった。ただ、色々やることあるから後回しでいい？』

『いつまでもお待ちしてます』

『んじゃあとで。消えていいぞ』

『はっ』

ヘルメは悩ましい体を揺《ゆ》らしながら回転しつつ消えた。

その念話中に、目の前の契約書類にサイン。

そして、アイテムボックスから白金貨を指定された枚数出した。

「金はこれで大丈夫かな」

「はい確かに。契約完了《けいやくかんりょう》です。これが正面の門の鍵と母屋の鍵の束でございます。この通り、合《あ》い鍵は三つ。では、ここの物件は、正式にシュウヤ様の持ち家となりました――テレス。これを」

キャロルさんは早口に言うと、長机の上にある重なった契約書類の一枚を取る。

部下に書類を纏《まと》めさせて仕舞《しま》ったのはアタッシュケース的な革《かわ》の鞄《かばん》。

キャネラスも似たような革の鞄を持っていたなぁ。続けて、大商会に所属する商人らしいしゃなしゃなとした仕草で、白金貨を数え出す。そして、出来《でか》し顔を見せつつ俺を見てはニンマリと独特の笑《え》みを見せてくる。迫力があるから、オレハビビッタ。

キャロルさんは、大事そうに白金貨を一纏めにする作業を続けていく。

その様子を眺《なが》めながら、仲間たちがいるリビングルームを確認――。

「ついに持ち家か……」

なんか感慨深《かんがいぶか》い。

「ご主人様、おめでとうございます。宿屋は引き払《はら》うので？」

「そうなる。あとで荷物《パレデスの鏡》を持ってくるとしよう」

ヴィーネとそんな内輪の話をすると、

「ん、おめでとうシュウヤ」

「シュウヤっ、ずるいー。けど本当に凄《すご》い家！　何か、わたしまで誇らしい気分になったわ。おめでとう」

エヴァとレベッカが俺が家を手に入れたことを喜んで褒めてくれた。

「エヴァありがとな。レベッカもありがとう」

「ご主人様、おめでとうございます」

「「おめでとうござます」」

「めでたい」

最後に奴隷たちも空気を読んだように褒めてきた。

「おう。お前たちもこれからはここに住むんだぞ」

「――はっ」

「はいっ」

奴隷たちに顔を向けて話していると、

「シュウヤ様。その契約書類は大事に保管してくださいませ」

そうキャロルさんに注意された。

「了解《りょうかい》」

契約書類の写しをアイテムボックスに仕舞っておく。

「シュウヤ様。それではわたし共はここで、おいとまさせていただきます。本日はありがとうございました。テレス、行きますよ」

「はっ」

キャロルさんは踵《きびす》を返すと、部下を引き連れて家から出ていった。

「……それじゃ、皆《みんな》。ここを自分の家と思ってくつろいでくれ。俺はとりあえず、二階と三階を見てくる」

「ほんと？　わぁー」

レベッカは真に受けた。左の本棚に向けて歩いていく。

リビングルームをチェックしたいようだ。

「ん」

エヴァは少し興奮しているのか、紫魔力《むらさきまりょく》を展開している。右のカウンターがあるキッチンルームに移動。魔導車椅子《くるまいす》は少し浮いていた。

その様子を眺めながら長机にあった家の鍵をアイテムボックスへと仕舞う。

そして、リビングから板の間を歩いて通路へと向かった。

高級な宿屋の渡《わた》り廊下を歩く気分だ。左右に大きな寝室が幾《いく》つも並ぶ。

その部屋の中で、右側に一際《ひときわ》大きい寝室の扉があったから、開けてみた。

寝室には、大きな四角い寝台《しんだい》が二つある。天蓋《てんがい》付きのベッドではない。

寝台の横に小さいサイドテーブル。右の隅《すみ》に大きい衣装箪笥《いしょうだんす》がある。

右下の隅には、本棚と石材のチェストが設置されてあった。

この辺は申し分ない豪華な寝室だ。踵《きびす》を返して廊下に戻《もど》った。

各大部屋の寝室と客間はスルー。通路の真ん中にあった階段を上る。

階段は大きな樹木をくり抜《ぬ》いた作りの螺旋《らせん》階段。

踏み板《いた》の樹脂《じゅし》は平たい。この屋敷《やしき》と階段から、過去の家主たちが利用した痕跡《こんせき》と分かる窪みがあった。木材の手すりも湾曲《わんきょく》しながら螺旋階段に似合う作りだから、お洒落だ。

その階段をぐるっと一回りして、上った先の二階をチェック。

一階よりも広く感じた。三階建てかと思ったが、二階建てか。

二階の廊下を進む。家具が少ない。二階の渡り廊下はスッキリとした板の間で少し淋《さび》しく感じた。

廊下の左端《ひだりはし》に低い涙《なみだ》の形をしたアーチの出入り口があった。跳《は》ね上《あ》げ戸もあった。

アーチの出入り口は幅広《はばひろ》い。その出入り口から、二階の渡り廊下へと光が差す。

その出入り口を潜《くぐ》り大部屋に入る。

大きい暖炉が存在感を示すように壁の隅にどでんと設置されてあった。

焦《こ》げ茶色《ちゃいろ》の大きい暖炉。暖炉の壁には、熱対策用の岩細工の補強が施《ほどこ》されてある。

薪用《まきよう》の棚には、沢山《たくさん》の薪が積まれてあった。

準備がいい。暖炉はいいねぇ。雰囲気《ふんいき》があるよ。うん……薪を入れるところも、小さい取っ手が付いた開閉式。暖炉の中で料理したりピザを焼いたりできそうだ。

暖炉の近くにはソファーが並ぶ。ヤベェ、ここでコーヒーを飲みながら本を読んでまったり過ごしたい。というか……もう、まったりと過ごせるじゃないか、へへ。

「……ご主人様？　嬉しそうですね」

「ヴィーネ。見てたのか」

俺は大きい暖炉を間近で見て、夢中になっていたから、傍にヴィーネが来ていたことに気付かなかった。

「——はっ、すみません」

「いいんだ。この部屋、暖炉があるし雰囲気がいいよな」

「……そうですね。わたしは一度も使ったことはないのですが故郷、本邸屋敷《ほんていやしき》に住んでいたお母様もこういう暖炉を持っていました」

ヴィーネは流し目で暖炉を見やると、微笑《びしょう》を浮かべていた。

あの地下でも暖炉を使うことがあるのか。ま、そんなことは聞かないが。

ここはヴィーネの家でもあるんだし、この暖炉を勧《すす》めておこう。

「……そうか、ここは俺の家だが、これからはヴィーネの家でもあるんだ。自由に使っていいぞ。今は夏だから、これを使うのは冬からとなるが」

「はいっ」

ヴィーネは元気よく返事をする。美しい笑顔だ。そこで暖炉の反対側を見た。

「あそこも見てみよう」

「はい」

外が一望できそうなバルコニーに移動。

背丈《せたけ》より小さい柵が囲うバルコニーからは、中庭が見下ろせた。

中庭の左右に生えた大きな樹木。

離れの寄宿舎と入り口の大門を越《こ》えてペルネーテ武術街の一部も見えた。

——風が気持ちいい。俺……こんないい家に住めるんだな……。

一階のテラスもいいが、このバルコニーで美女とハッピーアワーを過ごすのもいいなぁ。

またまた、感動が押し寄せる。そんな気持ちを抑《おさ》えるように……。

バルコニーを見る。床《ゆか》はタイルのような石張り。小さい桶《おけ》の他に、洗濯板《せんたくいた》や大桶が置いてある。

洗濯物《せんたくもの》を干せる台もあった。モップ的な掃除《そうじ》の道具も隅っこにある。

そのバルコニーの横の奥に、小さい塔の部屋がある。アーチ状の扉がない空間。

おっ、その部屋の中にバスタブがある。まさか塔の中にバスタブがあるとは！

陶器製《とうきせい》の王族御用達《ごようたし》といった感じのバスタブ。

塔が風呂場《ふろば》とはしゃれている。バルコニーにあった大桶は洗濯用なのか。

今までの経験上、風呂は全部……大桶だったからなぁ。

バスタブの側には、小さい棚と籠《かご》がある。棚に石鹸《せっけん》と皮布もあった。

高級ホテル風の風呂場だ。

見上げると、十字窓がある。近代の時計塔《とけいとう》を連想させた。時計はないが。

「陶器桶《とうきおけ》があるとは、凄いです。最近【王都グロムハイム】で流行《はや》っていると聞いたことがあります」

バスタブではなく陶器桶か。まぁ名前はどうでもいいが。

流行り物を用意して家を売るとは……キャロルさんは本当に太っ腹で優《すぐ》れた商人だ。

「得したな、この物件でよかった」

「はい」

ヴィーネを連れてバルコニー経由で暖炉がある広間へ戻った。

「下に戻ろうか」

「ンン、にゃぁ」

そのタイミングで、喉声《のどごえ》と同時に鳴き声が聞こえてきた。

灰色の外套《がいとう》に備わるフードの中で寝ていた黒猫《ロロ》さんが起きた。

ゆったりとした動作で、肩《かた》に来る。

「起きたか。ロロが寝てる間に家を買うことになってな。ここが新しい家だ」

「にゃ？　にゃおぉ」

黒猫《ロロ》は俺の言葉に驚《おどろ》いたようだ。

変な鳴き声をあげてから「ンン」と鳴いて肩からジャンプ。

二階の空きスペースをチェックするように走り回る。

「おーい。縄張《なわば》り関係で、家の中でおしっこするなよ？　おしっこは外にある芝生でな」

「ンン、にゃ」

黒猫は『そんなこと分かってるにゃ』的に鳴いて尻尾《しっぽ》も動かして返事をする。

俺がまだ調べていない、廊下の別の部屋に向かった。

二階にも大部屋があるようだ。俺が買っといてあれだが、こりゃ完全に豪邸《ごうてい》だ。

「ロロ様も喜んでいるようですね」

「そうだと嬉しい。ま、ロロは放っておいて、下に行こう」

「はい」

ヴィーネと一緒《いっしょ》に螺旋階段を下りて一階のリビングに戻る。

するとリビングの中央で、椅子にくつろぎながら座っていたレベッカが、

「ねぇ、シュウヤの奴隷たちが一箇所で固まった状態で待機しているんだけど……」

レベッカは入り口扉の近くで待機している奴隷たちへ蒼《あお》い瞳《ひとみ》を向けていた。

そりゃ、買ったばかりだ。彼女たちも緊張《きんちょう》する。

「彼女たちの部屋に使えるか分からないが、寄宿舎も調べるか。お前たち、俺について来い」

「――はっ」

奴隷を引き連れて外に出た。芝生から石畳に変わる地面を歩く。

中庭の左にある寄宿舎に向かった。

「ここが寄宿舎か」

白石の壁と小さい石階段に簡素な大きな扉。

寄宿舎の周りには、大桶の盥《たらい》、洗濯物を干す大規模な空きスペースがある。

簡素な大きな扉には鍵が掛《か》かっていない。すんなりと開いた。

門弟たちが寝泊《ねと》まりに使っていたと思い起こさせる寝台がある。

そんな寝台と木箱が規則正しく多数並んでいた。中央に小さい机と椅子もある。

左には簡易な調理場と食材が入った棚に、右には洗面所と外に繋《つな》がる厠があった。

四隅《よすみ》の壁《かべ》には十字枠《じゅうじわく》の木窓があるが、家具は少ない。

質素な宿屋的な場所だ。奴隷たちには申し訳ないが、ここに住んでもらおう。

「ここが、お前たちの住む場所となるけどいいかな？」

「はい」

脳が寄生されている女エルフは一番早く返事をしていた。

「主、申し分ない」

続けて、蛇人族《ラミア》がそう話すと、寝台近くに移動していく。

「はっ」

「畏まりました」

虎獣人《ラゼール》と、小型のもこもこ獣人《じゅうじん》も自ら寝台を選ぶ。

ひょっこりと座り休んでいる。可愛《かわい》い。

彼女たちの武器や防具も用意しようか。まずは、身の回りに関することを話すか。

「皆、休んでいるところ悪いが聞いてくれ。食事は朝、昼、夜の三食か、朝、夜の二食が基本となると思う。ここで勝手に食事を作ってもらうか母屋の一階か皆で一緒に外食だ。

が……これはあくまで仕事がない場合。暇《ひま》な通常時での話だ。俺は冒険者《ぼうけんしゃ》。連れまわす場合は、不規則になることは覚悟《かくご》しといてくれ」

「分かりました」

「承知している」

「畏まりました」

「……はい、あの、母屋の一階といいますと、その際のお食事は、ご主人様とご一緒という事ですか？」

もこもこの小柄獣人《ノイルランナー》が遠慮《えんりょ》がちに聞いてきた。

「たまには、親睦《しんぼく》を兼《か》ねてそうなるかもしれない程度と思ってくれ、普《ふ》通《つう》の主人の対応とは、だいぶ違《ちが》うと思うが、そこは納得《なっとく》してくれるとありがたい」

奴隷たちへ向けて、軽く頭を下げる。

「……そんな頭を下げないでください、はい、ボクは大丈夫《だいじょうぶ》です」

もこもこ種族はカレウドスコープで女と出ていたが、ボクっ娘《こ》なんだな。

「ご主人様に従います」

頭に寄生されてるエルフ女も納得。

「……我も主人の意思に従う」

蛇人族《ラミア》も寝台前に立ちながら言っている。

「わたしも虎獣人《ラゼール》として、フジクの掟《おきて》の名に懸《か》けて従います」

フジクの掟が何かは知らないが、虎獣人《ラゼール》の奴隷も誇《ほこ》らしげに宣言していた。

「んじゃ、後で皆の武器や防具を買いに行くから、それまで、ここか、中庭で待機な」

「「はい」」

寄宿舎から出て、本館に戻る。

「ただいま」

ひさびさの〝ただいま〟な挨拶《あいさつ》。

「おかえり、奴隷たちはここに馴染《なじ》めそう？」

レベッカが後頭部に細い両腕《りょううで》を回して腋《わき》を見せながら語る。

ドキッとした。ツルツルだ。くっ、魅力的《みりょくてき》な腋だ……。

腋を見よう委員会を立ち上げるか……。

「……どうだろ、馴染んでくれないと困るけどね」

「ん、シュウヤ――ここで凄い料理できる。竈《かまど》、調理道具、水鍋《みずなべ》に、野菜やフルーツ沢山ある」

エヴァは珍《めずら》しく興奮した口調だった。まだ右のキッチンルームにいるらしい。

声が聞こえてきた。

「やはり、竈もあったか。そこで本格的に料理ができる感じなのかな。そうしたら、皆に料理を振《ふ》る舞《ま》える」

「えっ、料理もできるの？」

レベッカは、『え？　意外っ』とでも言うように、俺の顔を見て驚いている。

前世ではそれなりに自炊《じすい》はしていたから、簡単な料理ならできると思う。

この異世界《セラ》に来てからは、鍋物《なべもの》ぐらいしか作ってないが。

「……まぁ、ある程度は」

「ん、シュウヤの料理、食べてみたい」

キッチンから戻ったエヴァの言葉だ。エヴァは紫《むらさき》の瞳を輝《かがや》かせていた。

エヴァは店を持っているからな。俺の料理が気になるんだろう。

「いいが、料理は今度だな。今は奴隷の装備を買う。迷宮にも向かう予定だ。で、その明日《あした》の迷宮のことなんだが、どこで待ち合わせる？」

「どうしようか～」

「ん、明日の朝、ここに来ればよい？」

「いいよ。鍵は開けとく。二人は、いつでも家に来たらいいさ。美人たちよ！　バッチコイ。ウェルカムだ」

エヴァとレベッカは俺の言葉を聞いて、ニコニコとした表情を見せる。

「いつでも……か。ありがとね。わたしの家とは比較的《ひかくてき》近いし、その言葉通り、これからはしょっちゅう来るから！　ふふっ」

レベッカは本当に嬉しそうだ。俺の冗談《じょうだん》的な言葉にツッコミを入れないとは珍しい。

「シュウヤの家、わたしの家から遠い。けど、頑張《がんば》ってくる」

エヴァはレベッカとは違い、浮かぬ顔だ。

「遠いなら泊《と》まっていくのもいい。エヴァなら大歓迎だ」

フォローするように話す。

「ん、分かった。けど、今日は一度帰って、リリィとディにお泊まりしたいと言っておく」

「大歓迎なのはエヴァだけなの～？」

レベッカは小顔を傾《かたむ》けて微笑《ほほえ》みながら俺に聞いてくる。その可愛いレベッカに、

「レベッカは近くに家があるだろ？」

と、発言。

「そうだけどさぁ……エヴァの貞操《ていそう》はわたしが守らないとねっ」

レベッカも笑いながら、ふざけたことを言ってくる。

「お前はエヴァの母親か！」

と、右背攻や左背攻などの打撃《だげき》は繰《く》り出《だ》さないが、そんな気分でツッコミを返す。

「レベッカ、守る必要ない。シュウヤならいい……」

えっと、エヴァの小さい声だけど、さりげなく、告白されてしまった。

「……」

「……」

「……」

レベッカと黙《だま》って聞いていたヴィーネはエヴァの言葉に驚く。

三者三様。俺の顔を見つめてきた。皆、俺に何を言わせたいんだ。そんな期待した顔を向けるなよな……その視線はエヴァに向けろよ。ま、ここは本音で言うか。

「……俺も男だ。構わんぞ」

「ご主人様？　わたしもお願いします」

ヴィーネが冷然とした口調で話しながら、俺の傍《そば》に寄ってくる。

「ちょっとぉ？　シュウヤ、スケベ過ぎなんだけど」

「レベッカ、これがモテる男というやつだ」

照れを隠《かく》すように変顔を作って話す。

「また変な顔を作って！」

「ふはは」

「ぷっ、その変顔と言葉が……その顔は、何種類あるの？」

「――五種類以上はあるはず……」

「鼻毛が見えているし、その変顔で力説しないでよね……ぷぷ」

レベッカは噴《ふ》き出していた。よーし、笑ってくれた。そこで真顔に戻る。

「ということで、おふざけは、ここまでだ。俺は奴隷たちを連れて装備を買いに行く」

「ん、分かった。わたしも一旦《いったん》、店に帰る」

「なら、わたしも途中《とちゅう》までエヴァと一緒に帰るかな」

エヴァとレベッカは互《たが》いに視線を交わして頷《うなず》いている。

「おう、また明日な、ヴィーネ、行くぞ」

「はっ」

リビングにレベッカとエヴァを残して踵を返す。

ヴィーネを連れて本館から出た。

中庭の石畳を踏みしめながら武術の歩法を試《ため》しつつ寄宿舎へと向かった。

武術街の屋敷……ここでも風槍流《ふうやりりゅう》を訓練しよう。

アキレス師匠《ししょう》から教わったラ・ケラーダの想《おも》いはずっと続くんだからな。

第百三十五章「名前&装備」

中庭を歩いていると、

「にゃおぉん」

と、後ろから寂《さび》しげな声で鳴く黒猫《ロロ》が走ってきた。

相棒は触手《しょくしゅ》を俺の頬《ほお》に当てると――『こない』『おいかけっこ』『あそびたい』『ふあん』といった気持ちを寄越《よこ》してきた。黒猫《ロロ》的には、さっき二階を走り回っていた時……俺に追いかけて来て欲《ほ》しかったらしい。と分析《ぶんせき》。その可愛い相棒に、

「悪かったな。ここにおいで」

と、発言。すると、笑ったような顔付きを見せた黒猫《ロロ》さんは、

「にゃ」

と、鳴いて俺の肩に上ると、小さい頭を俺の頬へと擦《こす》りつけてくる。くすぐったいが、可愛い。そんな相棒とイチャイチャしながら寄宿舎の扉《とびら》を開けた。

扉を開けた俺の姿に気が付いた奴隷《どれい》たち。奴隷たちは中央に集まって談笑《だんしょう》していた。

「あ、ご主人様」

「む」

「行きましょう」

「そうですね」

各自、頷き合うと、走り寄ってきた。

さて、買いに行く前に、彼女《かのじょ》たちに聞いておかなきゃならないことがある。

「準備はいいか。さっきも話をしたが、これから武器防具を買いに行く。が、その前に皆の名前を知りたい。種族名は覚えたが、買った時には名前を聞いていなかったからな。で、右端《みぎはし》から、順繰《じゅんぐ》りに名前を頼《たの》む。これは命令だ」

因《ちな》みに、右の種族の奴隷は、とても見た目が可愛らしい種族。

体毛が、羊の毛か、アルパカか、といったように、もこもこと柔《やわ》らかそうな小柄獣人《ノイルランナー》ちゃんだ。

「ボクの名前はサザー・デイルです」

もこもこの名前は、サザーか。普通にサザーと呼ぶことにしよう。

「サザーか。よろしく」

サザーは、小さい顔を精一杯《せいいっぱい》上に向けて、

「はいっ、ご主人様のお役に立てるように、がんばります」

と、けなげな言葉を返してくれた。サザーは良い子か！　テンション高まった勢いで、

「おう、んじゃ次っ」

と、ウキウキ気分で、次の奴隷、虎獣人《ラゼール》を指す。

「わたしの名前はピレ・ママニ」

ピレでもいいが、ママニは珍しい。だから、ママニと呼ぶことにする。

「ママニ。よろしく頼む」

「はっ」

ママニは、敬礼を行うように、胸に片手の拳《こぶし》を当てるポーズを取っていた。

「それじゃ次」

首の裏に蟲《むし》が棲《す》む金髪《きんぱつ》エルフを指す。

「わたしはフー・ディードです」

フー・ディード。いかにもエルフの名前だ。

詩的で可愛らしい名前だな。クーフーリンとかいう妖精《ようせい》系の名前を思い出す。

「よろしく、フー」

「はい。がんばります」

「分かった」

最後の蛇人族《ラミア》に視線を移す。

「我はグリヌオク・エヴィロデ・エボビア・スポーローポクロン」

ぐはっ、長すぎる。蛇のような舌を出しながらの早口だった。

「……えーとだな、名前が長すぎる」

彼女は長い舌をヒュルヒュルと伸《の》ばしつつ、

「主、済まない。正式に言わなければ、罰《ばっ》せられると思ったのだ」

と、早口で謝《あやま》ってきた。

「いや、名前が長いのは別にいいんだ。それより、その名前、短くしていい？」

「勿論《もちろん》、構わない」

さて、あっさりと許可が下りたが、短くすると言ってもなぁ。

少し前に、彼女は出身をエボビア区と語っていた。名前の途中にも、それらしき言葉があったし……名前はエボビアから取ってビアにしようか。

「……それじゃ、君はビアだ」

「ビア……承《うけたまわ》った。我は今日から、ビアと名乗ろう。主、宜《よろ》しく頼む」

ビアは何かの儀《ぎ》式挨拶《しきあいさつ》なのか、自らの胸の三つの大きな胸の膨《ふく》らみを指で触《さわ》ってから、その両手を左右に広げる動作を披露《ひろう》した。儀式かな。

失礼かもしれないが……気になったから、聞いてしまおう。と、そのタイミングで、黒猫《ロロ》は眠《ねむ》くなったのか、肩から外套に付属する頭巾《ずきん》の中に潜《もぐ》ってきた。

そんな黒猫《ロロ》は無視して、

「……ビア、その両手を使った行動は何の意味があるんだ？」

「これは敬服の意味がある。女の象徴《しょうちょう》である三つの乳を触ってから、腕《うで》を広げる動作には、相手を敬服し、受け入れる意味を持つのだ」

ビアは蛇が持つような舌を、口先からヒュルヒュルと出しながら早口で語る。

そういう理由か。おっぱい研究会に、また新たなページが刻まれた。何事も勉強だ。

しかし、早口だ。早口が、この蛇人族《ラミア》の基本のようだ。面白《おもしろ》い。

「分かった。ありがとう。んで、お前たちの武器と防具に、迷宮用《めいきゅうよう》の道具を買おうと思うんだが、皆は、どんなアイテムが望みなんだ？　遠慮せず望む物を言ってくれ。まずはビアからだ」

ビアは長い舌を伸ばして、ピュルルルと舌から音を発しながら、

「我は大きい盾《たて》と片手剣《けん》。予備に投《な》げ槍《やり》に使える手槍が欲しい。防具は鱗《うろこ》が硬《かた》いから必要ないが、装備はできる。背嚢《はいのう》は大きい物を希望する」

さっきと同様にビアは早口で語る。

「盾と片手剣、投げ槍か。分かった——次」

ビアの注文を覚えると、次の奴隷、頭に蟲が寄生するフーに視線を向ける。

「わたしは後衛。属性が土の魔法杖《まほうづえ》。土系のスクロールがあれば嬉しいです。魔法は使えますから後回しで結構です。防具は革鎧《かわよろい》でお願いします。魔力回復薬《リウムポーション》があれば嬉しいですね。薬があれば継戦《けいせん》能力が上がります。それと、背嚢は中くらいの大きさを希望です」

フーは流暢《りゅうちょう》に語る。頭、首後ろに蟲が寄生しているとは思えない。

見た目は本当に美人なんだけどな。

「……了解。次っ」

視線と指で虎獣人《ママニ》へ言葉を促《うなが》す。

「はっ、わたしは短剣《たんけん》、爪《つめ》、拳、弓の武具が欲しいです。鎧は動きやすい革鎧でお願いします。爆発《ばくはつ》系、回復系、などのポーション各種、背嚢は中規模の物を希望します」

ママニは接近戦もできる。そして、斥候《せっこう》とか罠《わな》解除が得意か。

虎獣人《ラゼール》特有の匂《にお》いを探知できるスキルも持つ。

まぁ、弓を持たせておいたほうが無難か。

「短剣、爪、拳、弓とポーションか。覚えとこう。次」

羊の毛のような〝もこもこ〟の体毛を持つ小柄獣人《ノイルランナー》を注視。

名はサザー。耳はダックスフント系の耳で可愛い。

「はいっ、ボクは丈夫《じょうぶ》な長剣を何本か欲しいです。そして、小柄獣人《ノイルランナー》用の防具は少ないと思いますから、背嚢は小さいのを希望します」

ボクっ娘は剣士だった。

最初、飛剣流を学んで烈級の手練《てだれ》を倒《たお》したと自慢気《じまんげ》に語っていたっけ。

「……分かった。これで全員の名前と装備の希望は聞いた。一応、記憶《きおく》したぞ」


蛇人族《ラミア》の名前がビア。

エルフの名前がフー・ディード。

小柄獣人《ノイルランナー》の名前がサザー・デイル。

虎獣人《ラーゼル》の名前がピレ・ママニ。


名前は覚えた。

「ご主人様、わたしも覚えましたから、大丈夫ですよ」

後ろで黙って見ていたヴィーネさん。一歩前に出ながら俺《おれ》をフォローしてくれた。

さすが聡明《そうめい》なヴィーネ。忘れたら、彼女に聞こう。

『閣下、わたしも一応は覚えました、ビアのお尻《しり》は巨大《きょだい》です』

小型ヘルメが視界に登場。

『そりゃ、下半身が蛇だからな』

『はい、ビアを筆頭に優れた者たちのようです。いずれは、閣下が率いる軍勢の中核《ちゅうかく》を担《にな》う者たちに成長を遂《と》げるでしょう。偉大《いだい》なる血族、光魔《こうま》ルシヴァルの眷属《けんぞく》化も視野に入れるべきですね』

指しながら、どこぞの帝国《ていこく》の参謀《さんぼう》のように語るヘルメちゃん。

『軍勢……ヘルメ、俺に何をさせたいんだ？』

『閣下のご威光《いこう》を全《すべ》ての世に知らしめることです』

『……尻の蹂躙《じゅうりん》は？』

『少しはありますが、閣下が全てです』

ヘルメは真面目《まじめ》顔で答える。

『そうか、軍勢は今の段階では考えてない。数百年後にはありえるかもしれないが、今は迷宮の冒険《ぼうけん》を楽しまないとな？』

『はいっ』

危険なヘルメとの念話を終わらせ、思考を切《き》り替《か》える。

「……ヴィーネは頼《たよ》りになる。んじゃ、もう夜だが、知り合いの店に行くぞ」

「「――はっ」」

奴隷を引き連れて家を出る。ここはペルネーテの南、ザガの店には近い。

「にゃ」

通りを幾つか過ぎたところで、頭巾の中で寝《ね》ていた黒猫《ロロ》が起き出した。

肩を伝って地面に降りた相棒は、素早《すばや》く黒馬の姿に変身した。

そのまま触手を俺の胴体《どうたい》に絡《から》めてから、背中へ乗せてくれる。

「――おっ、また乗せてくれたか。が、この人数はさすがに無理……ぬお」

更《さら》に、相棒は巨大化。一軒家《いっけんや》の大きさだ――相変わらず凄い。

神獣《しんじゅう》の姿だ。突如《とつじょ》、都市の通りに巨大怪獣《かいじゅう》出現ってノリだ。

前に一度、こんな風に巨大化したことがあったなぁ――。

夜風が気持ちいい。街を照らす魔法の光源も綺麗《きれい》だ。

「ひぃぁぁーー」

「バケモノが出たぞおおお」

「衛兵隊を呼べぇ」

やべぇ。遠くを見ている場合ではない。通りを行き交《いか》う人々は混乱して逃《に》げ出した。

側を歩く奴隷たちも腰《こし》を抜かす。ヴィーネも同様だ。驚いて、お尻を地面につけている。

「ロロ、俺の指示以外での巨大化はだめだ。いつもの大きさに縮小してくれ」

「にゃおおん」

声はいつも通り可愛い。相棒は瞬時《しゅんじ》に縮小した。

移動用の黒豹《くろひょう》か、黒虎《くろとら》か、黒馬か、黒獅子《くろしし》といった黒色のメラニズムに溢《あふ》れる漆黒《しっこく》の獣に戻ってくれた。相棒が小さくなると、周りの喧騒《けんそう》は収まった。

しかし、ざわざわ、ざわざわ、と怪《あや》しい視線が集まった。

衛兵隊を呼ぶとか言っていた……めんどうなことになる前に逃げるとしよう。

「——おいっ、お前ら、いつまで地面に座《すわ》ってるつもりだ？」

わざと驚いている奴隷たちに大声で語りかけた。

「「はい！」」

奴隷たちは急ぎ立ち上がって、側に駆《か》け寄《よ》ってきた。

ヴィーネも奴隷たちと同じ行動を取る。

俺は、ナポレオン・ボナパルトの肖像画《しょうぞうが》をイメージしつつ——。

相棒の触手の手綱《たづな》を片手に握《にぎ》っての『クールベット』を敢行《かんこう》——。

神獣ロロディーヌの両前足を上げさせた。馬術界では難易度が高い技《わざ》だ――――。

「――このまま、走る！　競争だ。ついてこい」

集まった奴隷とヴィーネたちに向けて発破をかけてから、前進――。

あまり速度は出さない。普通の速歩、トロットぐらいの速度で進んだ。

背後を見ると、皆《みな》、必死になって走って付いてくる。

少し可哀想《かわいそう》だが、このまま距離《きより》を維持《いじ》して走り続けた。

ザガの店近くにある通りに出ると、そこでストップ。

奴隷とヴィーネたちを待った。

「はぁはぁはぁはぁ……」

「はぁはぁ……」

息を切らして最初に着いたのはビア。

意外だ。図体《ずうたい》が大きいが、スタミナが抜群《ばつぐん》ということか。

僅差《きんさ》での二位はヴィーネ。ヴィーネはビアに負けたのがショックだったのか、ビアを冷たい目で睨《にら》んでいた。しかし、ビアの蛇人族《ラミア》の走り方は、体がくねくねと横に動いて面白い。が、持久力、走力は奴隷の中でずば抜けている。さすがは盾を使うだけあって継戦能力は高そうだ。冒険者活動中は、素晴《すば》らしい前衛だったに違いない。

「はぁはぁはぁ……」

他の皆は同じぐらいだった。

彼《かれ》らの休憩《きゅうけい》をかねて、先ほどの、理由を説明しておくか。

「お前たち、休みながら聞いてくれ。さっきは驚かせて済まなかった。俺の相棒であるロロはただの使い魔じゃない。特別な黒猫なんだ。まぁこれから色々、俺とロロのことで驚くことは増えていくと思う。徐々《じょじょ》に慣れていけば、いいからな」

「――ははっ」

奴隷たちの声質と態度が明らかにこれまでと違う。彼女たちは、立った状態だが、ジャンピング土下座をしてきそうな勢いだった。蛇人族《ラミア》のビアも同様な態度。

気持ちは分かる。ロロディーヌの巨大な姿を見たら仕方がない。

そこでヴィーネを見た――彼女はフェイスガードの銀仮面を少し弄《いじ》る。走ったせいで、汗《あせ》を掻《か》いたか、少しずれたのか分からないが、仮面の位置調整だろう。そのヴィーネは奴隷たちの様子を窺《うかが》ってから……俺の視線に気付いたのか、熱を帯びた視線を向けていた。

「……ご主人様？」

「何でもない、そう言うヴィーネは、俺に聞きたいことがあるような面だが」

「はい、知り合いの店というのは、ザガ様の店でしょうか」

「そうだ。ザガとボンならいい武器と防具を売ってくれるだろうと思ってな」

「あ、確かに、ご主人様の装備を作られた、あのドワーフ兄弟は優秀《ゆうしゅう》です」

そう語るヴィーネたちと歩調を合わせてゆったりとしたペースで、相棒の足を進めていく。夕暮れから夜に移る。皆の様子を見ながら、光源の光球を出した。

すると、ザガの店が見えてくる。工房《こうぼう》から眩《まぶ》しい光が漏《も》れていた。営業中だ。

馬に近い姿の相棒から降りた。相棒も、俺が降りた直後に黒猫の姿に戻《もど》る。その黒猫《ロロ》は、跳《と》んで俺の肩に乗る。と、そそくさと俺の頬に小さい頬を擦りつけてきた。

「わぁぁ」

「凄《すご》い」

「ロロ様は素晴らしい……」

「……元に戻られた、そして、可愛い……」

奴隷たちは口々に感嘆《かんたん》めいた言葉を呟く。

構わずに、その皆を連れて工房の中へ向かった。

そういえば……黒猫《ロロ》がいつもの反応をしない。

普段《ふだん》なら、飛ぶように、ボンに会いに走っていくと思ったが……。

と、そんな思いで、工房に入った直後、工房の奥《おく》から熱を感じた。

そして、カンカンッ、カンカンカンッと、連続的に硬質《こうしつ》な音が響《ひび》く。

なるほど、作業中だったのか。黒猫《ロロ》はザガ&ボンの仕事のことを察知していたようだ。

さすがは神獣。不思議なボンと通じ合っている？

そのザガとボンは鍛冶《かじ》の作業に没頭《ぼっとう》していた。

工房に入った俺たちのことに気付いていない。ルビアは見当たらない。冒険者として活動中かな。よし、ザガ&ボンの作業の邪魔《じゃま》をしないように、今は声は掛けずにいよう。

少し仕事の見学をさせてもらう。

ザガは、金床《かなとこ》の上に固定された赤く変色しつつある鋼《はがね》の塊《かたまり》を厳しい視線で睨みながら、勢いよくハンマーを振るって、何度も何度も、その鋼をリズミカルに叩《たた》いていく。

あの叩かれている鋼の塊は凄く熱そうだ。

その熱した鋼をハンマーで叩く合間に、ボンが、紅色の魔力を纏《まと》った手を、その鋼に向ける。そのボンの翳した手と言うか両腕から出た質の高い魔力が、鋼の中に吸い込まれていく。一瞬《いっしゅん》、餅《もち》つきを行う二人に見えた。が、凄《すさ》まじい鍛冶とエンチャント技術を実行しているのだろうと推測できた。コンビ鍛冶&エンチャント技術？

熱して叩かれた鋼に、ボンの魔力が込められる度に、紅《あか》く光った鋼が溶《と》けたようにも見えるぐらいに鋼がうねり湾曲《わんきょく》した表面が白く濁《にご》る――その湾曲した鋼の奥をザガがハンマーで叩くと、ボンの魔力と鋼が融合《ゆうごう》するように鋼の魔力が高まった。同時に、形が整う鋼の表面から虹色《にじいろ》の幾何学的《きかがくてき》な模様が生まれ出る――不思議だ。

ザガが持つハンマーも魔力を帯びている。そのハンマーの両口から魔力が迸《ほとばし》った。

その魔法のハンマーの表面には魔法陣《まほうじん》が刻まれてある。魔法陣は青色に輝いていた。そんなハンマーを扱《あつか》うザガの顔は、いつにも増して真剣《しんけん》だ。

皺《しわ》が増えているようにさえ見える。相方のボンも、魔力を鋼に注ぐ度に、恍惚《こうこつ》そうな表情を浮《う》かべて、いつものエンチャントを喋《しゃべ》っていない。

……暫《しばら》く、その職人としてのザガ&ボンの作業様子を眺《なが》めていると……。

ザガがハンマーを打ち止めた。ザガは「ボン、魔力を止めろ」と呟《つぶや》く。「……エンチャ」と渋《しぶ》い口調のボン。いつもと違う。渋いボンの両手から輝きが失われると魔力も消えた。

ザガはハンマーを仕舞《しま》うと、打ち込んだ鋼を巨大な炉《ろ》の中へ入れた。その炉で、熱した鋼を素早く取り出して側にある筒形《つつがた》の容器に突っ込んだ。

――火入れ作業か。ザガは急ぎ筒形の容器から鋼を取り出す。ボンはその様子を見ていた。ザガが取り出した鋼から魔法のような大火が立ち昇《のぼ》る。おおお、すげぇ。

『熱そうです！』

ヘルメの言葉通り、その際にザガの髭《ひげ》に火が燃え移った。が、その火を塵《ちり》でも落とすかのように、皮袋《かわぶくろ》の腕先で、髭を擦りつつ火を消していた。手慣れたもんだ。

「――これはこんなもんだろう」

ザガは刃《は》の角度を見て頷く。炎《ほのお》が消えた紅色の鋼は、長剣の形だ。

「エンチャント」

ボンも満足気な表情を浮かべている。なんか、ボンが格好《かっこ》いい。

ザガとボンは互いに頷いて、嬉《うれ》し顔。ザガは置いた魔法の槌《ハンマー》を拾うと、くるりと回して腰ベルトに装着。額の汗を拭《ぬぐ》っていた。様になるなぁ。あ、作業は一段落したかな。

「よっ、ザガとボン」

と、挨拶。ドワーフのザガとボンは、すぐに振り向《む》く。

「――シュウヤか」

「おう」

「エンチャントッ」

ボンは、くりくりした目を輝かせつつ、親指でグーを作ると、俺と黒猫《ロロ》に挨拶をしてくる。

「ンン、にゃ」

黒猫《ロロ》もボンに挨拶。そのタイミングで肩《かた》から跳躍《ちょうやく》――ボンの足下《あしもと》に移動すると、いつものダンスタイムが始まった。奴隷たちは、その黒猫とドワーフが踊《おど》る様子を見て、面食《めんく》らったように驚《おどろ》く。ま、いつものことだ。放っておく。

「……シュウヤ、やっぱり、食事をたかりに来たのか？」

ザガは少し笑《え》みを含《ふく》めた顔を見せながら語る。

そういや、久々に会った時に、ルビアが夕食を作るとか言っていた。

「いや、違うぞ。装備をたかりに来たんだ」

「違うのか」

ザガは、俺の軽いジョークは無視して、少し残念がった。

「……まぁ、それは今度ということで、今日来たのは、奴隷を買ったからだ。彼女たちの武器とか防具をお願いしたくて」

同時に、後ろで待機している四人の奴隷たちに顔を向ける。

「ほぉ……四人。蛇人族《ラミア》もいるな。ちっこい小柄獣人《ノイルランナー》と虎獣人《ラゼール》に、耳長族《エルフ》か」

「そうだ」

「了解《りょうかい》した。すぐにでも用意しよう。長短合わせて武具の在庫は豊富だ。シュウヤのように特殊《とくしゅ》な素材があれば一点物のオーダーメイドも、日数はそれなりに掛《か》かるが、作ってやれるぞ。勿論、値段は高いがな」

「今日のところは在庫の品でいい」

「——分かった。その棚《たな》から壁《かべ》に飾《かざ》ってある品を選んでいけ。マジックウェポンも数は少ないがある」

ザガはとことこと歩きながら短い腕を商品に伸ばす。

「了解」

それじゃ、めぼしい武具をチェックしていくか。

棚の上には斧《おの》と大槌《おおつち》が並ぶ。壁には長剣と短剣。槍と斧槍《ふそう》が立て掛けられてあった。

まずは長剣類からか。魔察眼《まさつがん》でもチェック。魔力が漂《ただよ》う物を手に取った。

白刃《しらは》に青白い光を帯びた長剣と短剣。

レイピア風の細身の剣。

魔力を帯びているが、光っていないバスタードソードの片手半剣。

白刃に多数の魔法印字が刻まれてある長剣。刀身が二重になっている特殊そうな剣。

手鎌《てがま》も置いてある。パイルバンカー的な武器はないようだ。使えそうなのは、青白い光を帯びた長剣と短剣か。あとはバスタードソードかな。このまま俺が選んでもいいが……。

左官の垣根《かきね》、弘法《こうぼう》筆を選ばず、道具や材料のことをとやかく言わずに強い奴隷たちの目を信用して選ばせるか。

「お前たち、自分が扱いたい武器を選べ」

「はい」

「畏《かしこ》まりました」

「分かりました」

「承知」

彼女たちはそれぞれに武器を手に取り、振り回《まわ》す。右手から左手に持《も》ち替えては、置かれてある武器類を取っかえ引っかえ確認《かくにん》していた。

「どうだ？　気に入ったのはあったか？」

「はい、ここにある物はどれもが素晴らしいです。魔力を感じない武具もバランスがよく目貫《めぬき》を施《ほどこ》された柄巻《つかま》きにも職人の魂《たましい》が込められていると感じます」

小柄獣人《ノイルランナー》のサザーは青白い光を帯びた長剣を握りながら語る。

やはりそれを選んだか。鋼の長剣も選んだのか、足下に転がっている。

「下にあるのは予備武器だな」

「はい」

「サザーの言うように素晴らしい。この短剣が気に入りました――」

虎獣人《ラゼール》のママニは短剣が気に入ったようだ。

青白い刀身が目立つ短剣を、ペン遊びを行うように掌《てのひら》で回転させる。

華麗《かれい》に握り構えると、斬《き》り下げから斬り上げの動作を行う。

「主人、我はこれがいい、投げ槍もここに置いた」

蛇人族《ラミア》のビアだ。鋼が何層も重なった模様が美しいバスタードソードを軽々と振るっている。床には、槍もいくつか置いていた。

「それじゃ、選んだ武器は、中央にある机の上に置いてくれ」

「承知」

ビア、ママニ、サザーは選んだ武器を机の上に置いていく。

「ザガ、これらのアイテムを買うよ。まだ選ばせるから」

「分かった」

ザガは真剣な面持《おもも》ちで頷く。焼《や》け焦《こ》げた顎髭《あごひげ》が分厚い胸板《むないた》の上ではねた。あとはママニのメインである弓、フーの杖類《つえるい》か。

「ママニ、弓も欲しいと言っていたが、選んだか？」

「はい、このロングボウのセットをお願いします、矢は牽制《けんせい》に使えればいいので、そこにある矢束で結構です」

ママニは弓と矢筒のセットになった普通《ふつう》のアイテムを選んだ。矢は鏃《やじり》の鉱物によって分けてある。ママニが選択《せんたく》したのは普通矢だった。魔力が籠《こ》もった矢は選択していない。

「ザガ、この矢は何本ある？」

「それは仕入れたやつだな。鉄矢、百本だ」

百か。ここにある商品は全てを作った訳ではないらしい。ザガ製ではなくても商人としての目を信じて買おう。

「ママニ、選んだ弓と矢を机の上に運んでおいて」

「はい」

そこでエルフのフーに顔を向ける。

「……フー、君が選んだのはその杖か」

「——はい。土属性ですね」

エルフのフーはいきなり呼ばれてびくっと反応していたが、杖を掲《かか》げる。

「それじゃ、皆と同じようにあそこの机の上に載《の》せといて」

「はい」

皆は、大きな机の上に、投げ槍と訓練用の槍と魔力のない鋼の長剣など十数本を置く。

次は盾。ビアの顔を見て、

「ビア、盾も選んでおけ」

「承知」

丸い大盾、蛸盾《たこだて》、方盾、小さい木製盾、などが並ぶ。魔力を伴《ともな》った物はないな。ビアが最終的に選んだのは、丸い大盾のホプロンシールド。

古代ギリシャの重装歩兵《ホプリタイ》が装備していた物に似ている。

重そうな盾だが、彼女は軽々と持っていた。自身の鱗皮膚《うろこひふ》を活《い》かすような盾の扱い。

武装騎士《きし》長と言っていたが、蛇人族《ラミア》特有の盾使いでもあるんだろう。

「主、我はこれがいい」

「了解、机の上に運んでおいて」

「承知」

彼女は選択した盾を机の上に運んで置いておく。

「後は鎧だが、お前たちが自由に選べ」

「我は必要ない。見ての通り硬い鱗胴体《どうたい》を持つ。活動中も、この布水着を装着していた」

ビアは自信あふれる早口で語る。

「ボクも要《い》らないです。冒険者《ぼうけんしゃ》として迷宮に潜る時も、この革《かわ》の服でした。それにボクみたいな獣人用の鎧はまず売ってませんし」

サザーも自信ある言葉。

「蛇人族《ラミア》用の鎧はないな、小柄獣人《ノイルランナー》用もない。シュウヤ、専用鎧を作るか？」

ザガは鎧を作りたそうな顔だ。

「いや、さすがに時間が掛かるから今はいい、サザー、本当に鎧は要らないんだな？」

「はい、回避《かいひ》は自信があります。本当に要らないです。自慢《じまん》ではないですが、普通の戦闘《せんとう》奴隷《どれい》ではないと自負しています。単独でも五階層程度なら楽に進める自信はあるので」

機嫌《きげん》を悪くしてしまった。彼女の自尊心を傷つけてしまったらしい。

「分かった、余計なことだったな」

その間にも、虎獣人《ラゼール》のママニとエルフのフーは、革鎧を選択していた。

置いてある商品の殆《ほとん》どが、重装系の鎧ばかりなのもあるが。

「その革鎧でいいんだな？」

「はい」

「充分《じゅうぶん》です」

「それじゃ机の上に運んでおいて」

ママニとエルフは机の上に運ぶ。

「全部で幾《いく》らになる？」

「そうだな、特別に白金貨四十五枚で売ってやろう」

相場は判《わか》らないからヴィーネに視線を向ける。

「ご主人様、かなりお買い得かと」

「ふん、シュウヤ、お前さんだからこその値段だぞ」

ザガが少し鼻息を荒《あ》らす。俺がヴィーネに視線で合図を送ったのを見ていたらしい。

「ザガ、分かってるさ、ありがとな。今、出すから」

アイテムボックスを素早く操作。値段分の白金貨を出していく。

「おう。俺たちも嬉《うれ》しいぞ。在庫が捌《さば》けた」

「おう。ザガの品を買えてよかった」

ザガはニカッと歯を剥《む》き出しにして笑う。

「がははっ、次もよろしく頼む。良品を取っといてやろう」

「そりゃありがたい。んじゃ、奴隷たちに買ったアイテムを装備してもらう」

「おう」

振《ふ》り向き、

「――お前たち、買った装備類を装着しろ」

「「はいっ」」

「了解した」

「畏まりました」

奴隷たちは装備類を選ぶ。ビアが盾を左手に通して右手にバスタードソードを持つ。

ママニは短剣《たんけん》と弓を選ぶ。革鎧を装着。鋼入りの矢が入った筒を背負う。

サザーは自分の身長と同じぐらいの青白い長剣を胸の前で握る。

剣先を鋭《するど》い視線で眺めていた。剣士らしい所作だ。フーは革鎧を着た。手に持った杖を確認。あとはベルトと背嚢、あの投げ槍《やり》用の槍が入った筒もビア用に買うかな。

「ザガ、まだ欲しいのがある。投げ槍用の巨大な筒、あの蛇人族《ラミア》が背負える物、あとは、四人分のベルト類と背丈《せたけ》に似合う背嚢が欲しい。用意できるか？」

「できるとも、今取ってきてやる」

ザガはとことこと、箪笥《たんす》類が並ぶところへ移動。箪笥の引き出しを開けて、中から商品を幾つか取り出している。奥に移動して見えなくなった。

暫くして、大きな箱を胸に抱《かか》えながら現れる。

「……一応、全部、体に合う物を選んだつもりだ。剣帯も武器に合う物を用意した。投げ槍用の巨大な筒の在庫はそれしかない」

おぉ、気が利《き》く。巨大な筒はビアに似合うだろう。

極小と極大の背嚢もある。腰ベルトと胸ベルトもあった。

「これらは幾ら？」

「銀貨三十枚で良い」

きっと、これもめちゃくちゃ安いんだろうな。ザガに感謝。

「了解」

アイテムボックスから銀貨を出して、ありがとう。と、気持ちを込めて銀貨を手渡《てわた》した。

「まいどあり」

そこで、また、奴隷《どれい》たちへ振り向く。

「お前たち、これも身に着けとけ」

「「――はっ」」

奴隷たちはベルトを装着。背嚢も背負う。

ベルトに繋《つな》がる剣帯にも自らの武器を納めて腰下へぶら下げるママニとビア。

ビアは投げ槍用の筒を背負った。筒から肩越《かたご》しに繋がる革ベルトの金具を胸の前でしっかりと連結させて嵌《は》めている。彼女《かのじょ》は鋼の槍を四本背負った状態だ。

サザーは背中へと剣帯を回して長剣を装着。これで全員の装備が完了《かんりょう》。

あとはポーションか。ま、ポーションは俺が持っているから、あげればいいだろう。

爆発系のポーションはないが、ま、要らないか。

「……戦闘奴隷を買ったということは魔宝地図の解読を済ませたんだな？」

奴隷の様子を見ていたザガが聞いてきた。

「おう。魔宝地図に挑《いど》もうかと思ってな」

「だろうと思ったのだ。気をつけるのだぞ。わしの知り合い、ホワイトブラザーフットとか名が付くクランに所属して――」

「――その名はっ」

ん、ヴィーネが驚いた。

「かなり有名処《どころ》らしいからな」

ザガは少し自慢気な顔を見せる。

「へぇ、その、ホワイトブラザーというクランは有名なんだ。六大トップクランくらいに有名なの？」

「ご主人様、その六大トップクランの一つですよ」

冷静に突っ込まれた。ヴィーネの表情は少し冷然としている。

う、すまんな世間知らずで……すぐにザガのほうを向いて、

「そうだったのか。そんな大御所《おおごしょ》クランと知り合いだったとは。さすがは凄腕鍛冶師《すごうでかじし》」

と、褒《ほ》めておいた。

「よせやい、そのクランメンバーの一人が、『魔宝地図は危険だ。儲《もう》けはデカイが出現するモンスターが多すぎる。若いメンバーが死ぬのはクランにとっては痛手となる』とか、なんとかかな」

大手クランも手を焼くほどなんだな。

「分かったよ。忠告をありがとう」

「おう。悲しい顔は見たくない。挑戦《ちょうせん》するなら応援《おうえん》しよう。そして、いい素材が手に入ったら持って来い」

ザガは語尾《ごび》にまたもや、ニカッと歯を剥き出して笑う。

「エンチャ、エンチャッ」

そこにエンチャントを連発しながらボン君が近寄ってきた。黒猫《ロロ》も一緒《いっしょ》だ。

「もう、ダンスは終わったのか？」

「エンチャ？」

ボンは首を傾《かし》げる。

「何でもない。んじゃ、もう夜だし、そろそろ帰るよ」

「エンチャントッ」

「おう、一段落したら、また来いよ」

「了解」

その場で踵《きびす》を返す。

「お前たち、聞いてたな。家に一旦戻《いったんもど》るぞ」

「はいっ」

「分かりました」

「――はは」

「承知した」

皆、工房を出て通りを歩いていく。肩にいた黒猫《ロロ》が地面に降りると、また馬に近い姿に変身。首横から触手《しょくしゅ》を出して、俺たちに、その触手を絡ませると俺とヴィーネを背中の上に乗せてくれた。奴隷たちには触手を伸《の》ばしていない。

ペットの家族順位じゃないが、ちゃんと区別はつくらしい。

「ゆっくり進むか。丁度いい、訓練だと思って小走りで付いてこい」

Sの命令口調で、奴隷の彼女たちに指示を出す。もっと力を把握《はあく》したいからな。

「「――はいっ」」

奴隷たちは走り出した。並歩《ウォーク》の速度で進む。

家に帰る。あっ、迷宮《めいきゅう》の宿り月の宿屋に報告しておこう。

鏡も取りに行かなくては。奴隷を家に置いてから、知らせに向かうとしますか。ゲートを使えばすぐだしな。そこで、背後を振り返《かえ》った。奴隷たちの様子を見る。

「ご主人様、わたしも走ったほうが、いいのでは？」

後ろの奴隷の様子を確認していると、ヴィーネがそんなことを言ってくる。

彼女は自らを鍛《きた》えたいとかいうのか？

「……何でだ？」

「わたしも鍛えたいと」

「お前の自由にしろ」

「はっはい」

彼女は笑う俺に頭を下げてから、跨《また》いでいた足を上げて、馬のロロディーヌから離《はな》れた。

地面に着地すると、走る奴隷たちへと加わった。

ヴィーネの視線は蛇人族《ラミア》のビアへ向けられている。

先ほどの競争で負けたことを根に持ってライバル視しているのか？

ビアはそんなヴィーネには気付かずに口から長い舌をヒョロロっと伸ばしては走る。

背中に回したバスタードソードも剣帯《けんたい》に上手《うま》く収まっている。走って剣が揺《ゆ》れているが、大きな丸盾《まるだて》も苦になっていないようだ。

そんな奴隷たちの走り具合を確認しながら、俺の家に到着《とうちゃく》。全員が息を荒らしているが、その中でも、蟲《むし》が頭に取《と》り憑《つ》いているエルフのフーだけが激しく息を切らしていた。

「はぁはぁはぁはぁはぁはぁ……」

少し、エロく聞こえる。綺麗なアイドルが坂を駆け上がる番組を思い出す。

しかし、フーは美人なんだよなぁ。頭の蟲をなんとかしてやりたいが。

カレウドスコープでもう少し観察して、手術をするように、鎖《くさり》で直接、ピンポイントで蟲の本体だけを狙《ねら》い当てて殺すか？

そんなことしたらフーの首が飛んでしまうか。いや、〈血《ち》魔力《まりょく》〉系の必殺技《ひっさつわざ》である〈血《ち》鎖《ぐさり》の饗宴《きょうえん》〉なら、いけるか？

血鎖を操作して、その血鎖を縮小させてやれば……まぁ、今は想像でしかないが、あとで一人になったら〈血鎖の饗宴〉の実験だけでも行うか。

「……ご主人様。家に着きましたよ」

「あぁ、すまん、入るぞ」

フーを見ながら、熟考しすぎた。ヴィーネは少し視線を鋭くさせているし……。

オコンナヨ。口には出さないが。怒《おこ》ったような表情を浮かべるヴィーネをちらちらと窺いながら、中庭を歩く。んじゃ、彼女たちに説明しようか——。

「――お前たちは家で待機。この家を自由に使って過ごしてくれ。本館の食材も使っていい。食事は各自、自由にとってくれて構わない。そして、俺は少し用があるから外に出るんじゃ、解散っ！」

「はいっ」

「分かりました」

「承知した」

「畏まりました」

奴隷たちは顔を見合わせて、笑みを浮かべる。

と、そのまま中庭の左にある寄宿舎へと移動していく。

「ご主人様、どちらへ向かわれるので？」

銀色の髪《かみ》を揺らしながらヴィーネが尋《たず》ねてきた。

「宿屋、迷宮の宿り月だよ」

「なるほど、鏡の回収ですね」

「そうだ。本館の中でゲートを使う」

「はい」

ヴィーネを連れて母屋の家に入る。長机のあるリビングでゲートの準備だ。

胸ポケットから二十四面体《トラペゾヘドロン》を取り出す――。

一の面を触《さわ》り、早速《さっそく》ゲートを起動。淡《あわ》い光の環《わ》が誕生。光の扉《とびら》でもあるか。

その光る扉の先には、室内の光景が映る。

「行くぞ」

「はい」

「にゃ」

『はいです』

小さいヘルメも視界に現れる。

俺《おれ》は肩に黒猫《ロロ》を乗せた状態で、ヴィーネの手を握った。

ヴィーネは微笑《ほほえ》むと俺の肩に頬《ほお》を寄せてくれた。バニラのいい匂《にお》いだ。

抱《だ》きしめてあげたいが、我慢《がまん》してゲートを潜《くぐ》る。

鏡から部屋に戻ると、早速、黒猫《ロロ》が寝台《しんだい》へジャンプ。

いつものように飛《と》び跳《は》ねて、遊び出している。

ヴィーネは寝台の横に置いていた荷物を背嚢《はいのう》の中へ仕舞っていく。

そのまま背嚢の中から布を取り出した。背中に引《ひ》っ掛けて装着していた翡翠《ひすい》の蛇弓《バジュラ》を胸の前に運ぶと、その翡翠の蛇弓《バジュラ》を布で磨《みが》く。

あの魔毒《まどく》の女神《めがみ》ミセアから頂いた特殊な弓だからな。大切にしたいんだろう。

すると、パレデスの鏡から二十四面体《トラペゾヘドロン》が外れて戻ってきた。

回る二十四面体《トラペゾヘドロン》を掴《つか》んで、ポケットに仕舞った。

パレデスの鏡も持ち上げて、アイテムボックスの中へ仕舞う。

再びヴィーネを見ると、弓のメンテナンスを終えて、朱色《しゅいろ》の厚革服を脱《ぬ》いでいた。

そのタイミングで、話しかけた。

「風呂《ふろ》に浸《つ》かるか？」

「いえ、まだいいです。今、これに着替《きか》えちゃいますね」

「分かった」

ヴィーネの着替えを鑑賞《かんしょう》。銀色の半袖《はんそで》服は本当に似合うなぁ。

背中の青白い綺麗《きれい》な肌《はだ》を、じっくりと見ていく。

あ〜ぁ、黒いワンピースを着てしまった。刹那《せつな》、エロい視線にツッコミではないが――。

背後の木窓から微《かす》かな音が聞こえてきた。

第百三十六章「人魚」

振り返り、木窓を見る。そこには白猫《しろねこ》のマギットがいた。

相棒の黒猫のロロディーヌに用かな？

「どうした？　マギット」

白猫《マギット》は緑色の魔宝石らしき物が付いた首輪を見せるような仕草を取る。

「にゃお」

と、一鳴きすると、黒猫《ロロ》が遊ぶ寝台に向かった。

「ロロ、お前に客だぞ」

「ンン、にゃあ」

黒猫《ロロ》は白猫《マギット》に対して挨拶《あいさつ》。

寝台から降りて白猫《マギット》に近寄る。

相棒の黒猫《ロロ》と白猫《マギット》は、挨拶するように鼻と鼻をつけた。

二匹《ひき》は、挨拶を終えると、人形のように後ろ足を揃《そろ》えて座《すわ》る。

黒猫と白猫は視線を合わせた状態だ。不思議な空間。写真を撮《と》りたい。

しかし、白猫《マギツト》の首輪が気になる。あの魔力はいったい。

『閣下、あの首輪。前にも見ましたが、不思議ですね』

視界の隅《すみ》に座っていたヘルメが念話をしてきた。

『あぁ』

白猫《マギツト》自体からはそんな大量な魔素は感じられない。

あの首輪からは、何か禍々《まがまが》しいほどの魔素、魔力を感じる。

「ロロ、何をしているんだ?」

「にゃ」

つぶらな瞳《ひとみ》を向けてくると、一鳴き。すぐに俺の肩に戻ってきた。

「ン、にゃ」

白猫《マギツト》も喉声《のどごえ》を響かせながら鳴くと、俺の足に来て頭を擦《こす》りつけていた。

「マギットも可愛《かわい》いな」

白猫の頭を撫《な》でていると、

「ご主人様……」

「どうした?」

ヴィーネはいい難《にく》そうな表情を浮かべていた。

左の頬を紅《あか》く染めている。銀仮面で見えない頬も紅くなってそうだ。

「……厠《かわや》に行きたいです」

我慢していたのか？

「気が回らずごめん。でも、そんなことはいちいち許可を求めるな。行ってこい！　じょびじょばを——おおいに踏《ふ》ん張《ば》ってこい！」

「はうぁ、はいっ」

「にゃおぉ」

頬を朱《しゅ》に染めて彼女は走って部屋を出ていった。

黒猫《ロロ》も肩から跳躍し、彼女を追《お》い掛けていったが……。

俺はベッドの上でマギットと遊ぶ。

暇《ひま》を潰《つぶ》してから廊下《ろうか》に出ると、ヴィーネと黒猫《ロロ》が戻《もど》ってきた。

「ご主人様ァ、ロロ様がわたしと一緒におしっこを！」

「にゃおん」

手摺《てす》りの上に乗っているロロが『そうだにゃ』的な声で鳴いていた。

「そ、そうか、そんな嬉しいことか？」

「はい、妹たちとふざけていたことを思い出しました」

「なるほど、ある種の信頼関係《しんらい》だな。んじゃ、下に行って女将《おかみ》のメルに報告しようか、宿だけじゃなく闇《やみ》ギルド【月の残骸《ムーンレムナント》】には少しお世話になったし」

「はい」

廊下から階段を下りて一階の食堂へ向かう。客はそれなりにいる。あの綺麗な歌声の主が見当たらない。確か、名前はシャナだったけか。おかしいな……いつもなら夜の食事時だし、歌っているはずなんだが。きょろきょろと食堂を見回していると、

「シュウヤさん、戻っていたんですね」

メルが話しかけてきてくれた。

「そうだよ。そのことで話があるんだけど、今、大丈夫《だいじょうぶ》？」

「ええ、構いません」

「俺、家を買ったんだ。だからもう宿から出ようかと思って」

「えええっ、そんなの聞いてませんよ！」

メルは怒《いか》り大声をあげていた。

食事をしていた客たちから一斉《いっせい》に視線が集まる。静寂《せいじゃく》が訪《おとず》れた。

「あっ、大声出してすみません。こっちへ行きましょう」

メルは怒った表情を浮《う》かべながら食堂の右奥《みぎおく》にある扉へと移動している。

また、あの先にある地下へ来いということか……しょうがないな。

「少しだけだぞ」

「はい」

メルに続いて、扉を潜り螺《ら》旋《せん》階段を下りていく。地下部屋の手前にある、大きな扉の前に到着。メルは扉に備わる月オブジェを動かして、扉を開けた。メルが先に入り、メルにやや遅れて俺たちも入った。

テーブルがある凹《くぼ》んだ中央には進まずに、手前の位置でメルが話《はな》し掛けてきた。

「家を買われたとは、どこに家を買ったんですか？」

「南の武術街だよ」

「あそこですか。しかし、突然《とつぜん》ですね」

「なりゆきだよ」

そう冷たく言うと、メルは眉根《まゆね》を寄せて、顔に翳《かげ》を落とす。悲しげな表情を作っていた。

「……そう、つっけんどんに言わなくても、我々は仲間だと思っているんですからねっ」

少し、いじけた感じだ。仲間か。

「悪かったな、ただ、俺は冒険者だと、何回も言っているだろう？」

「そんなことは重々承知していますが、裏社会の一部では、槍使いと黒猫《くろねこ》と呼ばれているのですよ。シュウヤさんたちを特別視しています」

「特別視……」

「ええ、わたしたちも含めてね。この間は、正式に【アシュラー教団】の占い師《うらなし》カザネの部下から貴方《あなた》と連絡《れんらく》を取ってくれとメッセージがありました。まぁ、これはわたしたちの縄張《なわば》りに侵入《しんにゅう》したお詫《わ》びも兼《か》ねているのでしょうけど……彼女たちはどうしても、シュウヤさんと連絡が取りたいようですね。相手側にはすぐには無理。会えたら伝えておく。と、伝えてはおきましたが」

あいつらか。あの精神魔法《まほう》をまた試《ため》す気なのか。正直、もう会いたくねぇな。

「カザネか……」

「ですから、他の闇ギルドからは、もう既《すで》にシュウヤさんが【月の残骸《ムーンレムナント》】の関係者か、もう在籍《ざいせき》していると思われているという事です」

そんなことが、既成《きせい》事実ということか。【梟《ふくろう》の牙《きば》】を完全に潰してからは平和だったのになぁ。いつもの尾行《びこう》者の数がまったく感じられなかったし。

あ、神獣《しんじゅう》ロロディーヌの速度には誰《だれ》もついてこられないか。

「その【アシュラー教団】には【月の残骸《ムーンレムナント》】的に会ったほうがいいのか？」

「ええ、そのほうがいいわね、裏に【星の集《つど》い】が関《かか》わっているし、私見では【八頭輝《はっとうき》】の一つが潰れたので、新たな【八頭輝】の選出に動いているんだと思うわ」

そんなの勝手に選んでおけよ。とは、言わなかった。

「正直、そんなのどうでもいいんだが……」

「もうっ、少しは関わってよ。他の闇ギルドもその情報を聞けば、シュウヤさんに接触《せっしょく》してくる可能性もあるのよ？」

接触ねぇ……。

「それは殺し合いの隠語《いんご》か？」

「違《ちが》う違う。皮肉合戦はもう終わり、普通に会いに来るという事。ただ、シュウヤさんは接触しにくい《雲や霧》なので、無理でしょうけどね」

少し、隠語が入っているじゃん。つっこまんけどさ。

「まぁ、殺し合いでもいっこうに構わんが、やる元気があれば、殺《や》ってやる」

なぜか……有名なプロレスラーの言葉を想起したが、口には出さなった。

「……にやけて話すと、怖《こわ》いですね」

メルは勘違《かんちが》いしてるし。

「それで、そのカザネに会うとして、どこで会うんだ？　あの陰湿《いんしつ》な占いルームで会うのは二度とごめんだぞ」

「えっ！　既にもう会っていたんですか？　ベネットからは何も聞いてないんですが」

「あれ、話していなかったか。カザネの店には行ったことがある」

「そうですか。ああ、だから、アシュラーの〝戦狐《いくさぎつね》〟たちがシュウヤさんの後をつけてわたしたちの縄張りに侵入してきたんですね、納得《なっとく》しました」

そういえば、前にベネットと会話した覚えがある。ということは、知らず知らずのうちに【月の残骸《ムーンレムナント》】に迷惑《めいわく》をかけちゃっていたのか、こりゃ、借りを作ってしまったことになるのかな。ならば、彼女たちの要望に応《こた》えるか。

「……会うだけ会うとして、どこで会えばいい？」

「はい。なんなら、ここでもよいですよ」

「分かった。それで、その日にちだが、明日《あした》は迷宮に行くから、暫《しばら》くは無理だな」

メルは三角の細顎《ほそあご》を指で触って、考えている。

「……帰還《きかん》の日にちは正確に分かりますか？」

さすがに読めない。五階層で魔宝地図だし。早く終わるか、遅《おそ》く終わるか。

「本当に分からない。メッセージだけ伝えておいてよ」

「……分かりました」

「〝精神魔法的なモノ〟はもう使うな、と。変な気配を見せたら〝日本〟を知る者だろうと、もう容赦《ようしゃ》はしないよ、まるこちゃん。と伝えてくれ」

「……そう。理由は深くは聞かないわ。その言葉はしっかりと伝えておきましょう」

「よろしく頼《たの》む。それじゃ、迷宮の仕事が終わったら会いに来る」

「はい」

そこで、秘書のように黙《だま》って様子を見ていたヴィーネへ視線を移す。

「行くぞ」

「はい」

「にゃ」

黒猫《ロロ》も鳴いて返事をした。

珍《めずら》しく眠《ねむ》らずに、俺の肩《かた》の上でじっとしている。

「わたしも上に行きます」

メルも戻るようだ。肩にじっとしていた、良い子な黒猫《ロロ》の頭を軽く撫でてから、ヴィーネを連れて、地下室を出て階段を上っていく。比較的《ひかくてき》静かな食堂に出た。やはり例の歌い手がいないのは……寂《さび》しすぎる。癒《い》やしの歌でも聴きながら食事をしようと思ったが、やめとこう。少し、その件について聞いてみるか。

「メル、食堂でいつも歌っていたあのエルフはどうしたんだ？」

「そうなのよ。さっきからずっと待っていたのに、来ないの。何かあったのかしら……」

来るはずなのに来てないとか、大丈夫か？　ま、気になるけど、帰るか。

「そっか。んじゃ俺たちは帰るよ」

「はーい。迷宮、頑張《がんば》ってくださいね」

「おう」

腕《うで》を上げて、返事をした。そのまま、いい匂いが漂《ただよ》う食堂を歩いて出入り口の扉を開け、迷宮の宿り月の外へ出る。もう夜だ……が、蝉《せみ》の音が聞こえた。指輪から光源を作り、明るくしながら路地を進む。歩きながら、隣《となり》を歩くヴィーネに、

「さっきの宿でも食事はできたけど、今日は家で食事をするか」

「はい。わたしが作りましょうか」

「料理ができるんだ。だが、今日は俺がやるよ」

「分かりました」

そんな他愛《たあい》もない会話を続けながら、南に向けて細かな路地を歩いていると、

「きゃぁー」

女性の悲鳴が響《ひび》いてくる。

「すぐに向かうぞ」

「はい」

「にゃ」

俺とヴィーネは走る。同時に肩から黒猫《ロロ》も前方へと跳躍《ちょうやく》。

むくむくっと黒豹《くろひょう》へと変身しながら着地。しなやかな四肢《しし》のストライドを見せる。

ここは狭《せま》い路地の十字路だ。黒馬、黒獅子《くろしし》ではなく黒豹の姿を選択《せんたく》するロロディーヌは頭がいい——音が聞こえた十字路が見えた。先の左のほうから、多数の光が漏《も》れている。

同時に、男たちの笑う声が響いてきた。あの先を左に曲がったところだ——。

角を曲がると、狭い路地のつきあたりで、一人の女エルフが数人の男と戦っていた。

あれは女エルフの歌い手。シャナじゃないか。

「なんですか！　よってたかって！」

「さぁな？　後ろの男に聞けよ」

魔法の光源と共に現れたのは、羽根つきの帽子《ぼうし》をかぶる男。

黄色と黒のコントラストが目立つ派手なダブレット服を着た吟遊《ぎんゆう》詩人。

シャナは訝《いぶか》しむ。

「あなたは誰？」

吟遊詩人の男は、シャナの質問に、リュートを軽く弾《ひ》いてから、

「――ケッ、誰だと？　よく言うぜ、金払《かねばら》いのいい職を追い出した張本人のくせによ！」

迷宮の宿り月で最初に演奏していた奴《やつ》か。

「思い出しました。宿で、わたしが歌う前に仕事してた人」

「そうだよ！　ロウ、今のように切り刻んで、この女を好きなように、自由に弄《もてあそ》んでいいぞ～。るるる、ららら～、だけど、最後には殺してくれよぉ」

吟遊詩人の男はリュートを弾きながら指示を出していた。

「わたしはこれでも冒険者なんですよ？」

シャナは強気に発言。鋭い視線で男たちを睨《にら》む。レイピアの細い剣を抜《ぬ》いた。

男たちの数は多いが、シャナは武器で抵抗《ていこう》できそうな雰囲気《ふんいき》はある。

メルから聞いた情報だと、歌手が副業でメインは冒険者と語っていた。

俺はヴィーネとアイコンタクト。

「少し様子を見ますか？」

「そうだな」

シャナに対する男たちのリーダーは、ロウと呼ばれた人物か。

赤茶色の髪で長方形の顔。出っ張った顎が見事に二つに割れている。

ロウは、ぼりぼりと頭の毛を掻《か》いたあと、ニヤついた表情を浮かべて、分厚い唇《くちびる》を広げた。汚《きたな》い歯茎《はぐき》を見せつつ、

「かっかかか、威勢《いせい》のいい女だ。お前ら、やっちまえよ」

ロウが濁声《だみごえ》で指示を出すと、男たちがシャナに向かう。一斉に斬《き》りかかった。

が、シャナは地を縫《ぬ》うように華麗《かれい》に動いて男たちを翻弄《ほんろう》した。

男たちの剣を避《さ》けていく。

「くっ」

「すばしっこい！」

金髪《きんぱつ》の女エルフのシャナは、髪を靡《なび》かせつつ駆ける。

妖艶《ようえん》な笑《え》みを浮かべては細剣《レイピア》を扱《あつか》う。余裕《よゆう》の表れが見てとれた。

シャナは細剣《レイピア》を持つ細腕《ほそうで》を男の腹に向けて伸ばす――鋭い剣捌《けんさば》きだ。

左の男の腹を細剣《レイピア》で深々と突《つ》き刺《さ》した。

その刺した男を左手で掴んでは、盾にして、二人同時の、シャナの両肩《りょうかた》を薙《な》ぐような袈《け》裟《さ》斬りを上手く防ぐ。盾代わりの男から血を浴びても、悲鳴も上げない。

男と対峙《たいじ》した血塗《ちまみ》れのシャナ――やるな。

先ほどの悲鳴はフェイクだったのか？　彼女の悲鳴だったはず。

「生意気な女だ――」

シャナは細剣《レイピア》を振るう――。

馬鹿《ばか》にした言葉を吐《は》きながら襲《おそ》いかかる男の首を、そぎ落とすような素晴《すば》らしい剣閃を披露《ひろう》。首なし胴体《どうたい》となった血塗れの死体を掴むシャナ。

そのまま、再び盾にした死体を、襲ってきた男に押《お》し付《つ》けつつ細剣《レイピア》を前に突き出した。

体勢が崩《くず》れた相手の腹部に、その細剣《レイピア》が突き刺さる。

「げえ、くそが――」

細剣《レイピア》の攻撃《こうげき》が浅かったか、男に体力があるのか、まだ生きながら盾代わりの死体をどかそうとしている、が――その男の喉にシャナの細剣《レイピア》が突き刺さり、男は「ぐぇえ、けふっ」と喉から空気がこぼれる音を立てながら倒《たお》れた。

シャナは着実に相手を殺している。

あの癒やしの歌を歌っていたシャナとは思えない剣捌きだ。

「へえ、やるじゃねぇか。俺がやらなきゃだめか――おい、お前ら、下がれ」

ロウと呼ばれた男は生き残った二人の仲間に腕《うで》を振《ふ》りながら話すと……。

ブロードソードと思われる長剣《ちょうけん》を腰《こし》から抜く。

「来いよ、耳長のエルフ！」

シャナは怒った表情を崩さず目を細めた。

「さっきのようにはいきませんよっ」

綺麗な金の長髪《ちょうはつ》を靡かせながら叫《さけ》ぶシャナ。

前傾《ぜんけい》姿勢を取り、ロウへ走り寄った。

そのまま細剣《レイピア》の突《つ》きをロウに繰《く》り出す。

が、ロウは幅広《はばひろ》の剣をわずかに上げて、簡単に、その細剣《レイピア》の突きを弾《はじ》いた。シャナの連続した突きも、ロウが扱う八の字を描《えが》く剣先で簡単に弾かれる。

これはロウの剣術のほうが、シャナより上か。

ロウは割れた顎を強調するかのように、顔をシャナへ突き出した。

「かかかかっ、どうしたよ！　女エルフ！」

シャナは動揺《どうよう》したのか、綺麗な顔を歪《ゆが》ませる。

「くっ――」

焦《あせ》ったように細剣《レイピア》を振り回《まわ》した。

「今度はこっちからいくぞ」

ロウは左右の手に、素早く剣を持《も》ち替《か》える変幻自在《へんげんじざい》の動きを見せた。

独自の介者剣術かは不明だが、癖《くせ》のある動きにシャナは戸惑《とまど》う。

細剣《レイピア》が空ぶってしまう――。

ロウは一気にシャナとの間合いを詰《つ》めて、左手に持つ幅広の剣でシャナの左腕の薄皮《うすかわ》一枚を斬りワザと浅い傷を負わせていた。

「きゃっ、痛――」

シャナが怯《ひる》んだ隙《すき》にロウは右手でシャナの武器を持つ腕を叩《たた》く――。

彼女は細剣《レイピア》を地面に落としてしまった。

唯一《ゆいいつ》の武器であるレイピアを落としても、シャナの表情は変わらない。

むしろ、目付きを鋭《するど》くさせている。何か、隠《かく》し玉があるのか？

えっ、口？　シャナが口を開いた瞬間《しゅんかん》、首輪の青い宝石が光った。

その直後――衝撃波《しょうげきは》？　地面が揺れ、空間が揺れたように感じられた。

衝撃波は一種の共振《きょうしん》のように路地に響き渡《わた》っていた。

ロウを含《ふく》め、側にいた二人の男に衝撃波は直撃《ちょくげき》。ロウは耳から出血し膝《ひざ》をつく。

他の二人も失神したように倒れて痙攣《けいれん》していた。

『閣下、大丈夫《だいじょうぶ》ですか？』

精霊《せいれい》ヘルメが耳を塞《ふさ》いだポーズで視界に現れる。

『あぁ、大丈夫だ』

『あの首輪にある魔宝石《まほうせき》、魔力がかなり内包されています。しかし、声による攻撃とは珍しいです』

声による〝衝撃波〟攻撃《こうげき》か？　これ、耳が……。

距離《きより》をとって見ている俺たちにまで強烈《きょうれつ》な衝撃波が来た。

ヴィーネは両耳を塞いでいた。黒豹の相棒も耳を凹ませて俺の後ろに隠れている。

しかし、ロウたちの姿から見るに、ある程度の指向性があるようだ。

「こっちまで響いたぞ？　ロウ！　大丈夫か？　高い金取っておいて、殺られるなよ？」

耳を塞ぐ吟遊詩人の男が焦ったような表情を浮かべて、そう話している。

「――あぁ、糞《クソ》、耳がやられちまった。まぁ少しは聞こえてるから大丈夫か。しかし、変な魔法攻撃をしやがって、最初は殺すつもりはなかったが、気が変わった」

「そんな……効いてないの？」

ロウは立ち上がりながら頭を振って喋《しゃべ》っていた。

素早く魔力操作を実行。足に魔力を込めたロウは瞬時《しゅんじ》に驚《おどろ》くシャナに近付くと。

――シャナの腹へ強烈な蹴《け》りを喰《く》らわせた。

シャナは甲高《かんだか》い悲鳴をあげて壁《かべ》に激突《げきとつ》――ロウはゆっくりと歩く。

卑《いや》しい笑みを浮かべて、その激突したシャナに近寄った。

シャナは気を失っているのか動いていない。助けるか。

「――なんだ⁉　姿が変わってやがるっ」

ええ？　なんだあれ、彼《かれ》が驚くのも無理はない。

シャナは気を失い魔法の制御《せいぎょ》が切れたのか、分からないが、突如《とつじょ》、水の繭《まゆ》に包まれた状態で下半身が魚、そう、人魚になっていた。もう、さすがに見るのはここまでだ。

「お前ら、そこまでだっ！」

俺は強めな口調で言い放つ――ロウは俺の声が聞こえると、頭を振るような動作をしながら背後に振り返って俺を見た。

「……ちっ、助けだと？　物好きな野郎《やろう》だ――おい、吟遊詩人のエイランだったか？　あの金は女を殺すだけだよな？　もっとよこさないと、あの男と連れは殺らんぞ？」

ロウの物言いに、吟遊詩人のエイランは焦ったような表情を浮かべていた。

「何？　わっわかった！　全財産をお前にやる、だから女だけでも殺ってくれ！」

ロウはしょうがないといった感じに、俺たちを睨みつけてくる。

少し、遅《おく》れて人魚になった女を見据《みす》えていた。

「余計な仕事が増えちまった。女はいたぶって楽しむつもりだったが、しかし人魚か。確保すりゃ大儲《おおもう》けだな……」

「そいつが人魚だろうが、約束は殺すことだぞ……」

エイランは楽器を鳴らし低い声で、ロウへ忠告していた。

「ちっ、りょ〜かい」

そんなやりとりは無視。俺は魔脚《まきやく》で素早く移動――。

ロウを追い越《こ》した。水の繭が溶《と》けて人魚の姿のシャナに近寄る。

「――ご主人様？」

「ヴィーネはあの吟遊詩人と残りの仲間を逃《に》げないように確保するんだ」

「はいっ」

ヴィーネは早速、吟遊詩人を押さえ込んでいる。

シャナに視線を戻すと、そこに黒猫《ロロ》がいた。

シャナの下半身、魚の部位へ鼻を寄せている。くんくんと匂いを嗅《か》いで鱗《うろこ》をぺろぺろすると、片足で鱗をぽんぽんと叩いて猫パンチを始めていた。

「ロロ、それは食べ物じゃないからな？　守るように」

「にゃっ」

黒猫《ロロ》は尻尾《しっぽ》を立てて、『了解《りょうかい》にゃ』というように鳴く。

よし、あいつを倒すか。振り向《む》き、

「さて、俺に見つかったことを神に恨《うら》むんだな、ケツアゴ男」

瞬時に魔《ま》槍杖《そうづえ》を右手に出現させる。そのまま前傾姿勢で突進。

ロウは長剣を突き出して反応を示すが――遅い。

下から振るった魔槍杖でロウの突剣を弾きつつ、その持ち上げた魔槍杖の角度を、俄《にわか》な速度で右斜《なな》め下に変化させた。一気にその紅斧刃《べにおのば》を――振り下《お》ろす。

狙いはロウの足、内腿《うちもも》だ――。

魔槍杖の紅斧刃は、ロウの内腿へめり込んだ。歪《いびつ》な音を立て、その股《また》を切断。

「――えっ？　ぎゃぁぁぁ、あし、あしがぁぁ……」

そのままロウは崩れるように倒れた。出っ張った顎を上向かせて叫びながら白目を剥《む》くと意識を失った。ロウを倒し終えると、背後にいた吟遊詩人の男と失神していた男たちはヴィーネの手により一箇所《かしょ》に集められていた。俺は吟遊詩人の下へ走っていく。

「おっ、おねがいだ。金なら払《はら》う……見逃《みのが》してくれないか？」

吟遊詩人のエイランは怯《おび》えた犬のように震《ふる》えている。

「だっ、そうだけど、どう思う？」

ヴィーネに聞いてみた。

「処刑《しょけい》でよいかと」

そうだな。

「ひぃぃ、ぼっぽくの持ち物、すべてを全部渡す……どうか命だけは……」

ヴィーネの言葉にエイランは焦燥《しょうそう》した表情を浮かべて脅《おび》えている。

「命乞《いのちご》いをしているから助けてあげるか。あの楽器は俺が貰《もら》うからな？　それと、金輪際この都市に近付くな。もし、また見かけたら殺す。どこか遠いところに消えることだな。あと、持ち物をすべて置いていけ——ほら、すぐに裸《はだか》になれよ」

「は、はいぃ」

エイランは声を震わせながらも、すぐに裸となり路地から走り去っていった。

残ったロウの仲間たちは気を失った状態。

とりあえず、その男たちの身ぐるみも剥《は》ぐとする。

「お優《やさ》しい判断ですね」

『ヴィーネに同意します、お尻《しり》を突き刺すべきです』

ヘルメのSは分かっているので無視。

「……気まぐれだ。ヴィーネ、金だけ回収」

「はい」

気を失った奴らは殺すことはせずに、金だけ取ってその場で放置。

さて、あの倒れている元女エルフ、シャナだった人魚をどうするか。

まだ、彼女《かのじょ》は気を失った状態だ。丁度、家に帰る時だったし、運んであげるか。

シャナを持ち上げて、お姫様抱《ひめさまだ》っこを行う。軽い。

「シャナをここには置いておけないから、家まで運ぼうと思う」

「はい。でも人魚とは珍しいですね」

「やはり、珍しいんだ」

「えぇ、そのはずです。東の【サーマリア】では珍しくないようですが」

【サーマリア王国】、ユイの故郷か。ローデリア海に面した国で南マハハイム地方の右端《みぎはし》の国。【レフテン王国】の右下で、【オセベリア王国】の右だったっけか。

「……へぇ、あっ、そこに落ちている楽器。ヴィーネ、拾って持ってきて」

「はいっ」

ヴィーネはギターのようなリュートを拾って戻ってきた。

「んじゃ、家に急ごう」

お姫様抱っこしながら歩き出す。

魚の部分は少し隠すが、まぁバレても俺《おれ》が食うと思われるだろう。

「にゃ」

そこに、黒猫《ロロ》が俺の肩へと跳躍してくる。

肩の上から眠るシャナの顔を覗《のぞ》くと、黒猫《ロロ》は前足を伸《の》ばして、シャナの濡《ぬ》れた金髪とじゃれた。そんな可愛《かわい》い行動を微笑《ほほえ》ましく見ながら、路地を進んだ。

家近くの大通りに出た時――通りの真ん中で騒《さわ》ぎが起きていた。何だろと、通りをよく見ると……裸で逃げたエイランの死体が転がっていた。

うはっ、まじかよ。エイランの死体には馬車の跡《あと》がくっきりと残っていた。

「逃がしてやっても、こうなる運命だったとは」

……人生朝露《あさつゆ》の如し。

「……」

ヴィーネは表情を崩さず。ゴミ屑《くず》でも見るかのような顔で、エイランの死体を見る。

コワッ……さ、さて、嫌《いや》なことは忘れて家に戻ろっと。

武術街の通りに入ると、行《い》き交《か》う人々の様子も少し変わった。

皆《みな》が皆が、剣呑《けんのん》たる雰囲気を醸《かも》し出している……。

種族は様々だが、剣士、槍使《やりつか》い、斧使《おのつか》い、盾持《たても》ち、近接戦闘《せんとう》職業を持っていそうな奴らばかり。綺麗《きれい》な女をお姫様抱っこしているから皆が注目してきた。

そんな好奇《こうき》な視線を浴びながら家に到着《とうちゃく》。一応、彼女の顔は隠す。

ヴィーネが大門を開けてくれた。俺たちが帰って来ると中庭を掃除《そうじ》していた虎獣人《ママニ》と小柄獣人《サザー》が走り寄ってくる。

「「──おかえりなさいませっ」」

「おう。自由にしていいぞ」

「はっ」

「はい」

皆、眠るシャナに視線を向け、不思議そうな表情を浮かべていた。

が、特に質問はしてこない。

ま、当たり前か。シャナをお姫様抱《だ》っこした状態でヴィーネを伴《ともな》い母屋に入った。

さて、戻ってはきたが……このままシャナさんを普通《ふつう》に寝《ね》かせるより、水が近くにあったほうがいいんだろうか。一応、ヴィーネに聞いてみる。

「ヴィーネ。このシャナさんだけどさ、水場のほうがいいの？」

「はい。そのほうがよいかと」

ヴィーネはまだ楽器を手に持った状態だ。

早速《さっそく》、二階の塔《とう》の間にある風呂《ふろ》へと向かう。

シャナさんを抱っこしながら〈生活魔法〉を使った。

バスタブへお湯を溜《た》めていく。お湯が少し溜まったところで生活魔法をストップ。

シャナさんを優しく床《ゆか》タイルに置く。

彼女の革服《かわふく》と下着も脱《ぬ》がせた。腰は括《くび》れもあって痩《や》せている。

が、大きいおっぱいぷりんさんに視線が集中。偉大《いだい》なおっぱいさんに、敬礼したい。

何かイヤラシイ気分になってしまう。上半身裸で下半身が魚の彼女をバスタブの中へ入れてあげた。何故《なぜ》か、黒猫《ロロ》もバスタブの中に入った。シャナの下半身の鱗を一生懸命《いっしょうけんめい》にぺろぺろと舐《な》めている。

……すると、そのシャナが目を開けた。

「ヘァ……あぅ、くすぐったい、ここ……あっ……」

「やぁ、気付いたな？　【迷宮の宿り月《めいきゅう》】で歌っていたシャナさんだっけ。俺の名は、シユウヤ・カガリ、冒険者《ぼうけんしゃ》だ」

シャナさんは綺麗な緑の瞳をぱちくりとさせた。

彼女は、濡れた金の長髪を耳の裏に通しては、周りを窺《うかが》う。そして、自分の姿を確認。

「え？　人魚に戻って……きゃ？　きゃぁ、変態っ」

「いや、変態もなにもなぁ？」

と、ヴィーネに顔を向ける。

「はい。変態ではないです……でも、レベッカ様が、すけべぇ過ぎると言っていました」

彼女は冷静に語っているが、頬《ほお》を紅《あか》くしている。俺は思わず、目をぱちくりさせた。

ま、俺はエロに関しては変態だからいいが。

その、すけべぇのニュアンスは、どうも引《ひ》っ掛《か》かる。

「……まぁ、どっちでもいいや。それで、シャナさん。ロウに襲われて気絶していたところを、俺たちが助けたんだよ」

「えっ、あっありがとうございます……でも、わたしを食べる気ですか?」

ん? 食べる?

「何故?」

「え!? 食べないのですか? 人魚のわたしを? 体が若返りますよ?」

思い出した。ヘカトレイルで酒飲みながら酌婦《チェリ》から聞いた話にそんなエゲツナイことがあるんだ。とか、前に考えていた。

「……食わないよ」

俺はヴァンパイア系の光魔《こうま》ルシヴァル。

不死だ。ま、ここは同じ女性であるヴィーネに話を振っておこう。

「ヴィーネは人魚について、何か知っている? シャナさんは怯えているが」

「はい。知っています。地上でも人魚は狩《か》りの対象として長い歴史があるようですね。わたしがよく知る地下世界にも大きな地底湖があります。そこで人魚とノームとダークエルフたちが地底湖の領域を巡《めぐ》って争いを起こしている地域もあるのです。人魚は捕《つか》まえたら魔《ま》導《どう》貴族に推薦《すいせん》が得られると言われていました。効果は薄《うす》いようですが、貴重な秘薬の原材料になるとか、若返りの話は本当のようです」

ヴィーネは視線を鋭くさせながら語る。完全に逆効果だった。

シャナはヴィーネの一言一句にびくついて体を動かして喉《のど》にある首輪を触《さわ》っている。

『閣下、氷漬《こおりづ》けにして、お魚お尻の標本にしますか?』

『いや、しないでいい』

精霊のヘルメはシャナの敵対行動にイラついたのか頬を膨《ふく》らませて視界に登場した。

何故か、手に持った注射器をシャナの方向へ向けているし。

『大丈夫だから、見とけ』

『は、はい』

ヘルメはがっくりとした顔を見せると、くるりと回転しながら消えていく。

「……あの衝撃波のような攻撃はやめてくれよ? 俺たちは何もしない」

「……本当に?」

ジロッとした視線で睨みを利《き》かせるシャナ。

「そうだ。今、長々と語っていたのは、従者ヴィーネ。俺が指示しないかぎり彼女は、君を食べたりはしない」

「そ、そうですか。あっ、実はわたしを油断させて――どこかに売るつもりですね？　わたしなら白金貨三十枚は軽く超《こ》えるかも知れない……でも、命を助けてくれたことは、素《す》直《なお》に感謝します。ありがとう」

「えーと、一人で話を進めるなよ？　売るつもりもないし、そもそも、なんで人魚が人族の街に来たのさ」

俺の言葉を聞いたシャナは頭を上げて「これです！」っと、おっぱいをぷるるんと震わせつつ首輪を一瞬《いっしゅん》、強調。

「はぅあ、あぁ。わたし、裸……どこを見てるのですかっ……きゃぁぁぁ、変態！」

すぐに両腕《りょううで》で、ぷるるんっと揺《ゆ》れたタワワな果実《おっぱい》を隠しつつ魚の下半身をくねらせる。

桶《おけ》の水が波打って外へ流れ落ちた。自分で胸を見せていただろうに……。

シャナの頭は大丈夫《だいじょうぶ》か。春風駘蕩《しゅんぷうたいとう》の天然ちゃんで可愛いが……最初のイメージと違う。

「……それいいから、美人さんの、癒やしの歌姫《うたひめ》のイメージを返してくれ……」

黒猫《ロロ》は波打つ水にびっくりしながらも、じゃぶじゃぶと泳いでいる。

少し文句を言うように話を続けた。

「さっきから裸だっただろうに……」

「はは、そうですよね。あっ、黒猫《ロロ》ちゃん。大丈夫でしたか？」

シャナは同じバスタブで遊ぶ黒猫《ロロ》に気付くと、黒猫《ロロ》の頭を触ろうと手を伸ばすが、その手をまた引っ込めつつ胸を隠して、俺を睨んだ。

もう彼女に突っ込むことはしない。

ま、おっぱい芸術大臣の俺だから、その大きいおっぱいさんは、しっかりと、鑑賞《かんしょう》したけどな！　が、すけべぇは、ここまでだ。シャナの首を見ながら、

「それで、シャナの首輪の石は特別な物だと分かるが……」

シャナは腕で胸を隠しながら、

「そうです。歌翔石《かしようせき》は、希少な魔宝石の一つ、人魚《セイレーン》だけが扱える魔響石《まきようせき》という名もあります。首に装着することで魔力が上がり歌の力が増すんです。人魚にとって貴重な宝石。しかし、宝石の魔力は有限で輝《かがや》きを失うと魔力も失ってしまうんです」

と、首に装着している宝石のことを語っていた。

「その魔宝石を目当てに迷宮都市へ？」

そう質問すると、彼女は綺麗な緑色の瞳《ひとみ》を震わせた。ジッと俺の目を見据えてくる。

第百二十七章「キッチンに立つ、槍使い」

彼女の顔色を見ていると、どこまで話していいか思案しているような印象を受けた。

俺は、黙って……自然体を意識しつつ頷《うなず》き、話を促《うなが》した。

「……そうです。人魚の一部にはスキルの〈海神の加護〉、〈海声〉、更《さら》には秘密の特殊《とくしゅ》スキルの〈海神の許し〉があります。その〈海神の許し〉を使用して呪文《じゅもん》を唱えるとエルフ型に変身できるのです。しかし、莫大《ばくだい》な魔力を消費します。だから、魔力を永遠に失うことのない魔宝石の秘宝《アーティファクト》と言われる〝紅玉《こうぎょく》の深淵《しんえん》〟を探すために、わたしは人魚や海の生物たちの故郷である【セピトーン街】を飛び出して、南の海から北へ北へと長く旅を続けて……【迷宮都市ペルネーテ】にまで辿《たど》りついたんです」

へぇ、スキルに呪文に秘宝か。俺が黒猫《ロロ》との約束で手に入れた〝玄樹《げんき》の光酒珠《こうしゅだま》〟のようなアイテムかな。興味はある。

「紅玉の深淵。そんな秘宝が、ここの迷宮都市に？」

「分かりません。噂《うわさ》も聞いたことがないんです。わたしはクランに所属してないですし、迷宮の深層には挑戦《ちょうせん》できそうもないですからね。ただ、北のゴルディクス大砂漠《だいさばく》にある古代遺跡《いせき》に秘宝《アーティファクト》が眠っているという噂なら聞いたことがあります。だから、そこへ行けるぐらいの力と資金を得ようと冒険者と歌い手の活動を続けているんです」

古代遺跡は好きな言葉だ。ロマンがある。

「……そういうことか。シャナは最高の歌手だ。女エルフの姿もいいが、あの歌声は素晴らしい。聴《き》いていて、いつも食堂で癒やされていた——な?」

と、ヴィーネに話を振る。そのヴィーネは微笑みながら頷く。昔を思い出すようにして、

「はい。未《いま》だに耳に残っています。地下都市や北の都市にも歌い手は豊富にいましたが……あれほどの波動的な癒やしの声を聴いたのは初ですね」

「ふふっ、ありがとうございます。シュウヤさんたちは、善い人たちのようです。今度、歌を聞いてみますか?」

おぉ、近くで聞けるのは嬉《うれ》しいかも。

「是非《ぜひ》、聞きたい」

「あのような最高の歌は、是非聴《き》きたいぞっ」

ヴィーネも素の感情を表に出して同意していた。

「そういや、ヴィーネの持つ楽器を弾いてみるか、貸して」

「はい」

楽器を受け取る。床のタイルに腰を下ろした。瞑想《めいそう》でもするように胡坐《あぐら》を掻《か》く。

胸に抱《かか》えたリュートを弾いていく。

「ご主人様は音楽を？」

「――そうだよ。軽くたしなむ程度だ」

前世の頃《ころ》だからな。弦《げん》はギターに似ている、複弦だから違うか。ここを調弦して……。

少し弾いていく――Ｇから、Ｄに、Ｅｍと――まだズレがあるな……弄《いじ》る。

少しずつ、音を合わせていく。日本の古いポピュラーな曲を弾いてみた。

どこか懐《なつ》かしい曲。弾き終わると――ぱちぱちと手を叩く音が響いた。

ヴィーネだけでなく、シャナも感動したような表情を浮《う》かべて拍手《はくしゅ》してくれた。

黒猫《ロロ》も六本の触手《しょくしゅ》全部を使い、バスタブを叩いている。

黒猫《ロロ》の場合は少し違《ちが》った。水をばしゃばしゃ叩いているだけだ。

落ちても知らんぞ。と、泳ぎが上手《うま》かった黒猫《ロロ》さんだったな。

「ご主人様……どこか切ない曲ですね」

ヴィーネは、うっとりとした表情を作りつつ、そんな感想をくれた。

「いい曲ですね～、心に染《し》みるいい曲です」

シャナは弾き始めの態度とは違う。感心したような表情を浮かべていた。

「シュウヤさん、その曲は宿や店では披露しないんですか？」

「これは趣味《しゅみ》だからなぁ、金を稼《かせ》ごうとは思わないよ」

「そうですか、勿体《もったい》ないです」

「ご主人様には驚かされてばかりです。まさか、音楽を学ばれているとは……わたしはなんて幸せ者なんでしょうか」

ヴィーネは切ない表情を浮かべていた。銀色の虹彩《こうさい》が揺れて瞳を潤《うる》ませつつ俺のことを見つめ続ける。きめ細かな青白い皮膚《ひふ》が、わずかに朱色《しゅいろ》を帯びた。

青色と薄紫色《うすむらさきいろ》が混ざる魅惑的《みわくてき》な唇も、口紅を新しく塗《ぬ》ったように、朱《しゅ》に染まる。瞳をうるうるとさせて、カワイイな。

「……はは、いつかまた違う曲を聞かせてやるさ」

「はいっ」

ヴィーネは片膝《かたひざ》を床へつけて頭を下げていた。シャナに視線を移す。

「それで、人魚から人型に変身するスキルがあるなら、その人型には戻《もど》らないのか？」

「戻ります。でも、変身した直後は魔力を膨大《ぼうだい》に消費するせいで、すぐに寝ちゃうんです……助けて頂いたのに、すみませんが、寝台《しんだい》を貸して頂けますか？」

シャナは視線を泳がせつつ塔内《とうない》を見回す。すまんが、ここには無いんだよな。

「一階に寝台がある。今、着替《きか》えてからそこに行く？」

「いえ、変身には水が必要なのです。このバスタブにある水分量があれば変身できます」

「水が必須《ひっす》か、なら、寝ちゃいなよ。俺が下の寝台に運んであげるから」

「ありがとう……優しい方なのですね。人魚になると、水がなければ死んでしまいますから。シュウヤさんには二重の意味で命を助けられたのです。本当に、ありがとう」

シャナは真面目《まじめ》な表情を浮かべてお礼を言ってきた。温和で優しそうな子だ。

「いいって、助けられて良かったよ。美人さんだし」

「ふふ、口がお上手ですね。では変身します」

微笑んだシャナに少し胸が高まったのは、内緒《ないしょ》だ。

シャナは目を瞑《つぶ》り首輪にある青い宝石に手を当て、小声で祈《いの》る。

だんだんと、その祈声は、歌へと変わっていく。首輪の青い宝石が光る。

「海神セピトーン、神の業に青の虹花《にじばな》と魔力を合わせたまえ――」

失われた一部を取《と》り戻す
人、エルフ、人型の体を欲し

私は地上を歩く
神によって失われた物を取り戻す
わが願い叶《かな》えるため
海の神と水の神よ、許したまえ

歌のような魔法《まほう》、スキル？
歌が終わるとバスタブの中に入っていた水が光り出す。
そのバスタブの光った水は、シャナの下半身の魚部位に集結した。
バスタブの中にあった水が瞬《また》く間《ま》に減った。更に、シャナの全身を光る水の繭が覆《おお》う。
刹那《せつな》、鱗が肌色《はだいろ》に変化しつつ下半身が割れながら足が形成された。
一対《いっつい》の美しい足の誕生だ。俺は彼女のあそこを凝視《ぎょうし》。つるつるではない。
金色のお毛毛が生えている！　と、テンションが高まった。
完全に女エルフの姿へ戻っている。
「……」
覆っていた水の繭が崩れるように消失。シャナはバスタブの中で倒れるように眠った。
黒猫《ロロ》も遊ぶのを止《や》めて、眠ったシャナを見つめていた。

「あんな魔法、初めて見ました。人魚特有の特別な歌魔法、スキルなのでしょう」

俺もだが、ヴィーネも知らなかったようだ。

『閣下、わたしも初めて見ました。水神様と海神様の眷属《けんぞく》の力も合わさった不思議な魔法かスキルだと思います。水の精霊さんたちが喜んでいました』

さすがは常闇《とこやみ》の水精霊ヘルメ。ヘルメの視界はきっと不思議なモノなんだろうな。

『ヘルメの視界は面白《おもしろ》そうだな』

『はいっ、視界を貸しますか？』

ヘルメは俺が魔力を注ぐのを待っているのか、目つきがとろーんとしていた。

『うん、貸して』

そこで魔力を注ぐ。ヘルメはすぐに消え、

『ンッ……アァ』

喘《あえ》ぎ声は無視。視界はサーモグラフィーのみ……だよな。期待して損した。

『今までと変わらないな』

『えっ、は、はい』

そんな念話はシャットダウン。床タイルに置いた濡れた服に視線を移す。

「このシャナの服とかは干しとくか」

「そうですね、わたしも手伝います」

バルコニーに出て、そこにある物干し竿に、シャナの服をかけた。

そうして、塔の内部に戻った。バスタブの中で寝ているシャナを見て、

「んじゃ、シャナを運ぶ」

「わたしが運びましょうか？」

「いや、いいよ」

シャナのおっぱい……いや、紳士《しんし》を貫《つらぬ》く。シャナを抱っこして一階の寝台に運ぶ。

寝かせてあげた。その寝台の上に黒猫《ロロ》さんが跳躍《ちょうやく》。また遊び出している。

「ロロ、シャナが寝ているんだから止めなさい」

「にゃ……」

黒猫《ロロ》は耳を凹《くぼ》ませた。しょんぼりしたような表情を見せると……。

俺の足下《あしもと》にトコトコと歩いてきて小さい頭を衝突《しょうとつ》させる。甘《あま》える仕草がまた可愛い。

さて、鏡を設置しないと。アイテムボックスからパレデスの鏡を取り出した。

「鏡はそこに置くか」

部屋の隅《すみ》に鏡を設置。これで二十四面体《トラペゾヘドロン》を使えばいつでもここに戻ってこられる。

「それじゃ、食事にしようか。お前たちも腹が減っているだろ？」

「お腹《なか》が鳴りそうなぐらい、減っています」

「にゃおおん」

黒猫《ロロ》は『腹減ってるにゃ〜』的な気合いな声だ。

「はは、んじゃキッチンルームへ行こう」

俺はヴィーネと黒猫《ロロ》を連れてキッチンルームへ向かう。

カウンターバーの向こう側にあるキッチンは結構広い。

中央に調理用の机と左に竈《かまど》が三基ある。棚《たな》に小さいフライパンと大きいフライパン。

鉄板に鉄鍋《てつなべ》と食器類に火打ち石も置いてある。薪《まき》は棚の下に積み重なっていた。

右には水樽《みずだる》と何種類かある油が詰まった樽。塩の樽と小麦粉の樽もあった。

卵専用の篭《かご》と野菜が入った樽などが並ぶ。

その野菜はどれも新しい。冷蔵庫はない。野菜が新鮮《しんせん》ということは、常に在庫を新しくしていたということだ。家具も新品だし、あのふくよかな女商人のキャロルさんは、実に気配りが利いている。使用人らしき人は見かけなかったが、きっと毎日この屋敷《やしき》で掃除を含めて色々と仕事をしていたんだろう。何回も思うが、やはり高額な物件なだけはある。

そんなことを考えてから、ヴィーネに、

「少し料理を作るのに時間がかかるから、リビングで待っていてもいいぞ」

「いえ、手伝います」

「そっか、なら竈に火を起こしといて。それと調理台にナイフ、ゴブレット、木製のボウル、小皿を置いて油、塩、卵をその小皿に用意。あと、薄緑色《うすみどり》の丸形野菜を切っておいて微塵《みじんぎ》切りで」

「分かりました」

ヴィーネは素早《すば》く竈に移動し、火をつけていった。

「にゃ？」

足下で『何をすればいいにゃ？』的に頭を傾《かし》げて鳴く黒猫《ロロ》さんだ。

「お前はおとなしく見ていろ。ここで遊んじゃ駄目《だめ》だからな？」

「ンン、にゃぉ」

黒猫《ロロ》は『分かったにゃ』的に鳴くと、調理台の端《はし》に飛び乗っては、人形のようにちょこんと座《すわ》り待機していた。さて、ずっと前に買っておいた肉を出すか。

アイテムボックスから食材袋《しょくざいぶくろ》と黒飴水蛇《シュガースネーク》から採れた黒の甘露《かんろ》水が入った水差しを一個取り出す。その食材袋から、パン、肉、野菜を取って、まな板の上に置いていく。ヤゼカポスの短剣《たんけん》は使わず、古竜《こりゅう》の短剣を使い、ルンガの肉塊《にっかい》を刻む。

挽《ひ》き肉《にく》用のミートチョッパーがあれば楽なんだけどなぁ。いや待てよ。切らずに潰《つぶ》すか。

魔闘術で腕《うで》を強化。肉を握《にぎ》る手に力を入れて肉を潰しながら何回か握る――。

肉は、ぐにゅりと潰れて、親指と人差し指の間から上手い具合に挽き肉がこぼれてきた。

黒猫《ロロ》が真新しい挽き肉を見て、片足を伸ばす。

が、途中《とちゅう》で片足を震わせて、美味《おい》しそうな肉に触らず、我慢《がまん》していた。

目の前の肉が欲《ほ》しくて、一心不乱に見つめている。

猫《ねこ》らしく瞳が散大している。真剣《しんけん》な表情と分かる。カワイイ……が、注意しておくか。

「ロロ、あとで、いっぱい食わせてやるから、今は我慢してくれよ？」

「……にゃ」

耳をまた凹ませる黒猫《ロロ》さん。

片足を震わせながらも、我慢できたのか引っ込めていた。良い子だ。

そんな黒猫《ロロ》を見ては、自然と笑顔《えがお》となった。幸せな気分で、挽き肉をいっぱい作っていく。挽き肉を作ったあとは〈生活魔法〉の水で手を洗った。

玉葱《たまねぎ》のような野菜も洗ってから皮を剝《む》く。古竜の短剣で、その洗った玉葱野菜を縦に切って――そこから一気に細かく微塵切り――。

トントントントン、スパッ、と、あうあ！　まな板が綺麗に切れてしまった。

……古竜の短剣は止めておこう。その古竜の短剣を左右に払《はら》いつつ胸ベルトに納める。

キッチンにあった違うナイフを利用――そのナイフで玉葱野菜をさくさくっと切っていく。黒猫《ロロ》はそのナイフの動きを追ってきた。ナイフが右や左へと動くたびに紅色と黒色の点のような虹彩がナイフを追う。相棒は飛《と》び掛かってきそうだから、

「ロロ、遊ぶな我慢」

「ンン」

と、まったく喉声が可愛いんだよ。すると、ヴィーネの微笑む声が響《ひび》く。

「楽しそうですね」

「あぁ」

と、ヴィーネは指示通りに木製のボウルと小皿に卵、塩、油を用意してくれていた。

彼女は木製のボウルの中へと、微塵切りにした野菜を入れていく。

一緒《いっしょ》に料理を作ってくれる奥《おく》さんみたいだ。嬉しい気分になった。ヴィーネは手際《てぎわ》がいい。その小皿にある塩を使いキャベツを、もみもみと、あまり握力《あくりょく》を加えずに塩もみをする。それらを木製のボウルに突っ込んでおいた。

あとは卵を割って、塩もみキャベツが入った木製のボウルへ生卵を入れて……。

挽き肉、玉葱、片栗粉《かたくりこ》の代わりになるか分からないが――。

小麦粉と水を少し混ぜていく。まぜまぜ、と――。

最後に黒の甘露水を数滴《すうてき》垂らす。ふぉふぉ。と、なぜか爺《じじい》の心境となった。
「ご主人様?」
「いや、気にするな」
と、自然と、変顔となっていたようだ。
因《ちな》みに、黒の甘露水は隠《かく》し味《あじ》。コーヒーゼリーがあったら入れたんだがなぁ。
食材のスライムとかもゼリー代わりに使えるかもしれない。
その混ぜた肉を一個、一個、丸めてから、大皿の上に置いていく。
挽き肉は、いっぱいあるから大量に作ってしまった。
あとは、これを焼くだけだ。皿を持って竈へと移動――。
竈は、薪と魔石を使うシンプルな物。火力が少し心配だったが杞憂《きゆう》だった。
大きいフライパンの上に油を少し敷《し》いてから――竈の上に載《の》せる。
その熱されていくフライパンに、ハンバーグの元の肉を置いて、焼いていった。
一気に肉が焼ける。いい匂《にお》いが鼻を刺激《しげき》。
胸ベルトから古竜の短剣を出して、その古竜の短剣をヘラに見立てつつ――。
丸い肉をひっくり返して、焼いていく。
古竜の短剣の切っ先を、その焼けたハンバーグへと、ツンッと――刺《さ》して肉汁《にくじゆう》の出具合を確認――いい具合にとろりと肉汁が溢《あふ》れてきた！　よーし。大丈夫《だいじょうぶ》そうだと判断。

大きいフライパンを持ち上げた。調理台に置いた皿に、その焼けたハンバーグを移し置いていく。普通のキャベツも添《そ》えた。これで塩キャベツ入りハンバーグの完成だ。

余った食材はちゃんと袋に入れてから、アイテムボックスへと放《ほう》り込む。

「これで、完成だ」

ヴィーネに、塩だけの地味なハンバーグだ！　と、ドヤ顔を意識。

「にゃおおお」

相棒も喜ぶ。ヴィーネも笑《え》みを湛《たた》えながら、

「はいっ、美味しそうな匂いがします。色々と材料を組み合わせての手間がいる料理なのですね、少しだけ似た調理を知っています」

やっぱりペルネーテは巨大都市《きょだいとし》。ハンバーグと似た料理はあるか。

あまり出回っていないだけで、作られているところでは作られているんだろう。

高級宿の料理にもありそうだ。

「これはハンバーグって名前なんだ」

「はんばーぐ。分かりました」

「リビングルームに運ぶぞ」

「手伝います」

「にゃおん」

リビングの長机にハンバーグが入った大皿とゴブレット、黒の甘露水入りの水差しを置いていく。ゴブレットに黒の甘露水を入れて、氷を数個入れておいた。

赤ワイン系が欲しいところだ。まぁ、それは後々だ。

「さぁ、食べよう」

「はい」

「にゃおおん」

ヴィーネの感想が少し気になる。が、俺は食わずに、彼女の食べる様子を見ていた。

ヴィーネはハンバーグをナイフで刺して口に運んだ。

銀色の虹彩が少し揺らぐ。ぬぬ、失敗か！　と思ったが、

「美味しい……」

ヴィーネはそう語りつつ、顔をほころばせると一気にハンバーグに集中。

俺の視線など目もくれず、もぐもぐとハンバーグを食べていく。

遠慮《えんりょ》して褒《ほ》めてくれたのかなと思ったが、キャベツを食べずにハンバーグだけを狙《ねら》い撃つように食べていく。それは、ハンバーグが美味しいということを如実《にょじつ》に表していた。

黒猫《ロロ》にも皿と水入りのゴブレットを用意。

食わせてみた。普通の猫なら絶対に食わせないが。

黒猫《ロロ》は「ガルルルゥ」と獣声《じゅうせい》を発して、ハンバーグを無我夢中《むがむちゅう》で食べてくれた。ははは、よしよし～。味は大丈夫そうだ。美味しそうに食べている姿を見ると嬉しくなる。よし
――俺も食おう。じゃーん、と、胸ベルトに仕舞《しま》った、この間作ったマイ箸《はし》を取り出す
――。そのマイ箸の先端《せんたん》を、一つのハンバーグに当てて押《お》す。

ハンバーグを割った――少しの力で柔《やわ》らかく割れたハンバーグから肉汁が溢れ出る。

おぉ～と、自分で作っといて、感動する。

その割れた片方のハンバーグを、箸で、更に細かく分断してからその一部を箸で掴《つか》む。

この溢れる肉汁ごとハンバーグの一切れを食べる！

さくっと、じゅわっと、肉汁が口の中に広がった。ハンバーグさんは一瞬で消えた。

――旨《うま》い。程《ほど》よい塩加減と、少しの甘さ。

キャベツと玉葱が挽き肉と絡《から》み合《あ》いボリュームが上手く出ている。

もう片割れの大きいハンバーグを、すぐに口へ運ぶ。もぐもぐと咀嚼《そしゃく》していく。

そこからパンも食べて残りのハンバーグも食べていった。満足する食事となった。

「ハンバーグ、作り過ぎちゃったから、奴隷《どれい》たちにあげるか」

「そうですね、正直、勿体ない気もしますが、ご主人様がそうおっしゃるならば……」

ヴィーネらしく、厳しい意見。

「これを持って奴隷たちのところへ行ってくる」

「あ、わたしが運びます」

「いいよ。俺が運ぶから」

「では、わたしはここを片付けています」

「おう、頼《たの》む」

黒の甘露水の水差しをアイテムボックスに仕舞う。

大皿に残ったハンバーグをパンに載せつつ中庭を歩いて寄宿舎に向かった。

寄宿舎の扉《とびら》は開いたまま。話し合う奴隷たちに向けて、

「よっ、お前たち」

「あっ」「ご主人様――」

急いで、皆が俺《おれ》の下に集まってくる。

「これを皆で食べて欲しくてな。どうせ、まだ何も食べていないんだろ？」

「……はぃ」

「まだです」

「あ、料理をわたしたちに？」

「そうだよ。俺が作った」

その言葉を聞くなり、奴隷たちは起立。宣誓《せんせい》でもするような姿勢で驚《おどろ》いていた。

「悪いが、そんな反応を期待して作った訳じゃない。俺とヴィーネと黒猫《ロロ》が食った余りだ。んじゃ、ここに置いていく。パンもあるから自由に食えよ」

「「はい」」

「「ありがとうございます」」

奴隷たちは頭を下げて気合いが入った声でお礼を言ってくれた。

微笑《ほほえ》みの返事をしてから、離《はな》れの寄宿舎から出た。

中庭の石畳《いしだたみ》を歩きつつ大きい樹木に生えた葉っぱを見ながら……本館の一階にあるテラスを見て玄関《げんかん》を潜《くぐ》る。リビングに戻ると、ヴィーネがキッチンルームから近寄ってきた。

ちょうど片付けが終わったらしい。

「……ヴィーネ、もう夜だし、お前も疲《つか》れただろう。風呂に浸《つ》かって寝るんだ」

「はい、ですが、水属性はないので、ご主人様にお手数をかけるのは……」

「いいって、今入れてきてやる」

「ありがとうございます」

俺たちは二階の螺旋《らせん》階段を上がった。バルコニー経由でバスタブに向かう。

料理を手伝ってくれたし、お湯を入れるぐらいなんてことないさ。

「チャチャッと入れるか、そういや……」

あの頭に蟲《むし》がついてるフーは水属性持ちだったな。

こっちで身の回りのことをやらせてみるか。近くで蟲を観察したいし。

そんなことを考えつつ、風呂にお湯を入れていると、

「ご主人様……」

背後からヴィーネの声。振《ふ》り返《かえ》ると——一枚のバスタオルで体に巻くように、皮布で悩《なや》ましい体を隠しているヴィーネの姿があった。胸元《むなもと》を隠すように皮布を押さえている片腕《かたうで》が少し震《ふる》えている。銀の仮面を装着していない。

ヤべェ……上からヴィーネの体を舐《な》めるように視線が動く。

長い銀髪《ぎんぱつ》を恥《は》ずかしそうに纏《まと》める仕草もいい……。

自然と、双丘《そうきゅう》の膨らみへと視線を集中してしまう。

「ご主人様、お湯が……」

あぁ、溢れちゃった。

「あぁ、すまん、入っていいぞ」

ヴィーネは皮布を取っぱらい、裸《はだか》となった。女神《めがみ》は笑みを浮かべて、

「――ご主人様も入りませんか？」

と、珍《めずら》しくそんなことを言ってくる。その皮布は俺が脱《ぬ》がせたかった。

彼女《かのじょ》は恥ずかしいのか、青白い頬が全体的に朱色に染まっている。

もう冷然な瞳ではない。俺の音楽を聴き終わった時に見せていたような、潤んだ瞳だ。

そして、その銀色の瞳の中には、飢《う》えた獣《けもの》のような光が宿っている。

あきらかに俺を誘《さそ》う視線だ。美人な女にここまで言わす、俺は駄目な野郎《やろう》だ……。

すまんな、ふがいない男で。俺はその場で、変身するかのように装備一式を脱いでいく。

端《はた》から見たら滑稽《こっけい》だが構わない。

空気を読んでいるのか、常闇の水精霊《せいれい》ヘルメは視界には登場しなかった。

「……入るよ」

ヴィーネの目尻《めじり》が垂れると、艶《あで》やかな色香《いろか》が顔に立ちこめた。

「強き雄《おす》よ、いらして、ください……」

ヴィーネは俺に手を伸《の》ばす。その手を握りつつバスタブに入ると、ヴィーネは目を瞑り
つつ唇《くちびる》を突《つ》き出《だ》す。俺は強引《ごういん》にその唇をこじ開けてキスをした。

甘い味を感じたが熱情のまま抱擁《ほうよう》していく。ヴィーネの舌と俺の舌が絡むと、ヴィーネ

は震えた。そのまま舌だけでヴィーネを昇天《しょうてん》させるように唇の襞《ひだ》をなぞりつつ、優《やさ》しいキスを止めた。顔を離すと「……」、ヴィーネは切なそうに俺の目を見て、俺の唇を追うように唇を突き出してきた。それを止めるように、ヴィーネの豊かな乳房《ちぶさ》を掬《すく》い上《あ》げる。

刹那——「あん！」と、ヴィーネは体が跳《は》ねて弓なりになる。

たった一回乳房を弄っただけで、果ててしまったようだ。

そんなヴィーネの薄紫色と薄紅《うすべに》色の蕾《つぼみ》という乳首を、指の腹で弄りつつ反対の豊かな乳房を吸うように力を込めて舐めていく。「あぁぁぁ」とヴィーネは俺の頭部を乱暴に掴んで髪《かみ》の毛《け》をかき交ぜた。そのまま無我夢中にヴィーネの乳房を揉《も》みしだく。

ヴィーネは体が震えて両腕がだらりと弛緩《しかん》。

「——大丈夫か？」

と、ヴィーネを見ると、そのヴィーネは虚《うつ》ろな表情のまま唇から涎《よだれ》を垂らしつつ……「はい……」と微笑んでくれた。そして、震えるように揺れた唇から「もっと愛を……」と、催促《さいそく》を受けた。そのヴィーネは、俺の額を舐めて、目も舐めては、頬《ほお》を舐めてくる。

そんな興奮したヴィーネの顔を払《はら》うように、彼女の首から鎖骨《さこつ》に舌を沿わせた。

同時に、掌《てのひら》で、豊かな乳房を刺激する。

硬《かた》くなった蕾を、唇で咥《くわ》えてから優しく吸う。その蕾を唇で転がしてから、先端に歯を立てた。「あん！」と突然《とつぜん》な強い刺激を受けたヴィーネは体を震わせる。

続いて、乳房を引っ張るように揉みしだく。

「あん、あぁ、ご、ご主人様……」

と、体が連続で震えてしまったヴィーネは息が荒《あら》くなると、俺を呼ぶ。

しまった、調子に乗りすぎたか。刺激を止めて、ヴィーネを見る。

そのヴィーネは、とろんとした表情を浮かべつつ、俺を凝視。

「……どうしたのだ。あ——あん」

と、俺のそそり立っている一物を見たヴィーネは体がまた震えた。

「これを見ただけで、か……」

ヴィーネは頷きつつ、愛《いと》しそうに一物を見ると、

「……ご主人様の大事な……大きい」

と、喋《しゃべ》ったヴィーネは、またも、体が震える。

そのヴィーネは気を取りなすように頭部を揺らしてから、上目遣《うわめづか》いで俺を凝視。

銀色の虹彩は、ギラついている。

「……ご主人様、サウススターを食べて、本で読んだことを試《ため》していいか？」

「いいぞ」

その瞬間《しゅんかん》、ヴィーネは、俺の一物に頬ずりしてくれた。と、一物の先端にキス。う、びくっと反応してしまう。そのままヴィーネは上目遣いを寄越《よこ》して、自らの舌を、一物にあて、唇と、その舌で、俺の一物を呑《の》み込むように咥えてくれた。

ヴィーネの舌がねっとりと一物に絡む。快感がたまらない――。

「あぁ、気持ちいい。が、ヴィーネ、あまり派手に吸うと……」

「……うぐん――」

ヴィーネは頭部を振るう。もう離さないと腰《こし》に手を回したヴィーネは、俺の一物を深々と呑み込んだ。同時にヴィーネの舌が蛇のように俺の一物に絡みつく。

ヴィーネは頭部で俺の股間《こかん》を襲《おそ》うように美しい顔を上下させた。

「う、た、たまらん――」

本で舌技《したわざ》を勉強しつつサウススターを食べまくったのか！

が、男としては負けられない！

強引にヴィーネの顔を掴んで、股間から離した。

恍惚《こうこつ》としたまま唇を広げているヴィーネは「あぁ……」と声を漏《も》らして、切なそうに……自らの唾《つば》の糸がねっとりと付着した一物の先端を凝視してから……。

やや遅《おく》れて、上目遣いを寄越すと妖艶《ようえん》に微笑んでくれた。

そのヴィーネの頬に指を当てる。

「ご主人様……好きだ」

と、発言しながら俺の指を舐めて咥えてくると、また上下させる。

その指を引っ張りつつ、ヴィーネの唾で濡《ぬ》れた指で、そのヴィーネの唇を優しく労《ねぎら》った。

「……ヴィーネ、上手だった」

「はい……来てください」

と、ヴィーネは両足を広げて、バスタブの端に両足の先を乗せた。

秘部が丸見えだ。俺はわざと、

「どこに？」

と、聞く。刹那、ヴィーネは「あん！」と反応。

腰を上げて、濡れに濡れた銀色の恥毛《ちもう》を晒《さら》す。

「……ここ……あっ」

ヴィーネの下半身が俺を呼ぶようにビクッと揺《ゆ》れている。

「ここだな」

と、わざと一物をずらして太股《ふともも》に当てた。

「あん！　ご主人様のいじわる、ここ……」

と、ヴィーネは腰を持ち上げた。恥毛が微《かす》かに隠す陰裂が覗《のぞ》く。

そこを凝視した刹那「あっ」と、また喘ぎ声が響く。俺が秘部を見ただけでヴィーネは軽く果てたようだ。そのヴィーネは、額に微かな皺《しわ》を作っていた。

「これがほしいんだな」

「……そうだ。熱い愛を……」

ヴィーネの望むまま、彼女の細い腰を両手で押さえつつ、俺は陰裂した秘部に一物をあてがった。

「あぁぁ……きて、きて、止めないで、わたしの初めてを奪《うば》って……」

「――分かった。行くぞ」

そのヴィーネの大事な割れ目を壊《こわ》すように猛《たけ》る一物を秘部に埋《う》め込んだ。

「ああああぁぁぁ」

すぐに腰を引いて、再び、ヴィーネの秘部の大事な肉の襞を焦《こ》がすように、腰を強く打ちつけた。「あぁぁあっぁぁ」。再びだ――俺の記《き》憶《おく》をヴィーネの腹の中に刻むように――。

もう一度、一物を秘部の深部に深々と押し込んだ――。

「あっぁぁぁぁあ」

と悲鳴のような喘ぎ声が何度も谺《こだま》した。腰を引くと、処女の血とヴィーネの愛しい液体が一物に絡む。ヴィーネは一瞬《いっしゅん》、気を失った。「あぁ……ご主人さ、ま……どこ？」

「大丈夫だ。ここだ」

「あぁん……はぃ……」

ヴィーネは自ら腰を下げた。その濡れた自らの秘部で、俺の一物を迎《むか》える。

ヴィーネは長い両足で、俺の背中を押さえてホールドしてきた。

同時に強い快感が俺を支配した。もう止まらない――。

黒猫《くろねこ》のロロディーヌが呆《あき》れるか分からないが、激しい情事は続く。


夜遅《よるおそ》くまでがんばったせいかヴィーネは一階の寝台《しんだい》で熟睡《じゅくすい》中だ。

彼女は普通《ふつう》の従者であり俺の女。

そして、俺は光魔《こうま》ルシヴァル。

光魔ルシヴァルは、ヴァンパイア系の亜種《あしゅ》と言える。〈眷属の宗主《そうしゅ》〉というスキルを用いて、自らの血を分ける形で、光魔ルシヴァルの最初の〈筆頭従者長〉を生み出せる。

この美しい寝顔《ねがお》のヴィーネを、最初の〈筆頭従者長〉に迎え入《い》れたい。

眷属、いや、家族にしたい……が、これは慎重《しんちょう》に行う。

種族を俺の都合で変えるのだからな。

彼女は俺がヴァンパイア系の新種だと分かっていても、受け入れてくれた大切な女。

俺が望めば、きっと承知するだろう。だが、もし、俺の〈筆頭従者長〉になったら、日の光を奪うかもしれない。ダークエルフとしての種族の誇《ほこ》りを奪うかもしれない。

今のヴィーネでは、なくなってしまうかもしれない。

そう、俺は怖《こわ》いんだ。今の関係でもいいかなと思う心も少なからずある。

説明に〈筆頭従者長〉となる人型生物は自意識を保ち、今まで取得してきた経験とスキルを継承《けいしょう》した状態で、宗主の血によってヴァンパイア化する。とあるから性格が変わると考えるのは早計かもしれないが……近いうちに、このことを告白してみるか。

そんな自問自答をしていると、ヴィーネの隣《となり》で一緒に寝ているシャナが寝言を言っていた。足下で、黒猫《ロロ》も丸くなって寝ている。俺は眠《ねむ》くない。

えっちをしたせいも多少はあるかもしれないが、毎回のことだからな。さて、

「……」

そうっと、彼女たちを起こさないように、足を忍《しの》ばせながら寝室から出た。

螺旋階段を上り板の間経由でバルコニーへ向かう。

塔《とう》のバスタブルームに置きっぱなしだった鎧《よろい》、胸ベルト、外套《がいとう》、を回収。ちゃんと身なりを整えて、ラジオ体操は、しない。深夜過ぎの空気をゆっくり吸ってから空を見上げる。

真珠《しんじゅ》、ダイヤモンドを砕《くだ》いたような星々の煌《きら》めきを掌で掴もうと虚空《こくう》を掴む――。

昔から、こうやって宇宙を見ることが好きだった。

深呼吸をしながら中庭へと視線を戻す。少し訓練をやるか。

〈血鎖《ちぐさり》の饗宴《きょうえん》〉はまた今度でいいや、槍《やり》と剣《けん》の訓練をしよう。

そう思い立つと、小さい柵《さく》の上に足を乗せてからジャンプした。くるくる前回転しながら、中庭の石畳に着地する。魔竜王《まりゅうおう》のグリーブから石を潰すような音が鳴った。音が周りに響いたが、皆《みな》を起こすほどじゃないだろう。

光源を指輪から発生させる――。さて、訓練相手を想像しようか。

照らす……その光源から滲《にじ》み出たように、複数の強敵を連想。

同時に右手を上げた。外套を左右に広げつつ紫《むらさき》の甲冑《かっちゅう》を表に晒す形だ。

〝武器よ来い〟と念じて、右手に魔槍杖《まそうづえ》が出現。

その右手の魔槍杖をぶんっと音が鳴るぐらいに振り下げた。

――よし〈導想魔手《どうそうまて》〉を発動。魔力の手だが、俺的には第三の手かな。

その第三の手でもある魔力の歪な手《〈導想魔手〉》に〝魔剣よ来い〟と念じる。

魔剣ビートゥが直《す》ぐに〈導想魔手〉の魔力の歪《いびつ》な手の内に召喚《しょうかん》。

その〈導想魔手〉で魔剣ビートゥを握る。魔槍杖を正眼に構えてから訓練を開始。

イメージする相手は槍使いだ。腰を落とした瞬間に一歩前進――。

同時に魔槍杖を真っすぐ虚空へ突き出す〈刺突〉を繰《く》り出した――。

魔槍杖バルドークの紅斧刃《べにおのば》と紅矛《べにほこ》が、槍使いの槍を弾《はじ》きつつ胴体《どうたい》を穿《うが》った。

更《さら》に、〈導想魔手〉が握る魔剣ビートゥで、横から迫《せま》った剣士を薙《な》ぎ払う。

続いて、囲まれたと想定――。

真っすぐ魔槍杖を伸ばした状態から横にステップ。

腰を曲げながら身を捻《ひね》る。爪先《つまさき》半回転で、連続した袈裟《けさ》斬りを避《さ》ける。

そのまま避けた速度を活《い》かす。急角度に、右へと振り向《む》きながら魔槍杖を引く。

そして――引いた魔槍杖を左の斜《なな》め前《まえ》に突き出した。

紅色の矛が敵の胴体を穿つイメージだ。

次に、酷薄《こくはく》な殺気を孕《はら》む凄腕《すごうで》の敵を想定。

俺は持ち上げた魔槍杖の柄《え》で、凄腕の二人の剣士が、繰り出した振り下《お》ろしの剣の峰《みね》を受けた。実際には凄腕の剣士はいない。しかし、凄腕たちの鼓動《こどう》が石畳から響いたような気がした。俺は光魔ルシヴァルとしての力を活かすように、柄を持ち上げつつ、急に、その柄を捻る――二人の剣を、強引に種族の力で往《い》なす。即座《そくざ》に、魔槍杖を振るった。

紅斧刃で、敵の頭をかち割る連想だ――。

そのまま風槍流《ふうやりりゅう》『顎砕《あごくだ》き』を実行――。

近付く敵の歩法を把握《はあく》しながら――その敵の顎《あご》を砕く。

すぐに出現した敵の頭を潰す竜魔石《りゅうませき》――。

更に、出現した敵の顎を、紅斧刃で切断する――。

穂先《ほさき》、石突《いしづき》、穂先の三連撃が『顎砕き』――。

そのまま両手持ちに移行した魔槍杖の穂先を、地面すれすれの位置で止める――。

魔槍杖の紅斧刃が石畳に当たる寸前だ。転がっていた石ころが、風圧で周囲に飛んでいた。

魔槍杖バルドークの柄から片手を離した。

魔槍杖バルドークを握る右腕《みぎうで》を斜め下《した》に伸ばす。紅斧刃が揺れるように端から見えるかもしれない――暫《しば》し待機――動から静……ヨガのポーズを行うように動きを止めた。

その間も〈導想魔手〉は意識している。

〈導想魔手〉が握る魔剣ビートゥは宙空で回転を続けていた。

ちゃんと意識をして魔剣ビートゥの片手半剣を動かせる。今度は静から動だ。

その〈導想魔手〉が握る魔剣ビートゥを、自分の左手に移して跳躍しつつ――右手の魔槍杖を消去した。続けて魔剣の柄巻《つかまき》に、フリーハンドの右手を添えた。

両手剣の握りに移行だ――そのまま両手が握る魔剣を切り下げる――。

と、同時に足場の〈導想魔手〉を片足の裏で強く踏《ふ》み蹴《け》った――。

高く跳躍しながら宙空に月でも描《えが》くように、魔剣ビートゥを振るう。

そのまま、体を捻りつつ回転――。

目が回るほどの勢いで、横回転を続けながら魔剣を振るいつつ周囲を把握――。

――三百六十度、移り変わる視界の中に大門が映る。

両手が握る魔剣ビートゥを消して着地した。勢い余って、中庭から大門の近くまで移動してしまったが、中々いい訓練ができた。

〈導想魔手〉も実戦では、足場と殴《なぐ》りに利用しているが、もっと使いこなして奇抜《きばつ》な戦術を可能にしたい。そう思考しながら、反対の母屋があるほうを見る。

また左手に魔剣ビートゥを召喚。

右手に魔剣を持《も》ち替《か》えながら、胸ベルトにある短剣を左手で抜《ぬ》く。

今度は短剣と魔剣の訓練に挑戦《ちょうせん》。その直後、魔剣を振り下ろす。

光球でできた影《かげ》が揺らめく。俺の剣の軌道《きどう》を影が追った。

右手の魔剣で斜めの斬《き》り下ろしから斬り上げの袈裟斬りの連続を実行。

左手の短剣は、相手の顎先を斬りつけるイメージだ。

短剣で垂直に突き上げる。続けて、爪先半回転を念頭に置きながら――。

敵の攻撃《こうげき》を避けて躱《かわ》す訓練を実行。シャドーボクシングを意識。

左足と右足の爪先を意識しつつ細かく体重を移す。

そして、前傾《ぜんけい》姿勢を維持《いじ》しながらステップを踏んで、踊《おど》るような回避《かいひ》運動を行った。

今度は〈導想魔手〉の歪な魔力の手だ。〈導想魔手〉で魔剣《まけん》を握る。

右手に魔槍杖、左手に短剣と意味不明な組み合わせの混合武術を行った。

が、上手《うま》くはいかなかった。当たり前か。もうやめよっと。ヴィーネに剣術を習うのもいいかもな。それか、ご近所にお世話になるのもいいかもしれない。

だがなぁ、迷宮《めいきゅう》と闇《やみ》ギルドと色々とある。

「にゃ」

黒猫《ロロ》だ。いつの間にか傍《そば》に来ていた。訓練の音で起こしてしまったかな。

「おはよ」

「ンンン」

喉声《のどごえ》のみの返事。黒猫《ロロ》はめんどくさそうだ。

石畳の上に寝っ転《ころ》がる。逆さまの状態で俺を見てきた。

「ンンン」

片足を伸ばし肉球を見せながら、喉声をまた鳴らしている。

黒猫《ロロ》は逆さまに見える映像が不思議らしい。

何回も寝転んでは同じことを繰り返して遊んでいた。

「……お前は、面白《おもしろ》い遊びをいつも見つけているな」

笑いながら話すが黒猫《ロロ》は尻尾《しっぽ》で石畳を叩《たた》いて返事をするだけだ。

──はは、気分屋め。さて、そろそろ夜明けだ。

「戻《もど》るぞ」

「にゃ」

走りながら跳躍《ちょうやく》──空中の足場の〈導想魔手〉を設置。

その魔力の歪な手の〈導想魔手〉を踏み台《だい》にして、更に高く跳躍──。

飛ぶように本館の二階へ戻った。バルコニーに着地。

『ヘルメ』

『閣下』

常闇《とこやみ》の水精霊ヘルメを呼び出す。『俺の装備を洗ってくれ』と頼んだ。

これ便利だからなぁ。ついつい頼《たよ》ってしまう。

『分かりました』

左目から出た液体ヘルメが宙に弧《こ》を描きつつ俺の頭上に広がった。

その広がった液体ヘルメの水が、俺を包む――。

ずっと前にも同じことを考えていたが……。

この水膜《すいまく》が俺を包む状態を上手く利用した戦術とか、何かできそうな気がするが……と、修業《しゆぎよう》の方法から戦闘《せんとう》方法を考えていると……。

俺の体の掃除《そうじ》が終わったようだ。俺を包む水膜が、細かな水飛沫《みずしぶき》となって放出。その水飛沫の液体ヘルメは、宙空の一箇所《かしよ》に集合すると、瞬《またた》く間に人型のヘルメを形成。

「完了《かんりよう》しました」

「ありがと」

「ストックしてある血を飲みますか?」

「そうだな。もらっとこう」

「ふふ――」

と、ヘルメと口移《キス》しを行う。血をもらった。

ヴィーネとの濃厚《のうこう》なえっちを見ていたのか……。

濃厚なキスをしてくるエッチなヘルメだ。

「ぷはぁっ、もういいよ」

「……はぃ」

微かな声だが、その言葉には熱がある。そして、水の衣《ころも》が薄《うす》くなって消失。

裸になった。切なそうな巨乳が丸見えだ。

櫨《はぜ》の実のようなピンと立った乳首は俺を指している。

裸となったヘルメの群青色《ぐんじょういろ》の双眸《そうぼう》が揺らぐ。

悩ましい目つきで俺の唇を見つめたまま……しどけなく寄《よ》り添ってきた。

「閣下、高鳴りが止まりません……」

そう語るヘルメの巨乳を突き出す仕草はとても可愛《かわい》い。

俺の外套と鎧を外して、防具を床《ゆか》に捨てたヘルメの気持ちは理解した。

裸になった俺は自然と、そのヘルメの乳首の先端を、指の腹で刺激しつつヘルメを抱《だ》き寄せた。続けて、反対の手を、ヘルメの腰から尻《しり》に回して撫《な》でた。

「あぅぅ」

そのままヘルメの尻の肉を片手で強く握《にぎ》り魔力を送り込んだ。

「――あぁぁぁ」

ヘルメは悲鳴を上げると、体が震えて熱い水を肌《はだ》に滲ませた。尻が大好きなヘルメだ。

そして、おっぱいの刺激を行った片手を、ヘルメの腰から尻に回した。

両手でヘルメの尻を鷲《わし》掴み——そのままヘルメの重みを両手で楽しむように、尻を持ち上げつつ強引に両手で揉みしだく。

「あああああああん、あぁぁぁ、だ、だあぁぁ」

ヘルメはオカシクなった。全身が震えて弓なりとなって一度強く震えると、パッと液体と化して、床に小さい湖を作る。が、液体ヘルメは、すぐに俺に抱きついた状態で女体《にょたい》化。

が、体は震えている。さすがに刺激が強すぎたかな。ヘルメの耳を甘《あま》噛《が》みしながら、

「——ヘルメ、大丈夫《だいじょうぶ》か？」

「あん——だ、大丈夫です——」

と、『止めないで』という気持ちが籠《こ》もったような力強いキスを寄越す。

そのキスを引《ひ》き離すように、ヘルメの鎖骨と乳房に移るキスを続けながら——。

大きな乳房を強く掴む。「あぁぁ」と喘《あえ》ぐ声に構わず身もだえしたヘルメの腰に片手を回す。「……」ヘルメの腰を支えながら、床に優しく降ろしてあげた。

そのままヘルメの下半身を凝視《ぎょうし》。

「閣下……」

ヘルメは長細い両足を左右に広げた。

群青色と蒼色《あおいろ》と黝色《ゆうしょく》の恥毛のような毛が秘部を隠す。

その秘部を微かに隠す恥毛《かく》を片手で隠すヘルメ。せっかくのビーナスの丘《おか》を隠すとは。

「美しい精霊様のあそこが見えないぞ」

「……恥ずかしい」

「前にも見ているが？」

と、笑いながら太股に手を当てつつ息をあそこに吹《ふ》きかけると、ヘルメは「あぅ」と声を出して反応。

秘部を隠していた片手を横にずらして、薄紫色《うすむらさきいろ》の女陰《じょいん》を指の間から覗かせる。

俺は強引に、そのヘルメの指と恥毛を、唇と舌で、かき分けるように——舐め上げつつ「あぁぁぁ」と、ぷっくりと膨《ふく》れた肉の芽を強く吸い上げた。ヘルメは「あん！」と強く声を出して、体を震わせては、俺の後頭部を両手で押さえてくる。

同時に、秘部から溢れ出る愛液を強引に吸い上げつつ魔力を直に送り込む。

「あぁぁぁぁ、ま、魔力は——あん！」

ヘルメは、だらりと両腕《りょううで》を垂らして、体が弛緩。気を失ってしまった。

が、すぐに復活したヘルメは、身を反らすと回転しつつ俺の下半身に顔を寄せた。

俺のそそり立った一物を凝視するヘルメ。

キューティクルを保った睫毛《まつげ》はいつもよりいやらしい。薄い唇が微かに開いて、その唇の端《はし》から涎が垂れていた。と、上目遣いを寄越すヘルメ。嬉《うれ》しそうに微笑む。

その微笑みは、欲情を微かに出した表情だ。くびれた腰も悩ましく震えたように動かす。

その愛らしい行動には、常闇の水精霊としての色香がそこはかとなく漂《ただよ》っていた。

すこぶる色っぽい。そんなヘルメは、自身の細い指を、俺の一物に向ける。

その指先から、ピュピュッとした微かな勢いの水を、俺の一物の先端に当ててきた。

「ふふ、閣下の一物が嬉しそうに、ビクビクと……あぁ、あん、愛しい一物は……あぁぅん、り、立派です……」

と、切なく語るヘルメは、俺の一物に水飛沫を当てるたびに、自身の体を震わせて内股《うちまた》になりながら、一人で連続的に果てていた。尻も輝《かがや》く。

「……あぁん、あぁ、閣下、あぁん、そのまま大の字に……」

「分かった、頼む」

「閣下の水として、熱い想《おも》いを――」

と、ヘルメは俺の下半身に覆《おお》い被《かぶ》さる。強引に一物を咥えこんできた。

――ヘルメの喉が――口が――別の生き物のように激しく一物に纏わり付《つ》いてくる。

舌と水が絡まる亀頭《きとう》に強い刺激《しげき》が――一物を吸い上げてきた。

すげぇぇ、水と舌を使った絶技だ……更には金玉を揉んできた。

たまらん――このままでは先にいってしまう――と、強引に腰を引いた。

一物を逃すまいと、強く咥えていた唇からしゅぽんと音が響《ひび》く。

「あぁ……閣下、もう、我慢《がまん》できない、お恵《めぐ》みを……入らして」

強請《ねだ》るヘルメは両手を使って秘部を広げていた。腰と内股は鳥肌《とりはだ》が立っている。

桃色《ももいろ》に近い襞《み》が見え隠れするヘルメのあそこは……ぐっしょりと濡れていた。

ヘルメの望み通り腰を触《さわ》り尻に魔力を注ぐ「あん！」と響かせると同時に一物を秘部の中に押し込んだ。「あぁぁぁぁっぁぁぁぁ……」ヘルメはまた失神。

そんな恍惚としたヘルメの顔に指を当てると、ハッとして気を取り直すヘルメ。

「閣下……御望《おのぞ》みのままに……」

「分かった――」

ヘルメの両足を肩《かた》に乗せつつヘルメに覆い被さると、深々と一物をヘルメの体に押し込んでいく。連続的にヘルメの悲鳴と水が家に迸《ほとばし》っていった。


連続的に果てているヘルメを起こすようにおっぱいを弄《いじ》ると、

「……ご主人様？」

えっ！　寝ていたはずのヴィーネの声が。と、バルコニーから地続きの横を見る。

暖炉《だんろ》の部屋を覗かせる涙《なみだ》形のアーチ下に黒いワンピースを着たヴィーネがいた。

冷然とした目。

「今……していましたよね……」

ヤベェェエッ、精霊とはいえ女性の姿のヘルメとのえっちだ。嫉妬《しっと》は確実。

しかも、ヴィーネとえっちを楽しんだあとの、えっちだからな……。

「あ、あぁ、シテタヨ。これは血をもらって――」

「セックスをしていましたよね？」

強調してきた。喋らせてくれない……ゴクッと、思わず息を呑む。

冷たい表情だが、ヴィーネのとぎれとぎれの声は怒《いか》りに満ちていた。刹那《せつな》――。

水飛沫を体から発した常闇の水精霊ヘルメが、

「――たかが、定命なる従者の分際で、閣下を責めるとは何事ですかっ！」

蒼色と黝色が混ざる頬を膨らませながらの、凄《すご》みを見せるヘルメだ。

ヘルメは俺の前に進み出る。

「――精霊様っ」

ヴィーネはヘルメの言葉にたじろいで床のタイルに片膝《かたひざ》を突ける。

だが、明らかに悔《くや》しそうな表情を浮《う》かべていた。

「一夜を共にしたぐらいで、彼女面は駄目《だめ》ですよ。閣下は、特別な、この世に唯一無二《ゆいいつむに》の存在。独占《どくせん》など露《あらわ》にも思わぬことです」

精霊の言葉を聞いたヴィーネは冷静になったのか、顔を次第《しだい》に強張《こわば》らせていく。

「は、はい」

「よろしい……ではっ」

常闇の水精霊ヘルメはヴィーネをめちゃくちゃな理由で窘《たしな》めると、その場で液体化。水になって放物線を描きながら俺の左目に収まってくる。

「……ご主人様、すみません。精霊様を怒《おこ》らせてしまいました……」

ヴィーネはもう怒っていないみたいだ。節操のない俺は怒られて当然なんだが。

「ヘルメのことなら大丈夫《だいじょうぶ》だ。それよりヴィーネが怒るのも無理はない。俺は女好きだからな。嫉妬してくれて嬉しいぐらいだ」

「……はい。しかし、わたしは恥ずかしい。精霊様がおっしゃっていたように、ご主人様は本当に特別な強き雄。ここは地上の世界。地下ではない。偉大《いだい》なる雄であるご主人様には女が多数いることが当たり前。ですが、お慕《した》いする想いは、誰《だれ》にも負けないつもりです」

ヴィーネの銀色の虹彩《こうさい》は少し揺れていたが、俺の目をしっかりと見つめて話してくれた。

大人の女としての一面もまた、魅力的《みりょくてき》だ。

「分かっている。ありがとう」

片足の膝《ひざ》をタイルにつけているヴィーネへと、手を差し向ける。

「はい、ぁ――」

彼女が俺《おれ》の手を掴《つか》むと、強引にその手を引き上げてヴィーネを抱きしめてあげた。

そして、耳元で囁《ささや》く。

「……嫉妬は抑《おさ》えてくれよ。また抱いてやる、何回もな」

「……ハイ」

抱きしめられたヴィーネは体をぶるっと震わせる。

恥ずかしそうな表情を浮かべてから、その顔を俺の胸に埋めてきた。

そのまま俺の背中に両腕を回したヴィーネ。俺を強く抱きしめ返してくる。

強いバニラの香《かお》りがする。さっきの淫《みだ》らな光景がすぐに頭に過《よぎ》って股間が反応しちゃった。すぐに高ぶりを察知したヴィーネさんだ。俺の腰に自らの腰を強く押《お》し当《あ》ててきた。

「――愛しいご主人様……」

腰を回転させたヴィーネはワンピースを持ち上げて、お尻を突き出す。

自ら、俺の一物を自分の秘部に入れてきた――熱いうるみを直に感じた。肉の環《わ》がぶるぶるとヒクつく。「ご主人様、強く、愛して……」そう語ると、ヴィーネは秘部を操作するように俺の一物を締《し》めてくる。「うぐ」と、声を出してしまった。

ヴィーネのあそこは名器だ。負けるか、と、また強く腰を押し込む――。

そして、連続的に腰をヴィーネのあそこに打ち込んだ。

そのたびに、金切り声を上げて、頭部を揺らすヴィーネ。

背中に垂れた銀色の髪も激しく揺れ動《うご》く。

「――あぁぁ、気がおかしく、あぁぁぁぁぁ」

そのままバックな姿勢のヴィーネに覆い被さって、情熱的に唇を奪う。

本格的な二回戦に突入《とつにゅう》。

『ふふ、素晴《すば》らしい熱です……』

さっきと違《ちが》って、ヘルメは怒っていなかった。

濃厚な白濁《はくだく》液の匂《にお》いが染《し》みついたヴィーネとの三回戦は、暖炉の部屋で優しく立ちバックに移行しながらとなった。いやらしくヴィーネの後ろから攻め続けてヴィーネを満足させ《せ》ていく。暖炉に両手を当てて、お尻を突き出して背中を反らしたヴィーネだ。

細くくびれた腰を両手で掴んでは……「きて、きて――」と、せがむヴィーネの声に応《こた》えるように、何回もヴィーネの秘部の奥《おく》に一物を打ち立てた。その女のあそこの形は、完全に俺の一物の形になっているだろう。そして、背中にキスをしながら……。

ヴィーネの胸元に回した手で、愛しい乳房を、ぎゅっと掴むと「あん！」とヴィーネは項垂《うなだ》れて倒《たお》れてしまう。

「強く揉みすぎたか？」

「いえ、嬉しくてたまりません……」

そう言うが、さすがに抱くのは止《や》めた。彼女《かのじょ》に向けて手を出して、

「さ、もうじき朝だ。立てるか？　仲間が来るぞ」

「は、はい……」

ヴィーネの手を掴んで抱きしめると、また体が震《ふる》えるヴィーネ。

愛しい彼女に上級の《水癒《ウオーター・キュア》》を念じた。

光を帯びた透《す》き通《とお》った水塊《すいかい》が弾けてヴィーネの体を癒《い》やす。

「ありがとうございます」

「なあに、いつものことだ――」

と、同時にキスを行った。

第百三十八章「聖なる歌」

リビングルームの椅子《いす》に座《すわ》り、朝のちょっとした紅茶タイムを楽しんでいた。

「シュウヤさん、おはようございます。昨晩はお世話になりました」

一瞬、昨晩はお楽しみでしたね。と聞こえたが、気のせいだ。頭を振《ふ》って忘れる。

今の言葉は、シャナだ。起きたらしい。人魚からエルフの姿。山吹色《やまぶきいろ》の髪が綺麗《きれい》だ。

何処《どこ》から見ても人魚とは思えない。

「……おはよう。しかし変身魔法《まほう》とはな。本当に見事なもんだ」

「はい、この魔法はわたしの生命線ですからね。人魚だとバレたら人族社会じゃ生きていけません。ですので内密にお願いします」

勿論《もちろん》、誰にも喋らんさ。運ぶ時に多数の人に見られたが、彼女の顔は隠したし、まぁ俺が人魚を喰《く》うとか思われただけだろう。

「了解《りょうかい》した」

「ありがとう。助けてくれたお礼に、歌で稼《かせ》いだお金を持ってきます。冒険者《ぼうけんしゃ》用の貸し倉庫へ行って来てもよいですか？」

「あ、要《い》らないよ。気持ちだけで十分だ。シャナが金を貯《た》めているなら尚更《なおさら》受け取れない。

それに、自慢《じまん》じゃないが、俺はこんな家に住むぐらいだからな」

両腕を広げて、鷹揚《おうよう》な雰囲気《ふんいき》を出して語る。

「……そうですか。本当に、ありがと……」

シャナは顔を俯《うつむ》かせると、少し視線を上げる。その目には涙を溜《た》めていた。

泣くほどじゃないと思うが……対応に困っていると、シャナは充血《じゅうけつ》した目をキリッと鋭《するど》くさせた。そして、小さい唇《くちびる》が動く。

「……お礼に一曲。歌わせてもらいます」

「おっ、ありがたい」

首に装着された宝石が煌《きら》めいてから、歌が始まる。

アカペラだ。最初から凄い声量……ソプラノ調子から徐々《じょじょ》にトーンを下げて……。

こぶしを交えたリズムアンドブルース的な声帯を駆使《くし》したテクニックで歌い上げている。

宿屋では聞いたことがない曲だ。心が躍《おど》ったかと思うと、しんみり、心地《ここち》よい歌へと声質を変える技はオペラ歌手を超《こ》えている。間近で聞くとやばい……リビングルームが武道館ライブの会場へと様変わりしたような感じを受けた。

後光のお釈迦様《しやかさま》じゃないが、カリスマ性のある歌声。

掃除をしていたヴィーネが神秘なる歌声に誘《さそ》われたのか、リビングルームに来ていた。

彼女も、うっとりとした表情を浮かべてシャナを見つめている。と、ヴィーネは俺の視線に気付くと、ウィンクをしてから唇を窄《すぼ》めてキスのポーズを作り出す。

股間に熱を帯びたが、さすがに我慢。

長机に乗った黒猫《ロロ》も香箱座《こうばこすわ》りになると、耳を傾《かたむ》けている。

『凄いですね、音の魔力でしょうか、一種の聖域のような癒やしの効果が広がっています』

精霊《せいれい》ヘルメも視界の片隅《かたすみ》に現れると、感動した面《おも》持ちで語る。確かに、魔察眼で確認《かくにん》すると、シャナの口から波紋《はもん》のような魔力波が発生していることが分かる。

『聖域か。確かに言われてみれば……』

奴隷《どれい》たちも素晴らしい歌声が、聞こえたようで母屋の窓に集まって覗き出す。

入って来てもいいんだが……まだ遠慮《えんりよ》しているらしい。

そして、彼女たちも自然と集まるほどに、シャナの歌声は凄いということだ。しかし、

「そのぉおお、うだぁぁぁぁー、ぐおぉぉぉぉ!!」

え？　綺麗な歌声を押し殺《ころ》すような叫《さけ》び声が、窓際《まどぎわ》の奴隷から発生した。

——何だ？　その大声を出しているのは、蟲《むし》に取り付かれていたエルフのフーだった。

フーは隣にいた奴隷たちを殴って蹴っての大暴れ――。

木製の十字の形をした窓を、ばんばんと叩く。

俺は急いでリビングから飛び出した。

外にいたフーは意識がない？　頭部をだらりと垂らして俯く。

それに、え？　小型蟲だ。うへぇぇ。フーの首後ろから頭の上に現れている。

前にカレウドスコープで見た、小型の蟲だ。

小さい口と思われる箇所からは、多数のイソギンチャク的な触手《しょくしゅ》が現れている。

あれ？　萎《しお》れている……気持ち悪い複眼からは血も流れていた。

小型の蟲はダメージを負っているらしい。

「……我に、傷を、おわせ、た、な……」

蟲が濁声《だみごえ》で語っている。

「シャアァァ」

黒猫《ロロ》が威嚇《いかく》。

「ご主人様、あれはいったい」

ヴィーネは女神《めがみ》から貰《もら》った翡翠《ひすい》の蛇弓《バジュラ》を構えながら、聞いてくる。

「寄生蟲《きせいちゅう》だと思うが」

もしや、宇宙生物か？

『閣下、あれは異質な感じがします。エルフのフーから魔力を吸い取っているようです』

『異質か……』

ヘルメと念話しながら、フー、もとい、小型蟲に話しかけてみた。

「よう、蟲、俺の声が分かるか？」

「ち、がう、われ、邪神《じゃしん》ヒュリオクス様の、しもべ、カーグルルグ」

話せるらしい。邪神ヒュリオクス……宇宙生物じゃなかった。

「その僕《しもべ》、カーグルルグが、なんでフー、エルフの女に寄生してるんだ？」

「われ……観察、おまえたち、ぐぉぉぉ、ぐぐるうぢいい」

フーの頭上に浮かぶ小型の蟲は、まだダメージが継続《けいぞく》しているらしい。

蟲の触手がどんどんと萎れて消えていく。

苦しむ小型の蟲は限界が来たのか、フーの後頭部と繋《つな》がっていた触手を離《はな》した。

「お、お、まええ、のぅ、のぅみそぅーー」

気色悪い言葉を叫びながら、小さい触手を伸《の》ばし、自ら突っ込んでくる。

その刹那、ヴィーネが翡翠の蛇弓《バジュラ》の緑色に輝く光の弦《げん》を引く。

瞬く間に現れた光線の矢を射出――。

小型の蟲に緑の光線の矢が突《つ》き刺《さ》さった。

光線の矢は溶《と》けるように蟲の中に浸透《しんとう》。一瞬《いっしゅん》、貫《つらぬ》いて倒したか？　と、思ったら孔《あな》の、周りに無数の緑色の小蛇が滲み出《で》る。その小蛇は円状に回りながら、小型の蟲の全身に広がった直後――ボンッ！　と小気味よい音を立て、小型の蟲は、爆発《ばくはつ》、霧散《むさん》した。

あの矢の効果が気になったが、すぐに倒れたフーの首筋に指を当て、脈を確認。

生きている。よかった。続いて、右目の横にある十字の形の金属をタッチ。

カレウドスコープを起動――。

炭素系ナパーム生命体ｎｇ＃ｅｓｇ８８＃
脳波：安定、睡眠《すいみん》状態
身体：正常
性別：女
総筋力値：10
エレニウム総合値：465
武器：なし

よーし。蟲は完全に消えた。首後ろには僅《わず》かに出血の跡《あと》があるが、息もあるし……。

本当によかった。他の奴隷たちも念のため――確認。全員、大丈夫だ。

「たかが、エルフにしては、いい拳《こぶし》だった」

ビアは腹の硬《かた》そうな鱗鎧《うろこよろい》の皮膚《ひふ》を触りながら、偉《えら》そうに語る。

「避けるように飛んだけど、いきなりで吃驚《びっくり》しました」

さすがは回避特化のちびっ子サザー。

「わたしも避けました」

ママニも回避が得意なのか、指で、顎に生えた髭《ひげ》を、自慢気《じまんげ》に伸ばしながら語っている。

「フーは生きてますか？」

そう聞いてくるヴィーネは心配そうな表情を浮かべている。

「生きている」

「あのぅ、いったい、今の小さいモンスターはどういうことでしょうか……」

シャナが怯《おび》えた子犬のような表情を浮かべながら聞いてきた。

右横のアタッチメントを触り、視界を元に戻しながら、

「シャナの歌によって、フー、俺の奴隷に寄生していた小型の蟲にダメージを与《あた》えたんだと思う。小型の蟲は邪神ヒュリオクスのしもべ、カーグルルグと名乗っていた」

観察目的だったらしいが、蟲を退治できたのはよかった。

〈血鎖《ちぐさり》の饗宴《きょうえん》〉を用いて、フーを無傷で彼女の首後ろに寄生した小型の蟲だけをピンポイントで狙《ねら》い倒せる保証はなかったからな。しかし、シャナの歌は光属性か？

海神の力？　だとしたら俺の血を飲ませたら効いたかもなぁ。

血鎖で対処も可能となる。或《ある》いは、常闇の精霊ヘルメに任せて、ヘルメの液体が、フーの体に侵入《しんにゅう》すれば、直接小型の蟲を攻撃することも可能か、直に蟲を捕《と》らえることも可能だったかもしれない。だが、ヘルメが危険になる可能性もあるか。

まぁ、選択肢《せんたくし》の一つとして考えておこう。

「……わたしの歌が」

「そうだ。君を助けたのは、本当に大正解だったようだ。フーが生きているのは、シャナ、君のおかげだよ。歌の感動だけでなく、フーの命も助けてもらったんだ。これで貸し借りはなし。ということで、友達になろうじゃないか」

と、真面目《まじめ》に本音を話していく。

「はい。こちらこそっ」

「シャナ様、よろしくお願いします。わたしはヴィーネ。ご主人様の従者です」

ヴィーネは礼儀《れいぎ》正《ただ》しい態度を取る。尊敬の眼差《まなざ》しをシャナへと向けながら話していた。

「はい、ヴィーネさん。凄い弓をお持ちなのですね。自動的に長弓《ちょうきゅう》へ変形していましたし、今の、その蛇の彫刻《ちょうこく》も素晴らしいです。希少なアイテムかとお見受けしますよ」

「その通りです。愛のあるすこぶる強いご主人様がおられたからこそ……得ることができた特別な武器なのです！」

「シュウヤさんは、優秀《ゆうしゅう》なのですね」

「はい」

ヴィーネは熱を帯びた視線を寄越《よこ》す。照れくさいので、話題をかえるか。

「シャナ、さっきの歌以外にも、歌の〝何か〟があるんだろ？　前、戦っていた傭兵《ようへい》相手に使用してた〝衝撃波《しょうげきは》〟とかな？」

「はい。ありますよ。友達という言葉を信じて、教えちゃいましょうっ！」

シャナは気分が高揚《こうよう》しているのか、左手を腰《こし》に当て、右手を突き出《だ》す。

その右手には、細い人差し指が一本縦に立っている。

なんか、美人女教師のように可愛く偉ぶっているように見えた。

「人魚《セイレーン》特有の魔声《ませい》魔法の一つです。魔声《ハヴアオス》というスキルで指向性のある音の衝撃波を打ち出すんです」

「耳か、頭へ、直接ダメージを与えるようだけど、人魚《セイレーン》とは、皆《みな》そういう魔法を持っているのかな？」

「はい。似たような系統ばかりです」

へぇ、と、そんな会話をしていると、

「あ、ここ、は？」

フーが目を覚ました。特に怪我《けが》はないらしい。

「フー、俺が見えているか？」

「はい、ご主人様です」

目もはっきりとしているようだし、大丈夫そうかな。側にいた奴隷たちがフーに近付く。

「フー、いきなり蹴られた」

小柄獣人《ノイルランナー》のサザーが文句を言うように語る。

「躱したが、急な拳には驚《おどろ》いた」

「エルフにしてはよい拳であった」

その言葉を聞いたフーは、何のことか覚えていないように左右に頭を振っていた。

「わたしは知らないです。素晴らしい歌を聞いていたら突然《とつぜん》に、そこからの記憶《きおく》がない」

「フーは一瞬だが、操《あやつ》られたようだな。もうその操っていたモンスターは倒したが、そいつは邪神ヒュリオクスのしもべ、カーグルルグと名乗っていた」

「カーグルルグとやらが、わたしを……？　皆さん、すみませんでした」

フーは自分の首にある不自然な出血痕《あと》を見て、唖然《あぜん》としていた。邪神ヒュリオクス。蟲を操る神か……。

【月の残骸《ムーンレムナント》】のメンバーに蟲使いがいたが、邪神と関係があったりするのだろうか……だが、迷宮に潜《もぐ》っている気配はなかったから違うか。

そこで昔の記憶を呼び起こす。

クナが死んだ時……エリボルの娘《むすめ》が死んだ時の映像が浮かぶ。

あの時も首後ろから蟲が出現していた。

〈吸魂《きゅうこん》〉によって萎れた蟲たち。あれも邪神が関係していたと思っていいだろう。

そうなると、人族、魔族に関係なく脳に蟲を寄生させていたことになる。

倒した小型の蟲は観察と語っていた。

この地上の情報収集か、単純に迷宮に誘《おび》き寄せるためか？

邪神らしく、このセラ世界へ喧嘩《けんか》を売っているのか。

そこで、立ち上がっていた奴隷たちへ視線を向けた。

一応、回復魔法でも唱えておこう。フーを含《ふく》めて全員の奴隷へ向けて、上級の水属性である《水癒《ウォーター・キュア》》を念じ、発動。透き通った水塊が目の前に発生。水塊は一瞬で崩《くず》れて細かい粒《つぶ》となり奴隷たちへと降り注ぐ。

「「おぉ――」」

奴隷たちは魔法を浴びて驚いている。というか、無詠唱に驚いたんだろうな。

まぁ、これからは身内だ。

秘密にしても仕方ないし、明かせることは少しずつ明かしていくか。

「凄い、無詠唱ですか……」

シャナも当然の如く驚いている。

「ご主人様は特別ですから」

ヴィーネが自慢気な面を見せる。俺の隣《となり》に移動して、おっぱいをわざと肩に当てながら、語る。やっこい。おっぱいはいい！

「……そのようです」

シャナはヴィーネの顔を見て微笑《ほほえ》む。と、納得《なっとく》しているようだった。

そんな彼女へもう一度、

「もう一度言うが、シャナの歌のお陰《かげ》だよ。本当にありがとう」

「そう言っていただけると、嬉しいです。よかった歌ってて」

シャナは、はにかむ。

美人さんの笑顔《えがお》は素晴らしい。俺は自然と笑みを浮かべて、頷《うなず》いていた。

「……それでは、わたしは歌の仕事があるので、宿に帰ります」

「ここはペルネーテ南の近辺にある武術街だ。道は大丈夫かな？」

「はい。大丈夫です。では」

シャナは頭を下げてから踵《きびす》を返すと、玄関《げんかん》の横のテラスを降りて中庭を歩いていく。

人魚のシャナか。彼女が探している秘宝が見つかるといいが。

対蟲邪神用に、パーティに誘うことも、一瞬、考えたが……。

彼女は歌手でもあり目的がある訳で、いきなり誘うのもな。

紅虎《べにどら》のサラたちと同じように、最初は友達からでいいと判断。

彼女の背中で揺《ゆ》れる綺麗な金髪《きんぱつ》を眺《なが》めながら、そんなことを考えていた。

さて、エヴァたちが来る前に、奴隷たちと迷宮《めいきゅう》に行くための準備をするか。

奴隷たちへ視線を戻す。皆、無詠唱の行為《こうい》に圧倒《あっとう》されていた。

片膝をテラスの床につけて頭を下げている。

蛇人族《ラミア》のビアも頭を下げている。

「お前たち楽にしていい。それと、この間から、無理にお前たちを走らせて、体力がどの程度あるのか見ていたが、前衛のビアは勿論、後衛のフーも素晴らしいものだった。高級戦闘奴隷《せんとうどれい》として申し分ない。だから買ってよかったと思っている。俺の奴隷になってくれてありがとう」

と、本音を伝えた。

「はうあっ」

サザーは驚いて変な声をあげる。

「えぅ？　ゴホゴホッ」

フーも驚いて喉《のど》を詰《つ》まらせていた。

「ご主人様、もったいなきお言葉っ」

「我は主のために働こう」

ママニとビアは、驚きながらもちゃんと言葉を返してくれた。

「よし、本格的に迷宮に向かうから、予《あらかじ》め、戦術的な話し合いをしときたい」

「「はいっ」」

「承知した」

皆でリビングルームへ戻《もど》る。

アイテムボックスからポーション類を配っては迷宮での戦術を確認していく。

――一時間後。

それぞれ準備を整えたエヴァとレベッカが本館に来ていた。

リビングルームの長机に奴隷を含めて皆が集結。

八名の【無邪気な武器団《イノセントアームズ》】のメンバーたち。

そして、大事なことを告白した。

それは、左目に宿る精霊ヘルメと指輪型魔道具闇の獄骨騎《ダークヘルボーンナイト》の説明だ。既《すで》にバルバロイ戦で知っているレベッカとエヴァとヴィーネは冷静に頷く。

が、奴隷たちが違う。皆、一様に驚いていた。

常闇《とこやみ》の水精霊ヘルメは彼女たちからしたら、神のような存在だった。

だから説明が長引いたが適度なところで切り上げて、戦術確認の話を続けていく。

「……それじゃ、さっきも話をした通り、ギルドで適当に依頼《いらい》を受けてから、魔宝地図の宝をゲットしに迷宮の五階層へ向かうぞ」

「――はっ」

「はいっ」

「ん」

「うんっ」

総勢八名＋一匹《ぴき》。エヴァ、レベッカ、ヴィーネ、俺と黒猫《ロロ》と奴隷の四人。

皆で、第一の円卓《えんたく》通りにあるギルドへ歩いていく。

ギルドの依頼は魔石《ませき》取得と五階層に出現するモンスターと予め出現報告の多い守護者級死皇帝《デスリッチ》を選ぶ。手続きは素早《すばや》く済ませギルドをあとにした。

魔石はエレニウムストーンとしてアイテムボックスの拡充《かくじゅう》に必須《ひっす》だから、ギルド依頼は最低限の数だけだ。円卓通りに戻り迷宮の入り口へと向かう。

五階へ行ったことのある奴隷たちに一階の水晶の塊《すいしょうかたまり》を触ってもらう。

五階の水晶の塊にワープしてきた。今までと違った場所だ。

——壁《かべ》がない。風？　ここは地上か？　いや、迷宮だ。

目の前にある歪《いびつ》な水晶の塊はちゃんとある。

水晶の塊は、根元から土と繋がる石のような物質で形成されていた。

そんな歪な水晶の塊を表しているかのように、空が不気味な光を帯びている。

薄暗《うすぐら》い段々雲のようなモノが、遠くの空に見えるだけ。

曇《くも》り空が広がっている。ここはフィールド型フロアってことか。

薄暗い周りには、魔法の光源があちらこちらに浮かぶ。

冒険者のクランかパーティの一団がキャンプを設営して休憩《きゅうけい》を取っていた。

その中で面白《おもしろ》い光景が目に入ってくる。大柄《おおがら》の魔法使いの男性が、大きな絵が収められた額縁《がくぶち》を地面に置いて、その絵から大きい狼《おおかみ》を召喚《しょうかん》させていた。

その狼は炎《ほのお》を口から吐《は》き出して、薪《まき》へと火をつけている。

不思議な魔道具店で魔法書を買ったときに遭遇《そうぐう》した、あの牛顔の魔法使いの姿を思い出す。そんなキャンプを行う彼ら《冒険者たち》から、新たに登場してきたパーティである俺たちへ視線が集まった。そんな視線は無視——魔宝地図を取り出す。

前と同じように、墨汁《ぼくじゅう》色の筆で書かれたような印象のⅣの文字と五層の文字が魔宝地図の表面に浮かぶ。二つの塔《とう》と墓場の絵が描《えが》かれていく。

そこにはちゃんと、俺の位置と宝が眠《ねむ》る位置と思われる×印の箇所《かしょ》が光って点滅《てんめつ》していた。ハンニバルが最初に光の羽根ペンで描いた詳細《しょうさい》な地図ではないが、まぁ絵だから、分かりやすい。

「にゃ」

肩にいた黒猫《ロロ》が鳴く。その魔宝地図に興味を示したらしい。

地図に肉球を押し当てていた。点滅した箇所を、狙う。

肉球スタンプを行うように、何回も両前足を押し当てていた。蟲でもいると思っているのかな。そして、俺を見た。黒猫《ロロ》はつぶらな瞳《ひとみ》を寄越す。

もっと遊んでアピールだ。

可愛《かわい》すぎて、たまらないが、我慢。

「……ロロ、可愛いが、移動をするから止めるんだ」

「ンンン」

喉声で返事をすると片足を引っ込めてくれた。この点滅をしている箇所は、西。

西へ進めばいい、簡単だ。ハンニバルも語っていたように示された場所に向かうこと自体はあまり苦にはならないみたいだ。見ていた魔宝地図をアイテムボックスへ仕舞《しま》う。

「……こっちへ行こう」

「ん」

「西の方面なのね」

「行きます」

前もって話していた通りの、基本隊形を取る。

ワントップが蛇人族《ラミア》のビアで前衛。そのワントップから右後方の位置に急襲前衛《アサルト・バンガード》の虎獣人《ラゼール》のママニ。

ビアの左後方の位置に小柄獣人《ノイルランナー》のサザーが並ぶ。

俺と黒猫《ロロ》が三角形の前衛フォワードたちから少し下がり目の司令塔《しれいとう》、舵取り《ボランチ》ともいえる遊撃《ゆうげき》ポジションについた。後方に魔法使いのフー、レベッカ、魔導車椅子《まどうくるまいす》のエヴァとヴィーネが魔法使いの護衛に就《つ》く。そんなクリスマスツリー形の隊形の八人と一匹のメンバーで薄暗い荒野《こうや》を西に向かう。

視界は真っ暗ではない。ある程度の明るさはある。不思議だが、あの空のように迷宮独自の明るさなんだろうと、納得。少し歩くと……。

僅かな霧《きり》が発生して、魔素があちこちに反応を示す。

「敵《モンスター》の反応だっ！　数は四、五、六、七。最初は左前方っ！」

「――はいっ」

俺は大きな声で指示を出すと、奴隷たちを含めて全員が武器を構えた。

薄暗い視界なので〈夜目〉を発動。

『視界に入りますか？』

『あぁ、最初だけな』

ヘルメの視界を借りる――。

赤い四肢《しし》がある狼系《おおかみけい》のシルエットが見て取れた。精霊《ヘルメ》の喘《あえ》ぎ声は省略する。

すると、左前方に皮膚《ひふ》が爛《ただ》れた黒輪を首に巻く大きい狼が現れた。

次々に右や左から皮膚が爛れた狼たちが現れ始める。

先頭にいる蛇人族《ラミア》のビアが槍《やり》を〈投擲《とうてき》〉していた。

狼の頭に槍を直撃《ちょくげき》させた。あっさりと倒す。

ビアは〈投擲〉を続ける。最初に現れた四匹の狼を投《な》げ槍だけで始末していた。

が、狼は次々と出現。彼女は構わずに胴体《どうたい》をくねらせながら素早く前進。

現れた狼たちに近付くと、右手に持った片手半剣《けん》を狼の頭へ振り下していた。

狼の頭は左右ぱっくりと割れて両断。

どす黒い血を噴出《ふんしゅつ》させている。血を浴びながらも、

「キショエエエエエエエッ！」

と、ビアは蛇のような長い舌を伸ばしつつ叫び声をあげる――。

次々と現れる狼たちがビアに視線を集中させた。

盾持《たても》ちらしく、敵から注目を集める。

その隙《すき》に素早いママニとサザーがビアの挑発《ちょうはつ》に気を取られた狼たちへ斬《き》り掛《か》かった。

一瞬で、四匹の狼たちを屠《ほふ》った。

が、まだ狼たちは現れてくる。狼団体の群れだったようだ。

「ん、依頼の一つ、死霊系毒炎狼《しりょうグロウウオルフ》。あの黒輪が素材回収。炎毒に気をつけて、鉄も長くは

持たない！」

エヴァが後ろから大きな声で解説してくれた。

五階層に湧《わ》く毒炎狼《グロウウオルフ》か。

そうエヴァが語るように、皮膚が爛れた狼は、首にある黒輪を大きくさせると、口を広げて真っ赤な炎を吐き出してくる。真っ赤な炎が巨大《きょだい》な篝火《かがりび》にも見えた。

一瞬焦《いっしゅんあせ》るが蛇人族《ラミア》のビアは盾を前に出して、真っ赤な炎を見事に防ぐ。

と、体をくねらせて、素早く後退していた。

ママニとサザーも炎のブレスから回避《かいひ》運動を取っている。

そこで、魔槍杖《まそうづえ》を右手に召喚しながら黒猫《ロロ》へと視線を向けた。

「ロロ、一応後ろを警戒《けいかい》。今は我慢《がまん》してエヴァの隣で待機しとけ」

「にゃ」

黒猫《ロロ》は一鳴きすると、肩《かた》から跳躍《ちょうやく》。

黒豹《くろひょう》に変身しながらエヴァの下へ移動していた。

エヴァは笑顔を作ると、近付いた黒豹《ロロ》の頭を撫《な》でている。

それを見届けてから、魔脚《まきゃく》で素早く前線へ打って出た。

同時に背後から礫《つぶて》、炎球《えんきゅう》が毒炎狼《グロウウオルフ》へ降り注いでいく。

レベッカとフーの魔法だ。皮膚が爛れた毒炎狼《グロウウオルフ》は礫を喰らうと動きが鈍《にぶ》くなる。中くらいの火玉が直撃。

毒炎狼《グロウウオルフ》は爆発炎上《ばくはつえんじょう》した。炎は円状に広がる。

隣にいた毒炎狼《グロウウオルフ》たちにも燃え移っている。

残りを狙う。皮膚が爛れた毒炎狼《グロウウオルフ》の下に突進《とっしん》。

魔槍杖を捻《ひね》り押し出す――紅矛《べにほこ》の回転した〈刺突〉を――毒炎狼《グロウウオルフ》の頭蓋骨《ずがいこつ》へと喰らわせた。毒炎狼《グロウウオルフ》の頭を粉砕《ふんさい》。

――続けて〈鎖〉を射出――。

宙に軌跡《きせき》を残すような速度の〈鎖〉は遠距離《えんきょり》から炎を吐き出した毒炎狼《グロウウオルフ》の胴体をあっさりと貫通《かんつう》――そのまま毒炎狼《グロウウオルフ》の体を串刺《くしざ》しにしながら高く持ち上げる――〈鎖〉を操作。

その〈鎖〉で毒炎狼《グロウウオルフ》を何度も突き刺して倒した。

「ご主人様の鎖は凄《すご》い！」

「ん」

「はい――」

確かにピラニアのような動きの〈鎖〉だった。

他の毒炎狼《グロウウオルフ》は礫と火炎で倒れていく。

フーとレベッカの魔法攻撃《こうげき》だ。

動きが鈍くなった毒炎狼《グロウウォルフ》には、前衛たちが対処。

そこでヘルメの精霊視界をキャンセル。

いきなりの数十匹《群れ》だったが、全部を倒しきった。

これで依頼の一つは完了《かんりょう》したことになる。

奴隷たちは指示を出さずとも、毒炎狼《グロウウォルフ》の素材である黒輪と魔石の回収作業と、見張りの分担を行っていた。さすがは高級戦闘奴隷たちだ。

迷宮経験を感じさせる動き。

周りに魔素の反応はないから、見張りはあんまり意味がないが。

集めた黒輪は俺《おれ》が預かる。アイテムボックスに入れた。

狼の素材の回収作業を終えてから荒涼《こうりょう》の地を西へ少し進む。

すると、一面に墓場らしき長方形の墓標が埋《う》まった地域に出た。

不気味な場所だ――生暖かい風も吹《ふ》く。

と、同時に、魔素の反応を墓場のあちこちから感知。

近くにも三つ骸骨《がいこつ》姿のモンスターが出現。

二つは太い骨剣を両手に持つ、鉄が溶けたような骨鎧《ほねよろい》を着込む騎士《きし》系。

一つは長杖《ながづえ》を持った魔法使い系。

こいつは黄土色のローブを羽織っている。皆、骸骨系の敵だ。

一対《いっつい》の眼窩《がんか》の奥《おく》に不気味な緑光を宿していた。

その眼窩を見ると、バルバロイの使者を思い出す。

勿論、バルバロイの使者のほうが大きく魔素も遙《はる》かに大きい。

そして、俺の指輪闇の獄骨騎《ダークヘルボーンナイト》から呼び出せる沸騎士《ふっきし》たちの姿を思《おも》い浮《う》かべた。あいつらも呼べば戦力になるだろう。が、まだ必要じゃない。

先頭を行く奴隷たちの力を、もう少し見たい。

「敵が三体、ビア、先をお願い――」

虎獣人《ラゼール》のママニが先を歩くビアに指示を出して、矢を射出――。

骸骨の魔法使いは眼窩にある緑の光を強めると、ゆらりと横に移動した。

ママニの矢を避《さ》ける骸骨の魔法使い。意外に素早い。

「承知」

ビアが前進。槍を骨騎士に〈投擲〉。しかし、すべての投げ槍は、骨騎士が操る骨剣が弾《はじ》く。骨剣を持つ骨騎士は〈投擲〉を繰《く》り出したビアへとすり寄った。

骨騎士のほうは、そんなに素早くはない。すると、ビアの斜《なな》め前《まえ》を小柄獣人《ノイルランナー》のサザーが駆《か》け抜《ぬ》けた――青白い長剣《ちょうけん》を振るい抜く。

骨騎士の胴体を半分ほど切《き》り裂《さ》く。剣士らしい素晴《すば》らしい抜《ぬ》き胴《どう》だ。

骨騎士の胴体はぶらぶらと揺れて動きを止める。戦闘《せんとう》不能だ。

その時、長い杖を翳《かざ》して、魔法を放とうとする魔法使いの骸骨が目に入った。

が、骸骨の魔法使いの額に光線の矢が突き刺さる。

ヴィーネの翡翠の蛇弓《バジュラ》から放たれた光線の矢だ。

刹那《せつな》、光線の矢から流れ込んだ緑の小蛇《しょうじゃ》が、骸骨の額に浸透。

骸骨の魔法使いは頭部ごと体が内側から爆発。骸骨の魔法使いが着ていたローブは孔《あな》だらけとなって、ゆらゆらと落ちた。長い杖と大型の魔石が地面に転がる。

残りの骨騎士にはフーとエヴァとレベッカに、俺と黒猫《ロロ》が対処した。

多重な魔法の攻撃《こうげき》と触手骨剣を骨騎士に喰らわせ続けた。

骨騎士たちは、巨人《きょじん》に押《お》し潰《つぶ》されたかのように消失。

サザーの素早い抜き胴により胴体が半分切られて、壊《こわ》れた人形のように、ぶるぶると揺れ続けていた骨騎士に、エヴァが素早く近付く――。

魔導車椅子《くるまいす》を横回転させつつ黒いトンファーを振《ふ》るい回す乱舞《らんぶ》を繰り出した――。

紫《むらさき》の瞳を輝《かがや》かせながらトンファーを扱《あつか》うエヴァの姿は美しい。が、少し怖《こわ》い――。

瞬《またた》く間《ま》に骨騎士は粉砕。魔石が潰れちゃう勢いだったが、魔石は無事だった。

エヴァは魔石を回収。因《ちな》みに骨騎士の名は酸骨剣士《クラッシュソードマン》。

魔法使いのほうは骨術士《マジクボーン》。二つとも依頼のモンスターだ。

墓場のエリアには、その二つのモンスターと毒炎狼《グロウウオルフ》が主に湧くようだ。エヴァが解説してくれた。

そんなモンスターを倒《たお》しながら……数時間。

地図が示した方向へ進む。やがて、遠くに二つの塔らしきものが見えてきた。

――不気味な空に映る二つの塔。まさに死者たちが集《つど》う迷宮を感じさせた。

魔宝地図のほうでも印を確認。塔の入り口付近に、宝は埋まっているはず。

すると、レベッカが塔を見ながら、

「あの二つの塔、さっきの骨たちが無数に犇《ひし》めいてそうね……」

と、感想を述べていた。

「確かに、あの天辺《てっぺん》には何があるんだろう。誰《だれ》か知っているか?」

「はい。知っています」

お、フーが答える。彼女《かのじょ》は知っているらしい。ヴィーネに視線を向けるが、顔色に悔《くや》しさを顕《あら》わにしつつ頭を振る。ヴィーネでも知らないことがあった。

「フー、教えて」

「はい、あの頂上には幾《いく》つか大部屋がありまして、守護者級モンスターが各部屋を守っています。その守護者級モンスターを倒すと、銀箱か金箱の宝箱が必ず出現するとか。ですので、今も、その大部屋には手練《てだれ》のクランかパーティが縄張《なわば》りのように張り込んでいると思われます」

レイド狩《が》りみたいなもんか。

「分かった。ありがと」

「はっ」

「銀箱、金箱……」

レベッカの物欲センサーが発動した。ぶつぶつ言っている。

「ん、レベッカ、今日は魔宝地図の予定。あそこには行かない」

エヴァが指摘《してき》する。

「……分かってるわ。ただ、もう一度……銀箱か、神秘なる金箱を見たいなぁってね？」

レベッカは語尾《ごび》のタイミングで、わざとらしく可愛い表情を浮かべて、エヴァではなく、俺のほうに顔を向けてきた。く、少しドキッとする笑顔だ。

蒼色《あおいろ》の瞳の魅力《みりょく》が魔眼《まがん》のようにも見えてくる。そういえば、彼女はハイエルフだ。

本当に魔眼なのかもしれない。彼女の気持ちは分かるから、少し匂《にお》わせておくか。

「……確かに銀箱、金箱は見たいな」

「でしょう?」

「というか魔宝地図の宝箱で、今日は満足しろよ」

「もちのろん。期待している。昨日なんて、楽しみであんまり寝《ね》られなかったんだから!」

「ん、わたしも楽しみで、魔物本《モンスターブック》を買って勉強してた」

エヴァもか。彼女は本を懐《ふところ》から出していた。あ、だからか。あんな風に、すらすらとモンスターの名前と能力を解説してくれた理由《わけ》か。

「……二人とも楽しみなんだな。が、気を引き締《し》めていくぞ」

「ん」

「うん」

そんな会話を続けながら出現してくるモンスターを倒して墓場のエリアを進む。

暫《しばら》くして、前方に平幕が見えてくる。キャンプを張っているのか。

そのキャンプでは騒《さわ》ぎが起きているようだ。冒険者《ぼうけんしゃ》たちが揉《も》めている?

周りには毒炎狼《グロウウォルフ》の死体が山のように積み重なっていた。

死臭《ししゅう》が鼻につく。俺たちが倒した量の数倍はある。

が、おかしいな……魔石の回収をしていない？　多数転がっているし、魔石が死体に入ったままの放置状態だ。少し疑問に思いながら……。

「あそこで何か起きたのかもしれない。行ってみよう」

「ん」

「はい」

その冒険者たちへ駆け寄《よ》っていく。

すると、傷を負った仲間に回復ポーションを振りかけている姿が目に入る。

続いて、魔法使いが回復魔法を唱え始めた。

緊張感《きんちょう》のあるＥＲ緊急《きんきゅう》救命室的な現場だった。騒いでいたように見えた理由か。

「もっと回復ポーションを掛けてあげてよっ」

大きな弓を持つ背が高い女が叫《さけ》ぶ。

「糞《クソ》、俺が魔法を使えたら……」

そう愚痴《ぐち》るのは、この中で一番大柄な男性だった。背中に備えた両手剣からして、戦闘職業は騎士か戦士系と判断した。

「リーグが何回も掛けているわよっ、回復はしているけど……」

「が、炎毒の煙《けむり》をもろに浴びたからな」

「そんなことは分かってる、でも、回復が遅《おそ》いのよ！」

「そんな言い訳は【草原の鷲団《プレアリー・イーグル》】には通じないわっ」

大きな弓を持つ、背が高い女がリーダーらしい。

一向に回復が捗《はかど》らない様子に、苛立《いらだ》ち、焦《あせ》っていた。

「その名は、六大トップクランの一つ？」

ヴィーネが驚きながら呟《つぶや》いていた。そんなトップクランでも、こういう失敗はあるのかと、怪我をしている人に注目。炎毒の煙というように、床《ゆか》で寝かされ苦しんでいる戦士系の人は右半身の鎧が溶けていた。左半身の鉄鎧が皮膚と同化して、酷《ひど》い火傷《やけど》だ。

更《さら》には、溶けたような傷口から真っ赤な煙が立ち昇《のぼ》っている。

ぶすぶすと焦《こ》げ付《つ》くような音も立てていた。

回復魔法で皮膚は再生していると判断できたが、回復は追いつかない。

「周りの死骸《しがい》から分かるように暴走湧き《スタンピード》に遭遇したようね。それに、あの怪我は毒？　中々厳しそう……」

レベッカは恐怖《きょうふ》を滲《にじ》ませて語る。

「ん、毒炎狼《グロウウオルフ》の炎毒」

エヴァも厳しい顔付きのまま説明してくれた。

さっきの炎か……あれをもろに喰《く》らうとこうなるのかよ。

「これが……ということは、シュウヤの奴隷《どれい》、盾を使う蛇人族《ラミア》が凄かったのね。あの炎を軽く捌《さば》いていた。でも、暴走湧き《スタンピード》は怖い。六大トップでも、ミスをすればこんな大怪我《おおけが》をするのを見ると、恐怖を覚えるわ」

レベッカは体を縮ませるように両膝《りょうひざ》を折る。パンツを見せながら休んでいる。

「そうだな」

俺は頷く。そこで、まだ苦しんでいる人へ視線を移した。

あの人を助けたいが、俺の水魔法《すいまほう》による回復が効くかは不明だ。

試《ため》すだけ試すかな。話してみよう。治療《ちりょう》中のパーティの下に近寄った。

「……あのぅ、俺、回復魔法が使えますが、治療に参加してもいいですか？」

「えっ、回復魔法は人数が多いほど助かります。お礼は、幾ら払《はら》えばいいのかしら……」

彼女は目に魔力《まりょく》を留《とど》めて俺を観察。しかし、仲間の命が懸《か》かっているのに、金か。

ま、ここじゃ当然ともいえるのかな。冒険者同士のやり取りとか仕組みに暗黙《あんもく》の了解《りょうかい》的なことには詳《くわ》しくない……返答に困っていると、俺の耳に口付けするように、

「ご主人様、相場は一人に金貨十枚ほどからです。魔法により助かった場合は、相手の都合次第《しだい》で金貨五十枚以上に膨《ふく》らむことがあります」

と、聡明《そうめい》なヴィーネが教えてくれた。

「ありがとう。ヴィーネ」

「はいっ」

ヴィーネのほっこりする笑顔を見てから、弓持ちの女性へと顔を向ける。

「最低限で構わないです。魔法に参加してもいいですか？」

無料で奉仕《ほうし》します。は、聖王ではないから止めておいた。

「――はい、お願いします」

弓持ちの女性は必死に懇願《こんがん》をするように、俺に対して頭も下げていた。

さて、治療をするとして……。

まずは、あの鉄鎧と皮膚か。無理やりにでも離《はな》したほうがいいだろう。

大量に出血を防いでいるわけでもない。もし再生した時に鉄鎧と肉がくっついていたら嫌《いや》だろうしな。鉄男になりたいなら別だが……。

「……では、あの鎧を強引《ごういん》に脱《ぬ》がせましょう。皆さん手伝ってください」

「何？　ドリーいいのか？」

回復ポーションを掛けている盗賊《とうぞく》系らしき男性が、俺の行動に疑問を持ったようだ。

弓持ちリーダーをドリーと呼んで尋ねていた。

回復魔法を唱えていた髪《かみ》が赤い女性も同様に、弓を持つドリーの判断を仰《あお》ぐように視線を向けている。

「いいから、その人の言うことを聞いて、痺《しび》れ粉は塗《ぬ》ってある」

そう語るリーダーの彼女は魔察眼《まさつがん》で俺を観察していた。

他にも魔眼の力を持つのかもしれない。

だとしたら、俺に何かあると判断したのかな。

俺はあまり外に魔力を出していないが……何かを感じ取ったような面のリーダーだ。

相当な分析《ぶんせき》能力を持つと見た。さて、痺れ粉とは麻酔《ますい》的な物か？

だとしても痛みはあるだろう。ショック死が起きないことを願って――。

回復魔法やポーションを掛けている怪我人《けがにん》の側へと近寄る。

手当てを行っているメンバーと一緒《いっしょ》に、鉄鎧を強引に剥《は》がす――。

肉と繋《つな》がった鉄鎧からめりめりと音が響《ひび》く。

肉から鉄鎧が引《ひ》き剥がされた痛みから、くぐもった呻《うめ》き声《ごえ》が響く。

無視だ。怪我人の冒険者の上半身を完全に露出《ろしゅつ》させた。

――その場で、胸ポケットから魔竜王《まりゅうおう》の蒼眼《あおめ》を取り出す。

分かりやすく、二重の意味を込めて、蒼眼を掲《かか》げた。

同時に、中級の《水浄化《ピュリファイウォーター》》を念じた。

蒼眼も水属性魔法に反応して光を帯びる。

魔法効果が倍増した光を帯びた水飛沫《みずしぶき》が傷を負った冒険者を包む。

体から出ていた赤い煙が小さくなった。魔竜王の蒼眼による効果も出ているようだ。

続けて、上級の《水癒《ウォーター・キュア》》を発動――。

魔竜王の蒼眼も輝く。

光を帯びた透《す》き通《とお》った水塊《すいかい》が目の前に発生した。

その水塊は一瞬《いっしゅん》で崩れ散る――シャワーのように細かい粒となって、気を失って傷ついた冒険者へと降り注いだ。皮膚の再生速度が速まったようだ。

真っ赤だった皮膚が、徐々《じょじょ》に肌色《はだいろ》へ戻った。そこで、蒼眼を注目していた盗賊系の男性が気を取り直したかのように回復ポーションを怪我人にかけていた。

完全に赤色の煙は収まった。皮膚も肌色に戻る。なんとか治療は成功したようだ。

「……」

炎毒に苦しんでいた戦士は安心するように眠っている。助かってよかった。

笑みを意識しつつ――掲げた魔竜王の蒼眼を懐へと仕舞った。

魔法効果倍増と無詠唱を誤魔化《ごまか》したつもりだが、さて。

ポーションをかけた盗賊系の男は、俺が持つ蒼眼を物珍《ものめずら》しそうに見つめてきた……一応は誤魔化せたかな。ま、ばれてもいいが。

「ビンスを救ってくれてありがとう。わたしの名はドリー。クラン【草原の鷲団《プレアリー・イーグル》】を率いています。貴方《あなた》の名前を教えてください」

そう言って、背の高い女性は弓を懐に抱《だ》く姿勢で丁寧《ていねい》に頭を下げた。

彼女には、無詠唱だとバレている可能性が高い。

しかし、野暮《やぼ》なことは聞いてこなかった。

「……名はシュウヤです、パーティ【無邪気な武器団《イノセントアームズ》】を率いています」

「イノセントアームズ……そうですか、シュウヤさん、ありがとうございました。……これが、お礼の金貨です」

最低料金の金貨か。その間に、ボソッと小声で〝聞いたことが無いパーティだ〟と、呟く声が聞こえた。【草原の鷲団《プレアリー・イーグル》】のメンバーたちは俺たちを訝《いぶか》しむ。

当たり前か。ま、聞こえないフリだ。

「どうも、我々はこれで」

「――どこへ向かわれるのでしょうか。我々はこれでも六大トップクランの一つ、何か役に立つ情報を渡《わた》せるかもしれません」

そういうことなら……。

「……あの二つの塔の下にも、ここと同じようなモンスターは湧くのでしょうか」

「勿論《もちろん》、湧きます。近付けば近付くほど、数が増えて……塔の前には十天邪像《じゅうてんじゃ》の遺跡《いせき》もありますし、邪神《じゃしん》系の未知なるモンスターも湧いています。遺跡は迂回《うかい》すれば大丈夫《だいじょうぶ》ですが、問題は塔入り口の付近に湧く守護者級の死皇帝《デスリッチ》でしょう。一緒に出現する可能性が非常に高い死霊騎士《デッドナイト》と死霊法師《デスレイ》も強力なモンスターです。もし塔へ向かわれるのでしたら、注意してください」

ドリーさんは丁寧に説明してくれた。

「ありがとう。では」

「はい、お気をつけて」

会釈《えしゃく》してから【草原の鷲団《プレアリー・イーグル》】のキャンプを離れた。

ドリーさんは手を振ってくれる。俺も片手を上げてから踵《きびす》を返した。

皆《みな》のところへ戻る。

「話は聞いていたな？」

「ええ、沢山湧《たくさんわ》こうが、その都度、魔法を喰らわせてやるわ」

「ん、わたしも頑張《がんば》る」

レベッカとエヴァは互《たが》いに視線を交《か》わすと表情を引き締めて粛然《しゅくぜん》と襟《えり》を正す。

ヴィーネも頷きながら口を開く。

「守護者級が近くで湧く可能性がある以上、周りの安全確保を優先ですね」

「そうだな、水精霊《せいれい》ヘルメや闇の獄骨騎《ダークヘルボーンナイト》を使うか。地図の周りを手当《てあ》たり次第狩《しだいか》るのもいい」

『閣下、嬉《うれ》しい……』

『おう。期待している』

「精霊様と、その沸騎士たちを使うのね」

レベッカは俺の指に嵌《は》まる闇の獄骨騎《ダークヘルボーンナイト》の指輪を、興味深そうに見ながら聞いてくる。

「あぁ、その予定だ」

『ふふ、蒼い目が可愛いレベッカですね』

『そうだな。くりくりとして、魅力的《みりょくてき》だ』

闇の獄骨騎《ダークヘルボーンナイト》を凝視《ぎょうし》するレベッカさん。

キラキラとした輝く目は美しい。すると、

「にゃお」

肩で休む黒猫《ロロ》が一鳴き。俺の肩をトントンと前足の肉球でタッチングだ。

「どうした？」

そう聞くと、尻尾《しっぽ》の先っぽを俺の鼻に寄越《よこ》す――。

触手《しょくしゅ》の先端《せんたん》は塔のほうに向く。『早く狩りに行くにゃ』と催促《さいそく》かな。そう推測。

「あの塔を目指すか」

「ンン」

相棒のふにゃ系の微《かす》かな喉声が可愛い。その相棒にアイコンタクト。

皆にも、笑《え》みを意識しながら視線を向ける。

「了解」

「ん」

「行きましょう」

「「はっ」」

皆、それぞれ気合いが入った。暫く進むと……。

ドリーさんが話していたように……。

石の門と小さい壁が囲う寺院のような遺跡が見えてきた。

目的地の魔宝《またから》地図の宝が眠る二つの塔は、まだ先だ。

その石の門の下には、幅《はば》の広い下り階段が覗《のぞ》く。

階段の先は暗くて分からない。その階段の奥から、いかにも、何かが出てきそうな気配はある。掌握察《しょうあくさつ》で探《さぐ》る……しかし、ここからでは地下にある魔素は感じられない。

そんな怪《あや》しい階段を見ていると、不請顔《ふしょう》のレベッカが、

「寄り道をする気？」

「いや、どんなのかなと見ただけだよ」

この地下遺跡に邪神系の未知なる敵が出現するようだ。

フーを洗脳した小型の蟲《むし》を操《あやつ》る邪神に連なる大型の蟲が出てくるかもな。

「ん、ドリーさんが忠告してくれた」

エヴァも不請顔だ。あの遺跡は気になるが、皆の意見に従う。今は魔宝地図を優先だ。

「迂回して進もう」

「うん」

俺たち《パーティ》は壁を迂回。

数度の休憩を挟《はさ》んで西の先にある二つの塔を目指した。途中《とちゅう》、毒炎狼《グロウウォルフ》、酸骨剣士《クラッシュソードマン》、骨術士《マジクボーン》が数多く出現。

それらのモンスターを順調に倒した。

夜が明けた頃《ころ》、二つの塔の入り口が見えてきた。巨人の口のような石の扉《とびら》か。

塔の真下のフィールドでは、他の冒険者たちが骨騎士や骨魔導師のような存在と戦っていた。見たことがないモンスターだ。あれが守護者級か？

俺は二つの指を二つの塔に向けて、

「この辺の骨は殲滅《せんめつ》したようだ。しかし、あそこで戦っているのは守護者級か？」

「骨は骨ですが、今までとは大きさが違《ちが》います」

ヴィーネは額に手を当てながら話していた。すると、エヴァが本を広げて、

「ん、あの黒と黄色の法衣《ほうえ》を着ているモンスターが死皇帝《デスリッチ》」

と、記述の部分を指差し、ニコッと微笑《ほほえ》む。そして、

「骨の馬に乗っている騎士が死霊騎士《デッドナイト》。前が開いた青い法衣を着たモンスターが死霊法師《デスレイ》。魔物本《モンスターブック》にはそう書いてある」

と、教えてくれた。

「エヴァの買った本が役に立ったな。ありがと」

「ん、役立った、嬉しい」

やべぇ、連続的な天使の微笑《びしょう》だ。紫色《むらさきいろ》の瞳もレベッカの蒼色の瞳に負けないぐらいの魔力がある……エヴァの魅力にハートを鷲掴《わしづか》みされたところで、問題の死皇帝《デスリッチ》をもう一度見る。

「……あの死皇帝《デスリッチ》は杖槍《つえやり》を持つ。ゆらゆらと浮かびながら黒い魔法《まほう》の斬撃《ざんげき》を繰り出《だ》しているし、強そうだ……」

「うん。前衛の戦士は一流ね。あの後光を帯びた盾持ちの戦士が巧《たく》みに防いでいる。けど、あのモンスターは強い。後衛の魔術士にも槍を投げるように黒の突技《つきわざ》が飛んでいるし、正直、怖いわ……」

レベッカの顔は青ざめていた。あれはやっかいそうだ。後衛は距離《きょり》を置いてもらう。戦うとしたら俺が最初に、あのゴージャス骨野郎《ほねやろう》たち三体を担当しよう。

彼女たちを守る。

「ん、レベッカ、シュウヤがやっつけてくれるから、大丈夫《だいじょうぶ》」

エヴァはレベッカの不安を払拭《ふっしょく》するように励《はげ》ましていた。

少しプレッシャーを受けたが。

「それもそうね、わたしはわたしの仕事をする。シュウヤ、頑張ってね」

「……おう」

レベッカは可愛らしくにっこりと微笑む。めっちゃ可愛いからドキッとしてしまう。

「ご主人様、わたしを守ってください」

「分かってる」

と、ヴィーネはさり気なく俺の肩に体を寄せてくる。

エヴァとレベッカからギラついた視線を受けたが、顔色は変えず。

遠い位置で他の冒険者と戦う死皇帝《デスリッチ》を睨《にら》む――。

「にゃお～」

相棒も強敵だと思っているようだ。肩から降りて凜々《りり》しい黒豹と化していた。

少し前方を駆けていく。ターンして後《うし》ろ脚《あし》が滑《すべ》って転びそうになった。

「ンン」

と、恥《は》ずかしそうな喉《のど》声を響かせる。

その喉声を鳴らしてから振り向《む》く黒豹《ロロ》さん。可愛らしい瞳だな。

だが口からは鋭い牙を覗かせ、全身の毛が逆立っている。

神獣ロロディーヌとして戦う姿だ。そして「にゃごーー」と珍しいレア声を響かせる。

と、首下から伸ばした黒触手で目の前の地面を叩いた。

相棒は、俺を、いや、イノセントアームズを奮い立たせるつもりか。

「相棒、さんきゅ！　気合が入った！」

「にゃ」

「よし！　死皇帝《デスリッチ》を倒そうか！」

あとがき

こんにちは、健康です。11巻を買って下さってありがとうございます。

毎巻、微妙にWebにない要素を盛り込んでいますが、今回は盛大にオリジナル要素を盛り込みました。ヴィーネとヘルメが好きな方は喜んで頂けたら嬉しい限り。今後も加筆はできる限り挑戦したい。何か希望があったら、「小説家になろう」の感想か、直にメッセージを下さい、考えます。あと「槍猫」コミック版2巻も6月に発売です。沸騎士たちも登場し、ゾルとの絡みがあるシーンの続きなので、お楽しみに！

そういえば先日、コロナの影響もあって引っ越ししました。

因みに11巻のオリジナル要素を加えた原稿と、Webの最新話にはコロナの影響は出ていません。ノートパソコンとスマホがあればどこでも書けますから、読者様に少しでも早く面白い話を届けたい気持ちは1巻の頃から変わらず強いままです。ただ、映画館を含めて様々な施設が閉まっている影響は受けました。次は、その引っ越しの件を……実は引っ越した先の壁から気になる音が……猫の爪が壁を引っかくような？　隣に住んでる方の生活音ではない、そんな滑りのある音が何回も響いてきたのです。実際に、窓と壁を確認するぐらいな音でした。怖いってよりも、昔飼っていた愛猫が会いに来てくれたのかな？と嬉しかったので、とくに気にせず過ごしていたのですが、ふと、新しい壁時計を凝視。カラフルで、「スター・ウォーズ」っぽいデザインが気に入っていた壁時計……まさかな？と、その壁時計の電池を外してみました。刹那、滑りのある音がピタッと止まりました。

ぬぁぁんと、音の正体はこれか！　秒針のような分かりやすい音ならすぐに分かったと思いますが、まさか、猫が『ここを開けて開けて』と、扉を爪で掻くような音を、このイケアの壁時計君が響かせるとは考えもしなかった……と、短い間ですが、そんなアホらしくも寂しさを覚える出来事がありました。続きまして、コロナ関係のネタを。東京の一部のスタバが、持ち帰りだけですが営業再開してくれました。嬉しい……ちなみに私はほうじ茶が好き。映画館も再開してくれないかと心待ちにしている健康です。ＴＯＨＯシネマズさん、がんばってください。

そして、担当様、市丸先生、関係者各位、今回もお世話になり感謝しております。そして読者様にも、大きな感謝を。「槍猫」が続いているのは、読者様の応援のお陰！　感想&メッセージ&誤字報告など、気軽に送ってください。相棒ロロディーヌも——。

「ンン、にゃおおお～」と、皆様に愛と元気を送っています。

２０２０年５月健康

HJ NOVELS
HJN21-11

槍使いと、黒猫。 11

2020年6月22日　初版発行

著者——健康

発行者—松下大介
発行所—株式会社ホビージャパン
〒151-0053
東京都渋谷区代々木2-15-8
電話　03(5304)7604（編集）
03(5304)9112（営業）

印刷所——大日本印刷株式会社

装丁—— 木村デザイン・ラボ／株式会社エストール

ISBN978-4-7986-2210-1　C0076

ファンレター、作品のご感想お待ちしております
〒151−0053　東京都渋谷区代々木2−15−8
(株)ホビージャパン HJノベルス編集部 気付
健康 先生／市丸きすけ 先生